Viktoria Schwenger

Dunkelwald

Viktoria Schwenger

Dunkelwald

Eine Familiensaga

rosenheimer

Der Inhalt dieses Buches beruht auf wahren Begebenheiten. Die Personennamen, die Einzelheiten des Geschehens und die Lokalisierung der Handlung sind jedoch fiktiv.

Lektorat und Satz: Pro libris Verlagsdienstleistungen, Villingen-Schwenningen
Titelfoto: mauritius images / ACE
Druck und Bindung: CPI Moravia Books, Pohořelice
Printed in Czech Republic

ISBN 978-3-475-53906-0

Inhalt

*Erinnerungen,
die unser Herz berühren,
gehen niemals verloren.*

1. Kapitel

Auf den Spuren der Vergangenheit

Oft denke ich an meine Mutter. Manchmal erscheint sie mir sogar im Traum, lächelt mich an und zwinkert mir zu.

Meine Mutter war zeitlebens eine fröhliche, optimistische Frau, obwohl ihr Leben nicht leicht war und sie so früh sterben musste.

Ich glaube, ihre heitere Veranlagung hatte sie von meiner Großmutter geerbt, die ich auch nie oder nur ganz selten traurig oder missvergnügt erlebt hatte.

Was sie wohl sagen würde, wenn sie wüsste, wie sehr sich mein Leben verändert hat, nachdem ich damals, nach ihrem Tod, diese alte Truhe auf dem Speicher gefunden hatte?

Ich glaube, sie würde lächeln und sagen: »So ist es gut, Kathi. Jetzt hat alles seine Richtigkeit, jetzt ist es so, wie es sich gehört!«

Aber ich will von Anfang an erzählen.

Ich bin ein uneheliches Kind meiner Mutter. Meinen Vater habe ich nie gekannt, aber ich habe ihn auch nicht vermisst. Was man nicht kennt, kann man nicht vermissen, glaube ich.

Meine Mutter hat nur wenig von ihm erzählt, doch immerhin so viel, dass ich keine gute Meinung von ihm habe.

Meine Mutter wurde als junges Mädchen von ihm schwanger, als sie in dem Gasthaus, das ihm gehörte als Bedienung und Zimmermädchen arbeitete. Er war verheiratet, hatte drei Kinder, und ich glaube, er nutzte schamlos die Naivität und Unerfahrenheit meiner blutjungen Mutter aus. Natürlich musste sie sofort von dort verschwinden, als sie bemerkte, dass sie schwanger war. An ein Bleiben an ihrer Arbeitsstelle war nicht zu denken.

Mein Vater hat sich nie um mich gekümmert, ich weiß nicht einmal, ob er je Alimente für mich bezahlt hat.

Ein uneheliches Kind zu haben, war damals zwar nichts Seltenes, aber anrüchig war es schon, für die Frau!

»Es meiner Mutter sagen zu müssen, das wäre noch angegangen, sie war eine gutherzige, verständnisvolle Frau«, erzählte sie mir einmal. »Aber mein älterer Bruder Georg, wie der sich aufgeführt hat! Als wenn ich irgendeine Schlampe gewesen wäre. Dabei war ich nur ein junges, dummes, naives Mädel. Na ja, der Georg hat studiert und sich für etwas Besseres gehalten. Mein Vater, dein Großvater, hat zu der Zeit schon nicht mehr gelebt, da hat sich Georg als Familienoberhaupt aufgespielt. Aber als er dann mit dem Studium fertig und eine Anstellung als Lehrer an einem Gymnasium in München bekommen hatte, hat er sich kaum mehr um uns gekümmert, nicht einmal um die Mutter.« Bitter hat das geklungen.

»Die Elisabeth, meine jüngere Schwester und ich durften nur in die Volksschule gehen, obwohl wir mindestens genau so gut in der Schule waren wie der Georg. ›Ihr heiratet ohnehin, das wäre nur vergeudete Zeit und rausgeworfenes Geld‹, hat die Mutter gemeint. Ja, so hat man damals gedacht; die Mutter hat es nicht einmal böse gemeint. Außerdem hat der Georg alles bei ihr gegolten. Verstehen kann man es, hat sie doch für ihn auf alles verzichtet.«

»Auf was denn?«, fragte ich neugierig.

»Ach, Kathi, das sind alte Geschichten, an die muss man nicht rühren, die Mutter hat es auch nicht gewollt, dass man redet. Nur einmal, da hat sie es mir erzählt.«

»Dann erzähl es mir auch, Mama!«, bettelte ich. Ich war geradezu süchtig nach Erzählungen, vor allem aus meiner Familie. Vielleicht, weil ich außer der Mutter niemanden hatte, keine Geschwister, keinen Vater, keine andere Verwandtschaft. Aber meine Mutter war diesbezüglich recht wortkarg.

Einmal erzählte sie mir, dass ihre jüngere Schwester Elisabeth, meine Tante, nach der Schule Verkäuferin gelernt hatte und später mit ihrem Freund, einem amerikanischen Soldaten, der in einer nahe gelegenen Kaserne stationiert war, nach Amerika gezogen war. Irgendwo in Idaho, in einem kleinen Nest, wohnte sie.

Regelmäßig zu Weihnachten kam eine wunderschöne Postkarte.

»Merry Christmas«, stand drauf, und meist lachte ein gemütlich dreinblickender Weihnachtsmann mit einer roten Zipfelmütze herunter und ganz, ganz viel Glitter war drum herum. An diesen Karten konnte ich mich gar nicht satt sehen, ich war noch klein damals.

Diese Tante Elisabeth habe ich in meinem Leben nur einmal gesehen, bei der Beerdigung meiner Großmutter.

Da kam sie, alleine, ohne ihren Mann und die drei Kinder.

Ich fand die Tante Elisabeth ganz nett und meine Mama freute sich sehr, ihre Schwester nach so langer Zeit wiederzusehen. Nur ein bisserl komisch hat sie geredet, mit einem amerikanischen Akzent. Gerade so, als wenn sie kein Deutsch mehr könnte. Sie erzählte, wie gut es ihr ginge drüben in Amerika, und zeigte stolz jede Menge Fotos von ihrem Mann und ihren Kindern.

Aber die Mama hat ihr das nicht ganz geglaubt. Warum hatte die Elisabeth dann ihre Mutter in all den Jahren nicht einmal besucht, wenn es ihr doch so gut ging und wo sie sich so gut mit ihr verstanden hatte? Nicht einmal zur Beerdigung ihres Vaters, meines Großvaters, der vor Jahren nach einem tragischen Motorradunfall gestorben war, war sie gekommen. Mein Großvater hatte eine Beinprothese gehabt, nachdem ihm der Fuß nach einer Kriegsverletzung amputiert worden war. Durch diese Prothese war er vom Pedal abgerutscht und in das hintere Rad geraten, was zu dem tödlichen Unfall geführt hatte.

Onkel Georg war auch zur Beerdigung seiner Mutter, nach Reithmehring gekommen. Als er sich gleich nach dem Trauermahl von seinen beiden Schwestern verabschiedete, meinte er wie beiläufig: »Ihr werdet ja wissen, dass mir die Mama das Haus vor ein paar Jahren überschrieben hat. Aber ich habe keine Verwendung dafür, ich wohne in München und will auch dort bleiben. Ich werde es so bald als möglich verkaufen.«

Da waren meine Mutter und die Tante Elisabeth sprachlos! »Im Übrigen könnt ihr euch aus dem Haus nehmen, was ihr wollt«, sagte er noch gönnerhaft, »nur das Klavier nicht und die Bücher vom Vater«, fügte er noch schnell hinzu.

»Was sollte ich denn mitnehmen nach Amerika?« Tante Elisabeth hatte den Kopf geschüttelt. »Wertvolle Sachen oder gar Schmuck hat die Mama ohnehin nicht gehabt.«

»Nein, nicht mehr«, hatte die Mama geantwortet und ich habe gesehen, wie die beiden sich einen bedeutungsvollen Blick zuwarfen. Dann schwiegen sie, und ich spürte, da war wieder dieses Geheimnis, über das nicht gesprochen werden durfte.

Am Abend, als die Mama und ich wieder zu Hause waren, maulte ich: »Der Onkel Georg hätte uns in das Haus einziehen lassen können! Und eigentlich war das nicht schön von der Oma, dass sie alles dem Onkel Georg gegeben hat, und dir und der Tante Elisabeth nichts.«

»Ach weißt, Kathi«, versuchte die Mutter mich zu trösten, »das ist einfach so, so hat die Oma gedacht, von früher her.«

»Und dein Vater, hat der auch so gedacht?«

»Mein Vater?« Mama dachte kurz nach. »Weißt, Kathi, mein Vater war ein richtiger Schöngeist.« Und als sie sah, dass ich mit diesem Wort nichts anfangen konnte, meinte sie: »Weißt du, das ist jemand, der am liebsten den ganzen Tag in seinen Büchern liest und auf dem Klavier spielt. Mein Vater, der war nicht so für das Praktische. Um den Alltagskram hat sich meine Mutter gekümmert. Aber dein Großvater spielte die Orgel in der Kirche, manchmal hat er sogar eigene Musikstücke komponiert, darauf waren wir alle stolz!«

Ich erinnere mich, wie meine Mutter bei dieser Erzählung versonnen aus dem Fenster geschaut hat, und hoffte inständig, dass sie mir mehr aus ihrer Kindheit erzählen würde. »Deine Großmutter war so heiter und dabei bodenständig«, fuhr sie zu meiner Freude fort, »und dein Großvater war immer irgendwo in höheren Gefilden.« Sie lachte. »Eigentlich haben die zwei gar nicht zusammengepasst, trotzdem haben sie eine gute Ehe geführt. Nie hab ich ein böses oder heftiges Wort zwischen ihnen gehört!«

»Ich find es trotzdem nicht richtig, dass der Onkel Georg alles kriegt, und ihr zwei, du und die Tante Elisabeth, gar nichts!«, meinte ich trotzig.

»Ja, so ist es halt, Kathi!«, meinte meine Mutter und lächelte ein bisschen wehmütig dabei.

Wir lebten damals in Wasserburg am Inn. Meine Mutter war, als sie mit mir schwanger war, dorthin gezogen und dort wuchs ich auch auf.

Wasserburg am Inn ist eine schöne, alte Stadt, die in eine Schleife des Flusses Inn hineingebaut worden war. In früherer Zeit, durch den Salzhandel bedingt, war Wasserburg eine bedeutsame und reiche Stadt. Das kann man noch heute an den prunkvollen Bürgerhäusern, den Arkaden, Lauben, den schönen Hinterhöfen und dem imposanten Rathaus mit dem wunderschön bemalten, historischen Saal erkennen.

Kommt man von der Innbrücke her in die Altstadt, ist man von der südländisch anmutenden Fassade der Häuserfront zum Fluss hin begeistert; ein Erbe der damaligen, vom italienischen Architekturstil geprägten Baumeister.

Mama und ich wohnten in einem alten Haus in der Altstadt, am Ende der Tränkgasse, gleich in der Nähe des Marienplatzes.

Die Wohnung im zweiten Stock bestand aus einer Wohnküche, einem Wohnzimmer, einem kleinen Bad und einer winzigen Kammer für mich. Meine Mutter schlief auf einer Ausziehcouch im Wohnzimmer.

Recht klein und düster war die Wohnung und das Haus roch modrig, dafür war die Miete günstig. Der mufflige Geruch kam von den vielen Überschwemmungen, die Wasserburg erlebt hat. Früher führte der Fluss oft Hochwasser und überflutete regelmäßig die Altstadt. Heute ist dieses Problem durch Staustufen im Fluss fast ganz beseitigt, aber den Moder bringt man aus den alten Häusern nicht mehr weg.

Meine Mutter arbeitete als Bedienung. Sie machte das gerne, sie mochte es, mit anderen Menschen zusammen zu sein, und war immer gut gelaunt. Über Arbeitsmangel konnte sie sich auch nicht beklagen, in Wasserburg gab es viele Hotels und Gaststätten, und nachdem sie eine tüchtige Person war, war ihre Arbeitskraft gefragt. Geheiratet hat sie nicht, ich weiß nicht einmal, ob sie sich jemals verliebt hat. Jedenfalls hat sie nie einen Mann mit in die Wohnung gebracht.

Ein Nachteil an ihrem Beruf war, dass ich als Kind viel allein war, vor allem am Abend, und das war gar nicht schön. Oft habe ich mich im Dunkeln gefürchtet. Zu meinem Glück wohnte unten im Haus eine alte Frau, Meindl-Oma nannte ich sie. Die kümmerte sich um mich wie um ein eigenes Enkelkind. Zu ihr konnte ich immer gehen, wenn ich mich einsam fühlte oder Angst hatte.

Jahre später hätte meine Mutter etwas außerhalb von Wasserburg eine der neuen Sozialwohnungen bekommen können, aber da wollte sie die Meindl-Oma, die zu jener Zeit schon kränklich war, nicht alleine lassen. So blieben wir in der alten Wohnung in der Tränkgasse.

In Wasserburg ging ich auch zur Schule, erst in die Volksschule, dann in die Realschule.

Das wollte meine Mutter so, mir sollte es einmal besser ergehen als ihr. Einen »gescheiten« Beruf sollte ich erlernen, »denn auf die Männer verlass dich lieber nicht, da bist du verlassen!«, trichterte sie mir immer wieder ein.

Ich wäre gerne Floristin oder Gärtnerin geworden. Draußen arbeiten, mit Pflanzen und Blumen, das hätte mir gefallen. Vielleicht kam es von der muffligen Wohnung, dass ich so einen Drang nach Luft und Sonne hatte.

Aber Mama meinte, die Arbeit in einer Gärtnerei wäre zu schwer für mich. Und außerdem, dauernd buckeln, das ist doch nichts!

So lernte ich nach der mittleren Reife Bürokauffrau und arbeitete anschließend in einem handwerklichen Betrieb in Wasserburg, in der Buchhaltung. Besonders gefallen hat mir das – ehrlich gesagt – nicht. Den ganzen Tag im Büro zu sitzen, fand ich ziemlich langweilig, und ebenso das Leben in Wasserburg.

Damals, ich war gerade zwanzig geworden, hatte ich das Gefühl, in dieser »Provinz« zu versauern. Diese kleine Welt war mir einfach zu eng. Jeder kannte jeden und jeder wusste alles von jedem, oder dachte das zumindest.

Ich wollte weg! Am liebsten nach München, in die große Stadt!

Das stellte ich mir »super« vor. Endlich eine eigene Wohnung und tun und lassen können, was ich will! Schließlich war ich erwachsen, zumindest glaubte ich das damals!

Überraschend schnell wurde mir auf meine Bewerbung eine Stelle im Büro eines großen Münchner

Elektronikkonzerns angeboten, und ein erschwingliches Apartment fand sich auch gleich in der Nähe meiner neuen Arbeitsstelle in Neuperlach.

Neuperlach ist ein moderner Stadtteil Münchens, sozusagen eine Trabantenstadt, mit unzähligen, riesigen Wohnblocks, mit Läden und Einkaufszentren, U- und S-Bahn in der Nähe.

Ganz anonym lebt man da, aber gerade das gefiel mir gut.

Endlich frei und nicht immer unter Aufsicht. Natürlich war meine Mutter traurig, als ich ihr meinen Entschluss mitteilte, aber sie verstand mich auch.

»Wenn die Kinder klein sind, musst du ihnen ein Nest geben; wenn sie groß sind, musst du sie fliegen lassen«, meinte sie einsichtig. »Aber komm regelmäßig heim, dass ich nicht ganz so allein bin und dass ich weiß, wie es dir geht in der Stadt.«

Ich habe es ihr hoch und heilig versprochen, aber so oft, wie sie es sich gewünscht hätte, fuhr ich dann doch nicht nach Hause, nach Wasserburg.

Erst einmal genoss ich mein Leben, ging fast jeden Abend weg in Discos oder in Kneipen, schnupperte den Duft der Freiheit. Außerdem beschloss ich, mich ab jetzt Katrin zu nennen. Das klang doch viel besser als das ziemlich bäuerische »Kathi«.

In der Arbeit lief es auch ganz gut. Ich hatte eine Stelle in der Vertriebsabteilung der Firma bekommen. Mein Chef, Herr Rogall, war ein lustiger Typ, ich hatte nette Kolleginnen, und wir haben viel miteinander gelacht. Mit den beiden Chefsekretärinnen, Frau Schulte und Frau Hitzler, kam ich auch gut zurecht. Aber deren Job – ganz ehrlich –, den hätte ich nie machen wollen! Wie oft die am Abend Überstunden machen mussten. Vor allem dem Chef von Frau

Schulte, dem Herrn Schwegler, fiel abends immer noch irgendetwas ein, das dringend erledigt werden musste. Ich fragte mich oft, warum es den nicht heim trieb, nach Tuntenhausen, wo er wohnte und eine nette Frau hatte, die ich einmal bei einem Betriebsfest kennen lernte.

Nein, da war mir doch meine Freizeit lieber, auch wenn der Verdienst geringer war. Ich kam zurecht.

Außerdem hatte ich mich verliebt! Ziemlich bald nach meinem Umzug nach München lernte ich in einer Disco Mario kennen. Er war italienischer Abstammung, der Sohn von Gastarbeitern, die in den fünfziger Jahren, beim Beginn des Wirtschaftswunders, nach Deutschland gekommen waren. Mario sah echt gut aus, alle Mädchen waren hinter ihm her, und ich fühlte mich geschmeichelt, als er ausgerechnet mit mir ausging! Ich war ja so was von verknallt in ihn!

Ich fand diese leichtlebige Art von damals ganz in Ordnung. Doch dann änderte sich von einem Tag auf den anderen alles.

»Wenn es schon mal regnet, dann gießt es!«, sagt ein Sprichwort, und genau so war es.

Es fing damit an, dass Mario seinen Job verlor. Er hatte in der Großmarkthalle gearbeitet, mit seinem Vater, bei »Südfrüchteimport«. Erst konnte ich es gar nicht fassen, dass er entlassen worden war; doch schnell wurde mir klar, weshalb. Mario war stinkfaul!

Wenige Tage später stand er mit seinen paar Habseligkeiten vor meiner Tür; er hatte sich mit seinen Eltern zerstritten, die nicht wollten, dass er den ganzen Tag faul zuhause rumhing. Nur für ein paar Tage wolle er bei mir einziehen, meinte er. Natürlich habe ich ihn aufgenommen, ich war ja so verliebt!

Die ersten zwei Wochen ging es ganz gut, aber dann wurde der Zustand immer unerträglicher. Jeden Abend ging Mario mit seinen Freunden weg, gab sein Arbeitslosengeld in Kneipen aus und futterte sich bei mir durch. Müde von seinen nächtlichen Touren lag er tagsüber im Bett, und wenn ich abends vom Büro heimkam, war nichts aufgeräumt und die Bude stank nach Alkohol und Rauch.

Es gab immer öfter Streit, und eines Tages wurde es mir zu bunt. Ich stellte ihm seine Sachen vor die Tür. Erst konnte er es gar nicht glauben, aber so dumm und blauäugig, wie er gedacht hatte, war ich nun auch wieder nicht!

Er war ein richtiger Macho und es war gut, dass ich ihn hinausgeworfen hatte. Trotzdem: Ich hatte schrecklichen Liebeskummer, und das tut richtig weh! Ehrlich!

Doch ein Unglück kommt selten allein. Gerade als ich ohnehin schon wegen der Sache mit Mario litt, kam ein Anruf von meiner Mutter aus dem Krankenhaus in Wasserburg. Ihr Arzt hatte sie dort einliefern lassen.

Die Mama! Ich wusste, dass es ihr schon einige Zeit nicht gut gegangen war, Übelkeit, sie konnte nichts essen, hatte Gewicht verloren; nun lag sie im Krankenhaus.

Dort stellte man einen bösartigen Tumor fest, an der Bauchspeicheldrüse. »Pankreaskarzinom«, sagte der Arzt.

Der Krebs war schon ziemlich weit fortgeschritten, selbst ich konnte die Geschwulst unter der Haut ertasten.

Meine Mutter hat nie gejammert und nie geklagt. So war sie halt. Heute denke ich, es wäre besser gewesen, sie hätte es getan. Vielleicht hätte man sie da noch retten können. Aber nun war es zu spät, die Ärzte machten uns keine Hoffnung.

»All zu viel Zeit wird ihnen nicht mehr bleiben, Frau Siegl«, sagte der Arzt ganz offen zu meiner Mutter, aber das spürte sie selbst. Ich war verzweifelt; meine Mutter tröstete mich und redete mir gut zu. So tapfer war sie, tapferer als ich!

So oft es ging, fuhr ich mit meinem kleinen Fiat Panda nach Wasserburg ins Krankenhaus. Es war schrecklich, mit ansehen zu müssen, wie sie in kurzer Zeit verfiel. Zum Schluss war sie bis auf die Knochen abgemagert; selbst die stärksten Medikamente halfen nichts mehr gegen ihre Schmerzen.

Der Arzt rief mich persönlich an, als man ahnte, dass es zu Ende ging, und ich brauste sofort los. Doch es war zu spät. Meine Mutter war bereits tot, als ich im Krankenhaus ankam. Das empfand ich als besonders schlimm, dass ich nicht bei ihr sein konnte, in ihrer letzten Stunde.

Drei Monate hat das Martyrium meiner Mutter gedauert, und sie ist nur fünfundvierzig Jahre alt geworden.

Zur Beerdigung kamen viele Leute, und das hat mich getröstet. Zu wissen, wie viele sie gemocht hatten und an sie dachten. Onkel Georg, Mamas Bruder, kam nicht, obwohl München nur sechzig Kilometer entfernt liegt.

Die Mama und er hatten nach dem Tod meiner Großmutter keinen Kontakt mehr. Es hatte Streit wegen der Räumung des Häuschens gegeben. Trotzdem, ich meine, im Angesicht des Todes sollte man alten Zwist vergessen – und ich, seine Nichte, war doch noch da! Aber das interessierte ihn nicht.

Tante Elisabeth hatte eine Beileidskarte aus Amerika geschickt. Sie könne leider nicht kommen, der Flug wäre zu teuer, aber ob ich nicht einmal nach Idaho kommen wolle!

Ich verstand Tante Elisabeth. Idaho ist weit weg, und die Mutter hatte mit ihrer Schwester auch nur noch wenig Kontakt gehabt. Diese »Familie« konnte man also vergessen. Ich war ganz allein, und so verlassen fühlte ich mich auch!

Nun, nach Mamas Tod, musste ich die Wohnung in der Tränkgasse räumen. Die Meindl-Oma war schon vor drei Jahren gestorben, und die zwei unteren Wohnungen standen seit Jahren leer, nur noch meine Mutter hatte im Haus gewohnt.

»Kannst dir mit dem Räumen Zeit lassen, Kathi«, meinte die Vermieterin, Frau Gruber, die ich schon seit meiner Kindheit kannte. »Die Wohnung streichen brauchst du auch nicht, weil ohnehin das ganze Haus renoviert werden muss. Am liebsten tät ich es ja abreißen und neu bauen, aber das geht nicht, es steht unter Denkmalschutz«, seufzte sie. »Ich frag mich ja, was da schützenswert ist«, sie blickte kopfschüttelnd an der fleckigen Fassade des Hauses hoch, »aber so sind halt die Vorschriften.«

Doch ich wollte die Sache möglichst schnell hinter mich bringen, es musste ja sein. Ich wollte ohnehin nur ein paar persönliche Andenken mitnehmen, ich hatte mich ja erst neu eingerichtet in meinem kleinen Apartment. Etwas Geschirr, ein paar Bilder, die Fotoalben, alles andere gab ich einer »kostenlosen Haushaltsauflösung«, deren Anzeige ich in der Zeitung gelesen hatte.

Ganz kostenlos könne man das nicht machen, meinte der Mann, als er die Wohnung inspizierte. Da sei nichts Wertvolles oder Verwertbares dabei, und die Entsorgung koste Geld. So war das also. Wieder war ich um eine Erfahrung reicher.

Letztlich war ich froh, dass ich so weggekommen war, wenn es auch weh getan hat. Ich gab dem Mann den Wohnungsschlüssel, damit ich nicht mit ansehen musste, wie alles weggetragen, zusammengeschlagen und verladen wurde.

Ich finde es noch heute erschreckend, wie schnell ein Mensch, sozusagen spurlos, verschwindet! Nur das Grab auf dem Friedhof ist mir von meiner Mutter geblieben und meine Erinnerungen an sie.

Zwei Wochen später rief mich die Hausbesitzerin wieder an. Auf dem Dachboden wäre noch etwas von der Mutter, meinte sie. Ich hatte nicht gewusst, dass die Mutter ein Speicherabteil gehabt hatte. So fuhr ich wieder nach Wasserburg. Frau Gruber sperrte die Dachbodentür des nun ganz unbewohnten Hauses auf.

Dunkel, staubig und muffig war es dort oben und voller Spinnweben. Durch die Ritzen der Dachziegel schien etwas Licht herein. Gottlob hatte Frau Gruber eine Taschenlampe dabei. In deren Lichtkegel inspizierten wir beide das Abteil. Eine alte Bettstelle stand da und zwei Jutesäcke mit verstaubten Federbetten. Ein paar Kartons mit altem Gerümpel, Lampenschirme, kitschige Vasen und anderes wertloses Zeug. Alles war voll Staub; seit ewigen Zeiten schien hier nichts mehr angefasst worden zu sein.

Ganz hinten in der Ecke stand eine Truhe, mit einem gewölbten Deckel. Die schweren Metallbeschläge waren fast eingerostet in den Halterungen, aber mit einiger Kraftanstrengung konnten wir sie lösen. Der schwere Deckel der Truhe knarrte, als ich ihn hochhob.

Ein ganz bestimmter, zunächst undefinierbarer Geruch schlug mir entgegen. Erst fiel mir nicht ein, was es war, aber dann erinnerte ich mich: Es war der Duft von Lavendel! Tatsächlich lag obenauf ein kleines Kissen, mit Spitze umhäkelt, in dem Lavendel sein musste. Darauf eingestickt stand »Für Katharina«. Das hatte wohl meiner Großmutter gehört, nach der ich genannt worden war.

Ich erinnerte mich, dass die Großmutter solche Lavendelkissen in ihren Schränken liegen hatte.

»Hilft gegen Motten und riecht auch noch gut«, hatte sie gemeint, damals, als ich in den Ferien bei ihr war.

Mein Gott, die Großmutter! Die war nun auch schon seit sechzehn Jahren tot. Acht Jahre alt war ich gewesen, in der dritten Volksschulklasse, als sie gestorben war.

Ich erinnere mich an meine Großmutter als an eine liebe, immer freundliche Frau. Sehr schlank, immer emsig. Sie musste einmal eine Schönheit gewesen sein, vor allem bewunderte man ihr volles, dunkles, lockiges Haar. Etwas Apartes, Fremdländisches war an ihr, das hatte sie wohl an mich weitervererbt. Lediglich eine hässliche Narbe, quer über die rechte Wange, entstellte sie etwas.

»Was hast du denn da, Oma?«, hatte ich einmal in kindlicher Neugierde gefragt und die Narbe befühlt.

Doch sie hatte nur »Pscht!« gemacht und meine Hand von ihrem Gesicht genommen. Gehörte das zu dem Geheimnis, über das man nicht reden durfte?

Die Großmutter hatte in dem kleinen Haus in Reitmehring, einige Kilometer entfernt von Wasserburg, gewohnt. Recht bescheiden lebte sie, trotzdem hatte sie immer einen zufriedenen Eindruck gemacht, und singen konnte sie und Gedichte und Verse aufsagen! Ich war gerne in den Ferien bei ihr, wenn die Mama arbeiten musste.

Plötzlich war sie krank geworden, Lungenentzündung oder so etwas Ähnliches. Ich weiß heute noch genau, dass diese Erkrankung wie eine dunkle Wolke über meiner Mutter und mir schwebte, denn beide hatten wir die Oma sehr lieb gehabt.

Ich erinnere mich, wie ich eines Tages von der Schule heimgelaufen war, so schnell, dass der Schulranzen auf meinem Rücken hektisch auf- und abhüpfte. »Heute, glaub ich, geht es der Oma besser«, war mein einziger Gedanke.

Als ich dann in die Wohnung kam, lag schwarze Kleidung ausgebreitet im Wohnzimmer.

»Komm mal her, Kathi!« Mamas Augen waren vom Weinen verquollen, und sie nahm mich in den Arm. »Die Oma ist heute Nacht gestorben, jetzt hat sie es hinter sich und ist droben im Himmel«, so versuchte sie, mich zu trösten. Dann nahm sie ihr Taschentuch und schnäuzte kräftig, daran erinnere ich mich noch ganz genau, als wenn es erst gestern gewesen wäre.

Ich war über den Tod meiner Großmutter sehr traurig. Die Großmutter hatte so schöne und lustige Geschichten von früher erzählt, von allen möglichen Leuten. Nur von sich hat sie nie gesprochen. »Es wird alles schon nicht so schlimm werden«, war ihr Spruch in schwierigen Lebenslagen, und wenn es dann doch nicht so gut gekommen war wie erhofft, meinte sie: »Es hätte noch viel schlimmer kommen können!«

Nur als ihr Mann, viel zu früh, durch einen Unfall gestorben war, hatte sie eine Zeit lang fast alle Zuversicht verloren. Aber auch davon erholte sie sich nach geraumer Zeit wieder, kraftvoll wie sie war. Nur stiller war sie seitdem geworden, und sie summte nur noch selten einmal ein Lied.

»Ich geh schon mal runter, die Taschenlampe lass ich dir da, Kathi«, riss mich Frau Gruber aus meinen wehmütigen Erinnerungen und ließ mich allein auf dem Speicher zurück.

Wie gut sich der Lavendelduft gehalten hatte! Die Truhe schien ewig nicht geöffnet worden zu sein. Obenauf lag eine Lage Seidenpapier, drunter waren alte, von Hand bestickte Decken und Tücher, mit Sinnsprüchen, wie es früher üblich war, wie »Eigener Herd ist Goldes wert« oder »Morgenstund' hat Gold im Mund!«

Altes Leinen, zu Rollen gewickelt, wie man es manchmal in Heimatmuseen in alten Aussteuerschränken sieht. In feines Papier eingewickelt ein kleines Diadem, aus Perlen und Bouillon-Draht angefertigt, eine kleine Kostbarkeit war das! Das mochte vielleicht einmal eine Braut getragen haben. Aber welche? Meine Mutter sicherlich nicht!

Am Rand der Truhe steckte ein Ölbild in einem schönen Goldrahmen, in ein Leinentuch eingeschlagen. Neugierig und vorsichtig wickelte ich es aus. Es war das Porträt eines Mannes. Ein schöner Mann war das! Es schien, als würde er mich stolz aus seinem Rahmen heraus anschauen. Schwarzes, lockiges Haar, feurige, dunkle Augen und ein buschiger Oberlippenbart. Um seine Schultern war über einem weißen Hemd eine rot-weiß-grüne Schärpe drapiert. Wer das wohl gewesen sein mag?

Ich wickelte das Bild wieder sorgfältig ein, ganz eigenartig hatte mich der Blick des Mannes auf dem Bild berührt.

Weiter unten, Lage für Lage mit Papier abgedeckt, Briefe, mit Bändern zusammengehalten, alte Urkunden und bräunliche Fotografien, auf Pappkarton gezogen.

Am Boden der Truhe lag ein uraltes, in schrundiges Leder gebundenes Gebetbuch, abgegriffen, mit einem kunstvollen Metallbeschlag, ein Herz darstellend, von ziseliertem Blattwerk und Blüten umrahmt.

Ich öffnete es, vergilbte, abgegriffene Seiten.

»Goldener Himmel-Schlüssel« hieß es dort, und darunter: »Für die armen Seelen im Fegfeuer. Zum besonderen Gebrauch des andächtigen Weibergeschlechts.«

Ich blätterte um: »Sehr kräftiges, nützliches und trostreiches Gebet-Buch zu Erlösung der lieben Seelen des Fegfeuers. Darinnen zuvorderst in dreyen Geschichten die Grausamkeit des Fegfeuers, samt einer leichten Weiß, die armen Seelen unfehlbar zu erlösen, erkläret wird. Im Verlag Joseph Wolff, Augsburg, 1776«

Gerührt blätterte ich das Buch durch, das mehr als zweihundert Jahre alt war. Wie viele Hände es wohl schon gehalten und wie viele Augen darin gelesen haben mochten?

Ganz hinten waren auf einigen, ursprünglich leeren Seiten handschriftliche Eintragungen in vergilbter, blassbrauner Schrift.

Ich tat mich schwer damit, sie zu lesen. Nicht nur wegen des schlechten Lichtes, sondern auch, weil es in altdeutscher Schrift geschrieben war, doch mit etwas Mühe konnte ich einige der Aufzeichnungen entziffern:

»1786, den 20. Juli bin ich gebohren, Magdalena Willing, ...dochter von Johann Willing, von Hohenfernbach.

1822 den 22. Abrill in der Frühe um 8 Uhr ist mein lieber Vatter gestorben.

1829, den 12. Abrill ist meine liebe Mutter gestorben.

Ich traurige Dochter Magdalena Kröllin in Ober...«

Auch die nächsten Seiten waren eng beschrieben, kaum zu entziffern. Die letzte Eintragung stammte von 1894, mehr als hundert Jahre nach dem ersten Eintrag und fast genau hundert Jahre vor dem heutigen Tag.

Ich legte das Buch zurück, ganz eigenartig war mir ums Herz geworden. Hier in dieser Truhe, mit all ihren Schriftstücken, war vermutlich eine ganze Familienchronik verborgen. War es die Chronik meiner Familie? Vorfahren, von denen ich nichts gewusst oder geahnt hatte!

Lag hier der Schlüssel zu dem Geheimnis, das ich nie erfragen durfte?

»Wie schaut es denn aus?« Frau Gruber war wieder heraufgekommen und riss mich aus meinen Gedanken.

»Tja, das kann man alles entsorgen, Frau Gruber, nur die Truhe, die nehme ich mit.«

»Das täte ich auch, Kathi, das scheint ein altes Familienerbstück zu sein. Weißt du was? Der Karl erledigt das für dich, die Entsorgung meine ich. Und die Truhe bringt er dir auch nach München, wenn er demnächst mit dem Lieferwagen hinkommt.«

Das war sehr nett von Frau Gruber und dem Karli, ihrem Sohn, mit dem ich zur Schule gegangen war.

Und dass ich mich jetzt Katrin und nicht mehr Kathi nannte, das konnte Frau Gruber nicht wissen.

Einige Tage später brachte Karli die Truhe. Sein Helfer und er stöhnten, bis sie das schwere Stück in der Tränkgasse vom Speicher hinunter und bei mir hinauf in die Wohnung geschleppt hatten.

Karli, das weiß ich ganz genau, war früher ein bisschen in mich verliebt gewesen. Doch mich hatte das nicht interessiert, damals wollte ich nur fort aus Wasserburg.

Abgesehen davon – was erst seine Eltern dazu gesagt hätten, zu mir, die nichts war und nichts hatte! Womöglich hätte er mich auch mit einem ledigen Kind sitzen gelassen, wie mein Vater damals meine Mutter!

»Da wohnst du also jetzt.« Karl schaute sich neugierig in meinem Wohn-Schlafzimmer mit den IKEA-Möbeln um.

»Und da gefällt's dir besser als in Wasserburg?«, meinte er ungläubig und schaute aus dem Fenster auf die umliegenden Wohnblocks. Er schüttelte den Kopf. »Also, mir täte es da nicht gefallen, so eng rundherum!«

»Ach geh, in der Tränkgasse war es auch nicht besser«, gab ich patzig zurück. Er konnte leicht reden! Die Grubers waren eine wohlhabende, alteingesessene Wasserburger Familie, hatten eine große Speditionsfirma, und Karl hatte sein ganzes Leben in einem schönen Haus mit einem riesigen Garten gewohnt. Der konnte sich gar nicht vorstellen, wie trist es in der muffigen Tränkgasse gewesen war!

Ich konnte es kaum abwarten, bis die beiden Männer endlich fort waren, damit ich in der Truhe stöbern konnte.

Ich war sicher, dass meine Mutter nach dem Tod der Großmutter, als das kleine Haus geräumt werden musste, diese Truhe mitgenommen und sie auf den Boden verbracht hatte. Es war vermutlich das Einzige, was sie aus dem Nachlass der Eltern bekommen hatte. Nun war die Truhe in meinem Besitz.

Meiner neuen Kollegin, Jana, hatte ich von der Truhe erzählt und dass Karl diese heute bringen würde. Schon tauchte Jana auf.

Jana kam aus der früheren DDR, aus den »neuen Bundesländern«, wie es jetzt, nach dem Fall der Mauer und der Wiedervereinigung Deutschlands hieß. Sie fühlte sich noch etwas einsam im Westen, deshalb suchte sie Kontakt mit mir. Auch wenn es mir manchmal fast ein bisschen lästig war, ich hatte auch Verständnis dafür. Mir war es ähnlich ergangen, nachdem ich nach München, in die große Stadt, gekommen war.

»Was für ein scheenes Stück«, rief Jana in ihrem lustigen sächsischen Dialekt aus. »Da wirsde evenduell einige Gostbarkeiten drin finden, vielleicht altes Geld oder Münzen!« Schon wollte sie in der Kiste herumkramen; aber ich schloss schnell den Deckel der Truhe, wollte nicht, dass fremde Hände darin wühlten.

»Nein, da habe ich schon nachgeschaut, Jana. Das sind nur Erinnerungsstücke von meiner Familie, alte Fotos und Urkunden«, spielte ich den Inhalt herab.

Von meiner Familie! Ich hielt erschrocken inne, als ich den Satz gesprochen hatte. Ich hatte ja nie eine Familie in diesem Sinne gehabt, nur meine Mutter. Und ausgerechnet jetzt, nachdem Mama gestorben und ich alleine war, entdeckte ich die Wurzeln meiner Vorfahren. Meiner Familie! Was für ein eigenartiges, aufregendes Gefühl!

In den nächsten Tagen packte ich behutsam alles aus, was sich in der riesigen Kiste befand. Neben dem Bild mit dem schönen, stolzen Mann fand sich noch ein zweiter Rahmen. Er war aus schlichtem Holz und hinter dem Glas befand sich ein wunderschöner, großer Schmetterling, umgeben von kleineren, alle mit Nadeln aufgespießt. Auf der Rückseite stand: »Für Katharina von Berthold«.

Ob das der Liebhaber dieser Katharina gewesen war?

In einem Antiquariat entdeckte ich ein altes Schulbuch, in dem die frühere Sütterlinschrift der heute üblichen lateinischen Schrift gegenübergestellt war, und so lernte ich, anfangs etwas mühselig, die alten Papiere zu entziffern. Stück um Stück hatte ich diese aus der Truhe genommen, feinsäuberlich geordnet und sortiert, dazu die Stoffe, die Andenken, die Fotografien. Das ganze Zimmer war mit den alten Sachen ausgelegt.

Ich konnte es kaum erwarten, abends aus dem Büro nach Hause zu kommen, um mich weiter in meine Familiengeschichte zu vertiefen, völlig fasziniert war ich davon. Keine Disco und keine Kneipe interessierten mich mehr.

Ich begann, systematisch Listen aller Abschriften von Auszügen aus Kirchenbüchern, Heirats- und Taufurkunden, Stammbüchern, Notariatsurkunden, persönlichen Briefen, Inventarlisten und Abrechnungen anzufertigen und drang immer tiefer in eine längst vergangene Zeit ein, in die Geschichte eines wohlhabenden Bauerngeschlechts aus dem niederbayrischen Rotttal. Die ältesten Dokumente stammten aus dem Jahre 1784, das jüngste war die Geburtsurkunde der Katharina Szegedy, geboren am 23. März 1922.

Das musste meine Großmutter sein, Katharina Siegl, wie sie nach ihrer Verheiratung hieß. Szegedy, was für ein ungewöhnlicher Name für das Rotttal!

Davor hatte die Familie Kröll geheißen und noch früher, vor dem 19. Jahrhundert Willing, wie der Name in dem alten Gebetbuch. Zweimal also hatte es einen Wechsel des Familiennamens gegeben, nur der Name des Hofes, der so genannte Hausname, war über alle Zeiten unverändert geblieben, nämlich »Oberholzer am Dunkelwald«.

Was mochte damals, nach 1922, geschehen sein, dass meine Großmutter den Hof verlassen hatte? Hatte sie einen Bruder gehabt, der den Hof geerbt hatte, und sie hatte weggeheiratet, wie das früher oft üblich war? Aber in den Geburts- und Taufurkunden war noch ein Kind namens Simon vermerkt, das bereits im Kleinkindalter verstorben war. Ich versuchte, mich an die alten Geschichten zu erinnern, die meine

Großmutter gelegentlich erzählt hatte. Sie hatte wohl gelegentlich das Rotttal erwähnt, daran glaubte ich mich zu erinnern und auch an ihren wehmütigen Gesichtsausdruck, wenn sie davon sprach.

Ich beschloss spontan, einige Tage Urlaub zu nehmen. Nach den Aufregungen und dem Kummer der letzten Wochen würde mir das gut tun. Ich hatte vor, ins Rotttal zu fahren, wollte die Gegend, aus der meine vermutlichen Vorfahren kamen, mit eigenen Augen sehen.

Zuerst besorgte ich mir eine Landkarte, aber unter all den Ortsnamen war nichts zu finden, was auf einen »Oberholzer-Hof« hindeutete.

Jana gab mir den Tipp mit den topografischen Karten. Darin ist jeder Weg und Steg notiert und auch die Flurnamen. Dass der Hof im Umkreis von Massing liegen musste, das hatte ich bereits herausgefunden. Und tatsächlich – so ungefähr sechs bis sieben Kilometer entfernt, in der Nähe von Rossbach, fand sie ein Waldstück, das als »Dunkelwald« bezeichnet wurde, und gleich daneben war ein quadratisches Gebäude mit »Oberholzer« untertitelt. Das musste ein so genannter Vierseithof sein, wie er im Rotttal bei reichen Bauern um das 18. Jahrhundert gebaut worden war. So ein Hof war in den Unterlagen beschrieben, in Planunterlagen gezeichnet und auf alten, bräunlichen Fotos abgelichtet. Das könnte der Hof sein. Mein Puls ging schneller, als ich den Namen »Oberholzer« auf der Karte las.

Herr Rogall genehmigte den Urlaub und lachte, als ich auf seine Frage hin antwortete, ich wolle ein paar Tage nach Niederbayern, ins Rotttal, fahren. »Ist es denn schon so weit, Katrin, dass Sie ins Thermalbad müssen«, feixte er. »So schlimm ist der Job bei uns doch auch wieder nicht, oder?« Weiter unten in Niederbayern, im »Bäderdreieck« sind nämlich die bekannten Thermalquellen von Bad Füssing, Bad Griesbach und Bad Birnbach. Damit hatte ich allerdings nichts im Sinn. Trotzdem verstand ich seinen Spaß, denn welches junge Mädchen fährt denn schon nach Niederbayern, ins Rotttal, zum Urlaubmachen?

Ich war mir nicht sicher, was mein Ausflug bezwecken sollte. So ganz genau wusste ich nicht, was ich dort eigentlich wollte. Aber war das nicht egal? Es musste ja nichts dabei herauskommen. Allein die Gegend sehen und vielleicht den Hof, wer immer auch jetzt darin wohnte, das wäre schon genug. Es zog mich dorthin.

Es war ein schöner Tag Ende Mai, als ich meine kleine Reisetasche packte und losfuhr. Die wichtigsten Dokumente und Unterlagen hatte ich kopiert und in meiner alten Schultasche dabei.

Mein erstes Ziel war Massing. Dort wollte ich zunächst das Freilichtmuseum besichtigen, ein guter Einstieg wie mir schien, um einen Eindruck davon zu bekommen, wie die Menschen in früherer Zeit gelebt hatten.

Gut drei Stunden dauerte die Fahrt hinunter nach Niederbayern. Doch zuerst machte ich in Wasserburg Halt, ging zum Grab meiner Mutter, um Blumen abzulegen und um ihr alles, was sich ereignet hatte, zu erzählen:

Vom Fund der Truhe, was ich alles darin entdeckt hatte, dass ich mich nun auf den Weg ins Rotttal machen würde, und vor allem, wie sehr sie mir fehlt und wie gerne ich mich mit ihr über so vieles, was mir auf der Seele brannte, unterhalten würde.

So viele Fragen, doch es war zu spät!

Ich fuhr weiter über Ampfing, Neumarkt-St.Veit nach Massing. Ein schöner, blitzsauberer Marktflecken war das, aber allzu lange hielt ich mich dort nicht auf, mein Weg führte mich weiter zum Freilichtmuseum.

Gleich hinter dem Tor zum Gelände ist der »Schusteröder-Hof« aufgebaut, ein stattlicher Vierseithof aus dem Jahre 1770, der 1966 in der Gegend um Massing aufgekauft, abgebaut und 1969 im Museum wieder aufgebaut worden war. Ein prachtvolles Stück alter Heimatkultur ist dieser Schusteröder-Hof, ganz aus Holz gebaut, im Karree, umgeben von den Wirtschaftsgebäuden, mit umlaufenden Galerien.

Begeistert wanderte ich durch die Räume und Gebäude, besah mir alles gründlich, drinnen und draußen. Seit ich wusste, dass meine Vorfahren auf einem ähnlichen Hof gelebt hatten, interessierte ich mich viel mehr dafür. Vermutlich hätte ich früher gar kein Auge für diese wunderschönen alten Dinge gehabt.

Draußen setzte ich mich in die Sonne, an einen der Tische vor dem »Schusteröder-Stüberl«, das man in einem Seitenflügel des Hofes eingerichtet hatte, und ließ die Stimmung des alten Gebäudes auf mich wirken. Es war sehr ruhig, außer der Bedienung des Lokals war ich fast alleine dort an diesem Tag; nur gelegentlich kam der eine oder andere Besucher.

Ich lehnte mich an die warme Holzwand und stellte mir vor, wie belebt der Hof gewesen sein mag, damals vor mehr als hundert Jahren.

Die Ställe voll von Pferden, Kühen, Kälbern und Schweinen. Rundherum gackerte und schnatterte alles mögliche Federvieh. Hier herüben, in der Remise, standen vermutlich Kutschen und Schlitten; dort drüben, die Scheunen waren voller Korn und Heu gewesen.

In meiner Vorstellung sah ich die Bauernfamilie, Knechte und Mägde geschäftig ein- und ausgehen, Kinder spielten auf dem Hof.

Bilder einer längst vergangenen Zeit stiegen vor mir auf. Recht romantisch konnte man sich das vorstellen, aber so war das Leben seinerzeit vermutlich nicht. Viel harte Arbeit, aber andererseits war es sicherlich doch nicht so hektisch und schnelllebig wie heute.

Schwer riss ich mich aus meinen Betrachtungen, aber ich hatte vor, mit dem Auto die Gegend um Massing herum abzufahren und vor allem eine preisgünstige Unterkunft für die Nacht zu suchen. Schon auf dem Weg hierher hatte ich an einigen Häusern das Schild »Zimmer zu vermieten« gesehen. Nach so einer Privatunterkunft wollte ich Ausschau halten.

Schönes, weites, welliges Bauernland. Die Rapsfelder leuchteten in einem fast grellen Gelb, auf den Wiesen gab es schon die erste Mahd und überall auf den Feldern und Wiesen hörte man landwirtschaftliche Maschinen klappern. Kaum ein Mensch war zu sehen und keine Kühe auf den Weiden. Darüber war ich erstaunt, das hatte ich mir anders vorgestellt.

Die Gegend war gut besiedelt, aber doch nicht so dicht, wie ich es aus der Gegend um München kannte, wo fast hinter jeder Wegbiegung ein Weiler oder ein Dorf liegt.

Hier gab es noch viele Einödhöfe, kilometerweit voneinander entfernt, aber keiner der traditionellen Vierseithöfe, nach denen ich auf der Suche war, war dabei. Stattdessen sah ich viele moderne Einheitsbauten. Ob es überhaupt noch jene alten Kanthöfe gab?

Kreuz und quer fuhr ich im Umkreis von zwanzig Kilometern um Massing herum. Den Oberholzer-Hof suchte ich noch nicht, ich hatte keine Eile. In der Gegend von Rossbach, wo der gesuchte Hof liegen musste, wollte ich mir ein Quartier suchen.

Da entdeckte ich, etwas abseits von der Hauptstraße, den »Weilhammer-Hof«. Das war nun der erste Vierseithof, den ich bei meiner Erkundungstour zu sehen bekam. Vorbildlich renoviert, doch ganz aus Mauerwerk, nur mit einer Art von Bundwerk versehen. Vermutlich ein späteres Baudatum als der Oberholzer-Hof.

»Ferien auf dem Bauernhof« stand auf einem Schild vor dem Tor, das schien genau das Richtige zu sein. Ein paar Ponys standen auf der Weide, eine Menge Ziegen und Hasen gab es auch. Vermutlich für die Kinder der Gäste.

Die Bäuerin sah mich im Hof stehen und kam aus dem Haus. Ich ließ mir das Zimmer zeigen, das mir sehr gefiel, und schnell war ich mit der Bäuerin einig und quartierte mich kurz entschlossen im Weilhammer-Hof ein.

»Nein, Viehhaltung haben wir keine mehr«, antwortete die Bäuerin auf meine Frage, als wir kurz darauf bei einem Glas Milch auf der Bank vor dem Haus saßen.

»Ach was, die viele Arbeit im Stall und beim Melken! Und Wegfahren, vielleicht einmal in Urlaub, kann man auch nicht, wenn man Tiere im Stall hat.

Ich kann und mag es, ehrlich gesagt, nicht machen, und mein Mann, der fährt auch lieber mit den Maschinen herum. Sicher haben S' ihn gesehen beim Herfahren. Er hat alle möglichen Geräte gekauft und fährt damit zu den Bauern der Umgebung, in Lohnarbeit, und ich verdien mir ein Zubrot durch die Fremdenzimmer und die Urlaubsgäste.«

»Gibt es denn hier noch viele solcher Höfe wie den Ihren?«, fragte ich neugierig.

»Vierseithöfe gibt es nicht mehr allzu viele hier, die meisten sind abgerissen worden in den letzten Jahrzehnten. Der Schusteröder-Hof im Freilichtmuseum in Massing stand übrigens gleich da drüben«, die Bäuerin zeigte in östliche Richtung. »Er war schon recht verfallen, aber jetzt, im Museum, ist er wieder wunderschön aufgebaut. Und da droben«, sie zeigte in die andere Richtung, »beim Obermeier, steht auch noch ein altes Haus, aber wohnen tun s' nicht mehr drin, sie haben ein neues Haus daneben gebaut. Aber den alten Hof will der junge Obermeier stehen lassen, vielleicht aus Pietät.« Sie lachte. »Er selber hat umgeschult auf Bankkaufmann, seine Bandscheiben haben die schwere Arbeit nicht mehr mitgemacht, und er hat den meisten Grund verpachtet. Nur noch ein paar Wiesen ums Haus herum bewirtschaftet er noch selber. Ja, es hat sich vieles verändert in der Landwirtschaft in den letzten Jahren.«

Während sie erzählte, führte die Bäuerin mich ins Haus, hinauf zu den Gästezimmern im ersten Stock.

»So gut wie unser Hof ist selten ein Haus erhalten, aber fragen S' nicht, wie viel Arbeit das macht und was das kostet, so ein altes Gebäude in Schuss zu halten. Wenn man hinten fertig ist mit dem Renovieren, muss man vorne wieder anfangen. Da gehört schon viel Liebe und Idealismus dazu, und Geld, auch wenn man Zuschüsse bekommt.«

So früh im Jahr war ich der einzige Gast. Am Abend wanderte ich noch etwas durch die Gegend, hinauf zu dem alten Obermeier-Hof. Der sah von der Bauart schon eher wie »mein« Hof aus, nur kleiner. Außerhalb des Hofes stand ein schönes, großes, modernes Wohnhaus, da wohnte heute die Familie drin, mit der Großmutter im Austrag. Das ist der Wechsel der Zeit.

Irgendwie stimmte mich der Anblick des leer stehenden Hauses traurig, aber verstehen muss man es auch.

So ein altes Gebäude müsste ganz behutsam umgebaut werden, und das wäre teuer und nur mit vielen Kompromissen zu machen. Wer will heute noch ohne Zentralheizung und einem Bad ohne fließendem Wasser in kleinen Zimmern mit einer Raumhöhe leben, bei der ein Mann heutiger Größe kaum aufrecht stehen kann? Das sieht alles nur von außen idyllisch aus oder ist vielleicht romantisch für ein paar Ferienwochen.

Der Spaziergang an der frischen Abendluft hatte mir gut getan, eine eigentümliche Ruhe legte sich auf mich. Nach dem Essen breitete ich in meinem Zimmer die topografische Karte aus. All zu weit war ich nicht vom Oberholzer-Hof entfernt, vielleicht acht bis zehn Kilometer. Zu Fuß wären das zwei Stunden, vielleicht ein bisschen länger, wenn man gemächlich ging. Und ich hatte Zeit!

Ein herrliches Gefühl, so ohne die Hektik der Großstadt. Ich beschloss, morgen das Auto stehen zu lassen und, wenn das Wetter so schön bleiben würde, zu Fuß die Gegend zu erkunden.

Zufrieden und erfüllt von allem, was ich gesehen und erlebt hatte, und voller Erwartung auf den kommenden Tag schlief ich, unter einem fülligen Federbett geborgen, ein.

Der Morgen weckte mich mit einem Sonnenstrahl. Mit meinen festen Wanderschuhen, in einer bequemen Jeans und T-Shirt und der Schultasche in der Hand tauchte ich in der Wohnküche auf.

»Guten Morgen! Wohin denn schon in aller Früh«, begrüßte mich der Bauer, der gerade frühstückte. Zwei kleine Kinder saßen mit am Tisch und sahen mich scheu und verlegen an.

»Ich mache heute eine Wanderung hinüber nach Rossbach und noch weiter. Da soll auch noch ein Vierseithof stehen, beim Oberholzer heißt er.« Ich sah den Mann gespannt an.

»Oberholzer?« Er schüttelte den Kopf. »Nein, das sagt mir nichts. Aber ich kenn ja nicht alle Höfe in der Gegend. Außerdem ist meine Kundschaft mehr in nördlicher Richtung von uns aus gesehen, und Rossbach liegt im Süden.« Ein bisschen war ich enttäuscht.

»Aber Sie werden doch nicht mit der Schultasche gehen!« Die Bäuerin war gerade hereingekommen.

»Warten S', ich geb Ihnen einen kleinen Wanderrucksack und pack eine Brotzeit und Getränke ein. Heut kann es recht heiß werden und für nachmittags sind erste Wärmegewitter angesagt.«

Sie holte den Rucksack und begann, Verschiedenes vom Frühstückstisch hineinzupacken. »Ich schreib Ihnen unsere Telefonnummer auf. Sollten Sie wirklich in ein Unwetter geraten, können S' von unterwegs anrufen, dann holt sie jemand von uns.«

Solchermaßen und in jeder Beziehung gut ausgerüstet, machte ich mich auf den Weg. Anhand der ausführlichen Karte schien es fast unmöglich zu sein, sich zu verlaufen. So gegen Mittag, rechnete ich mir aus, müsste ich beim Oberholzer angekommen sein.

Was für ein anderer Lebensrhythmus hier auf dem Land herrschte! Natürlich mussten die Leute auch arbeiten, und vermutlich nicht zu knapp, aber ohne die Hektik wie in der Stadt mit S- und U-Bahn, Parkplatznot, Gedränge und Schallberieselung von morgens bis abends. Hier drang allenfalls Vogelgezwitscher oder das Gackern der Hühner ans Ohr, oder entfernt das Geräusch eines Traktors, einer Mähmaschine oder eines Heuwenders.

Urlaub auf dem Bauernhof! Ich musste lachen! Wenn mir das jemand vor ein paar Monaten gesagt hätte, den hätte ich ausgelacht oder für verrückt gehalten! Eigentlich war geplant gewesen, dass ich mit Mario im Juni nach Rimini fahre, so wie letztes Jahr, oder vielleicht sogar nach Mallorca fliegen würde. Nicht gerade zum Ballermann, aber schon in ein Hotel, wo etwas los war. Und jetzt wanderte ich mit Rucksack und Wanderstiefeln durchs Rotttal – und das Erstaunlichste daran war, dass es mir auch noch gefiel!

Tief atmete ich den Duft der Wiesen ein und marschierte zügig voran, immer der Karte nach. Bald würde ich wieder in München sein, in meiner winzigen Wohnung, in dem riesigen Wohnblock mit den vielen, gleich aussehenden Eingängen. Am Montag würde ich wieder im Büro sitzen, umgeben von Telefonen, Schreibmaschinen und Computern. Die Aussicht darauf begeisterte mich nicht gerade, aber ich beschloss, mich erst mal über den jungen Tag, der noch vor mir lag, zu freuen. Fast kam ich mir etwas abenteuerlustig vor, wie auf einer Entdeckungsreise. Eine Entdeckungsreise in Niederbayern statt Urlaub auf Mallorca! Egal, man mochte denken darüber wie man wollte, schön war es hier auf jeden Fall!

Was dieser Tag bringen sollte? Ich wusste es nicht, wollte aber gar nicht weiter darüber nachdenken, sondern einfach mal drauflos wandern und mich freuen!

Ich bog von der asphaltierten Straße ab und suchte mir meinen Weg durch das Gelände, an Feldrainen und Gräben entlang, durch Wiesengebiete und auf Waldwegen. Mehr als einmal nahm ich eine falsche Abzweigung und landete im Dickicht oder der Weg war plötzlich zu Ende, mitten im Wald. Offensichtlich war es doch nicht so einfach, den Weg zu finden, wie ich zunächst gedacht hatte. Aber das machte mir nichts aus, im Gegenteil. In bester Stimmung war ich, wie ich da so auf eigene Faust durch die Landschaft streifte, nur mit meinen Gedanken und dem Staunen über die Natur beschäftigt.

Ich nahm alles wie zum ersten Mal in mir auf: Die warme, frühsommerliche Luft, den frischen, würzigen Geruch des Waldes, das Zwitschern der Vögel oder das Hämmern eines Buntspechtes im Wald. Eine ganze Strecke des Weges begleitete mich ein Kuckuck mit seinen Rufen, fast aufdringlich erschien mir sein dauerndes »Kuckuck-Kuckuck«!

An einem Wiesenbach setzte ich mich hin, zog die Schuhe aus und steckte die Füße in das eiskalte Wasser, bis sie schmerzten von der Kälte. Schon seit Kindertagen hatte ich das nicht mehr gefühlt! Ich hatte ganz vergessen, wie schön die Natur ist, und als ich weiterwanderte, fragte ich mich, wann in den letzten

Jahren ich mich so wohl gefühlt hatte. So mit mir und der Welt in Einklang, ohne Hast und Druck.

Heute hätte ich nicht mit Urlaub in Spanien, Italien oder sonst wo in der Welt tauschen mögen.

Die Sonne näherte sich dem Zenit. Das Dorf rechts musste Rossbach sein, dann war der Weg linkerhand den Hügel hinauf wohl der zum Oberholzer. Zügig schritt ich voran, voll Erwartung, welcher Ausblick sich mir von dort oben bieten würde. Eine letzte Wegbiegung noch droben am Waldrand, und dann – mein Herz klopfte nicht nur von der Mühe des Aufstieges in der Mittagshitze – sah ich unter mir einen Vierseithof liegen. Das musste der »Oberholzer-Hof« sein. Ich war angekommen! Tief atmend blieb ich stehen und sah hinab.

Ein großer, stattlicher Hof stand da, gut erhalten und ohne modernes Wohnhaus daneben. Auf vier Seiten umgaben ziegelrot eingedeckte Gebäude einen Hof, an einer Ecke war die große Hofeinfahrt mit dem gemauerten Torbogen, einem großen, hölzernen Tor und einer kleineren Tür für die Fußgänger, wenn das große Tor geschlossen war.

So hatte man es damals gehabt. Wie eine Festung wirkte die Anlage. Trotzdem war ich fast ein wenig enttäuscht, so sauber und modern war der Hof trotz seines Alters. Die Zufahrten asphaltiert, die Wiesen drum herum abgemäht. Es war ganz still, auch auf dem Hof zeigte sich keine Bewegung, fast wie unbewohnt sah er aus.

Ich schlenderte am Rande der Wiese entlang in Richtung des Hofes. Langsam und fast zögernd ging ich auf das große Tor zu. Es stand offen. Ich stellte mich darunter und sah neugierig in das Gehöft.

Es war »mein« Hof! Ich erkannte ihn gleich von den Fotos her, wenn auch jetzt manches anders wirkte, viel ordentlicher und aufgeräumter als damals.

Das Wohnhaus gegenüber dem Tor, mit dem gemauerten Erdgeschoß und dem Holzaufbau darüber, machte einen gepflegten Eindruck. Rote Geranien leuchteten vor den kleinen Fenstern und die Haustür war, wie auf den Bildern auch, bemalt. Nur das schöne Taubenhaus, das auf den Fotos zu sehen war, stand nicht mehr in der Mitte des Hofes. Das fiel mir sofort ins Auge.

Neugierig machte ich ein paar Schritte vorwärts, als ich plötzlich durch das laute, tiefe Bellen eines Hundes erschreckt wurde.

Ein riesiger Berner Sennhund, der vor einer der Stallungen zur Linken lag, war aufgestanden und gab Laut in meine Richtung. Daraufhin kam ein Mann in Arbeitskleidung aus einem der Ställe, vermutlich um zu schauen, weshalb der Hund anschlug. Mein Herz begann zu klopfen, schnell zog ich mich hinter einen Torpfosten zurück, wie ein lästiger Eindringling kam ich mir vor. Ich hörte noch, wie der Mann einige beruhigende Worte zu dem Hund sprach und dieser letzte, knurrende Laute von sich gab. Dann war es wieder still.

Mein Herz klopfte bis zum Hals, und ich ärgerte mich über mich selbst. Warum, verdammt noch mal, war ich denn so aufgeregt? Das Bellen des Hundes war es jedenfalls nicht gewesen, ich hatte keine Angst vor Hunden. Wäre es denn nicht ganz natürlich, hineinzugehen und einfach meine Geschichte zu erzählen? Doch irgendein unbestimmtes Gefühl hielt mich davon ab. Stattdessen ging ich eilends davon, dem Feldweg zum nahen Wald zu. Fast kam ich mir vor wie auf der Flucht und ich sah mich immer wieder um, als ob mich jemand verfolgen würde.

Endlich langte ich an der Wegbiegung auf dem Hügel an und schlug eine langsamere Gangart ein. Am Waldrand blieb ich stehen und blickte zum Hof zurück, sozusagen aus sicherer Entfernung.

Ich sah zum Himmel. Die Sonne hatte den Zenit verlassen, es war früher Nachmittag geworden und ich spürte plötzlich, wie hungrig ich war. Seit dem Frühstück hatte ich nichts gegessen. Vor mir entdeckte ich eine Gruppe von Himbeerbüschen in Blüte, bald würden sie voll süßer Beeren sein.

An diesem Plätzchen, den Hof drunten im Blick, setzte ich mich hin, packte den Rucksack aus und ließ mir das Essen, das die Bäuerin eingepackt hatte, schmecken.

Müde war ich nach der langen Wanderung. Ein ruhiges, schattiges Plätzchen zum Ausruhen wäre jetzt recht angenehm. Ich blickte mich suchend um.

Da entdeckte ich zwischen den Beerensträuchern einen winzigen Einschlupf. Ich bückte mich tief und war kurz darauf hinter den Büschen verschwunden. Fast kriechend bewegte ich mich vorwärts, bis sich das Dickicht lichtete und der Pfad in eine kleine, fast kreisrunde Lichtung mündete, die mit feinen, hellgrünen Moospolstern bewachsen war. Die Sonne zauberte durch das Blätterwerk Kringel auf den Boden. Ein zauberhafter Platz und ein ideales Versteck. Hier würde mich niemand entdecken und stören, hier war ich sicher. Ich legte mich auf das warme, weiche Moos, den Rucksack schob ich als Kissen unter den Kopf und machte es mir bequem.

Wie abgeschieden und friedlich es hier war, es war ein Ort mit einem besonderen Zauber, fast magisch erschien er mir. Ich habe einmal ein Buch über »Orte der Kraft« gelesen, und genau so ein Ort schien das hier zu sein, so empfand ich es. Ein tiefes Gefühl von Ruhe, Stärke und Gelassenheit durchströmte mich, alle Unrast und Angst fiel von mir ab. Ich kann es gar nicht richtig beschreiben. Es war wie nach Hause kommen am Ende eines langen, beschwerlichen Weges.

Ich fühlte, wie mir die Tränen kamen, aber es waren keine Tränen der Angst oder Trauer, ganz im Gegenteil. Sie schienen mir wie Tränen der Freude und des Glücks, und ich ließ ihnen freien Lauf.

Bald fielen mir vor Müdigkeit die Augen zu, und ich schlief ein.

Wodurch genau ich erwachte, weiß ich nicht, mir war, als hätte mich eine Stimme gerufen. Die Sonne war am Horizont weiter gewandert. Schräge Schatten fielen jetzt auf die kleine Lichtung hinter den Himbeerbüschen.

Ich setzte mich auf. Alles war ruhig, nur ein paar Bienen summten aufgeregt um die Blüten der Himbeersträucher.

Nur langsam fand ich mich in der Wirklichkeit zurecht, musste mich erst erinnern, wo ich war und wie ich hierher gekommen war. Ich sah auf meine Uhr: Kaum zu glauben, mehr als zwei Stunden hatte ich tief geschlafen.

Ich fühlte mich absolut wohl, voller Kraft und Energie wie lange nicht mehr. Strömte dieser Platz ein besonderes Kraftfeld aus?

Fast schien es mir so.

Ich stand auf, streckte mich, nahm den Rucksack vom Boden und duckte mich durch den Himbeerschlag nach draußen.

Die Sonne erschien mir nach dem gedämpften Licht im Dickicht so grell, dass ich die Augen mit der Hand beschatten musste.

Dort unten lag der Oberholzer-Hof, doch er erschien mir jetzt nicht mehr fremd, sondern ganz vertraut, wie eine Heimat.

Ich schulterte den Rucksack und schlenderte hinunter zu dem Gehöft.

Als ich zu der kleinen Straße kam, die zum Tor führte, ratterte ein Traktor aus der Hofeinfahrt heraus. Ich trat zur Seite und sah verstohlen, doch neugierig, auf den Mann, der ihn fuhr. Das musste der Bauer sein, oder sein Sohn.

Der Traktor hielt an und der muskulöse, junge Mann in Jeans und mit braungebranntem Oberkörper beugte sich zu mir herab.

»Bist du schon wieder da? Was schleichst denn den ganzen Tag herum bei uns? Du bist doch die, die heut Mittag schon so neugierig reing'schaut hat, oder etwa nicht?« Seine Stimme klang nicht schroff, eher leicht amüsiert.

Ich sah zu ihm hinauf. »Na und? Ist es verboten, da spazieren zu gehen? Und in den Hof hineinschauen wird wohl auch kein Verbrechen sein, oder?«, gab ich keck zurück.

Er lachte. »Nein, natürlich nicht. Aber was interessiert dich denn gar so dran?«

Ich sah ihn unsicher an, wusste nicht so recht, was ich antworten sollte.

»Ich tät mir so einen alten Vierseithof, der heute noch bewohnt ist, halt gern einmal anschauen«, sagte ich schließlich, in der Hoffnung, der junge Mann würde meine Unsicherheit nicht bemerken.

»Ach so, ja wenn's weiter nichts ist. Komm, setz dich rauf zu mir, dann zeig ich dir den Hof.«

Er beugte sich herab, fasste meine Hand, zog mich zu sich hinauf und ich setzte mich auf den seitlichen Sitz über dem Rad. Er wendete den Traktor auf der holprigen Wiese und fuhr zurück in den Hof, parkte das Gefährt in der Mitte des Hofes, sprang hinunter und hielt mir die Hand hin, um mir beim Absteigen zu helfen.

»Das ist der Oberholzer-Hof«, sagte er stolz. »Schau dich nur um, wenn du willst.«

Ich war an meinem Ziel angekommen. Der Hof war in einem tadellosen Zustand, das bemerkte ich als Erstes, auch wenn sich vieles verändert hatte. Sauberer und moderner sah er aus.

Inzwischen war eine Frau aus dem Haus gekommen, dem Alter nach mochte sie die Mutter des jungen Bauern sein.

»Wen hast denn da mitgebracht, Marinus«?, fragte sie und sah mich neugierig, aber nicht unfreundlich an.

»Sie möcht einen Vierseithof sehen, nicht einen im Museum, sondern einen echten, der noch bewirtschaftet ist. Wie heißt du denn überhaupt?«

»Katharina«, antwortete ich und war überrascht, wie schnell mir der alte Name, den ich nie recht leiden konnte, über die Lippen gekommen war.

»Katharina! Das ist ein schöner Name«, meinte die Bäuerin anerkennend. »Heut heißen s' ja alle Jennifer oder Simone oder Sandra, lauter neumodische Namen halt.«

»Ich heiße Katharina, nach meiner Großmutter.« Am liebsten hätte ich noch hinzugefügt »die hier einmal gelebt haben muss«, aber das verbiss ich mir schnell.

»Habt ihr denn noch Tiere im Stall?« Automatisch wandte ich mich den Stallgebäuden zu.

»Ein paar Kühe noch und zwei Schweine. Wir behalten sie nur wegen der Mutter, die hängt halt dran. Die Kühe sind draußen auf der Weide, bei dem schönen Wetter. – Bio-Milch!« Marinus zwinkerte mir spitzbübisch zu.

»Ja, ja spott du nur. Aber er hat ja Recht«, meinte sie zu mir gewandt. »Rentieren tut sich die Milchwirtschaft nur noch im großen Stil, und da hat man viel Arbeit. Es hat sich viel geändert in den letzten Jahren. Das ist mit dem Bauerntum von früher gar nicht mehr zu vergleichen. Die paar Kühe halte ich eher aus Liebhaberei. So ganz ohne Viecher ist ein Hof nichts, find ich!«

Ich nickte. »Da drüben war früher einmal der Stall für die Rösser, und die Linde, ist die groß geworden in all den Jahren! Und hier, in der Mitte, da stand einmal ein wunderschöner Taubenschlag, wie ein Schloss hat der ausg'schaut. Schad, dass der nimmer da ist.«

Ganz unwillkürlich war es mir entschlüpft, hatte ich doch die Bilder und Pläne des Hofes über Wochen intensiv studiert und wusste Bescheid, wie es früher mal ausgesehen hatte.

Mutter und Sohn schauten sich irritiert an.

»Ja, das stimmt! Das Taubenhaus hat mein Mann abgebaut, nachdem er es einmal mit dem Mähdrescher gerammt hat. Die Gefahr war zu groß, dass das Kunstwerk einmal beschädigt wird beim Wenden mit den vielen, großen Maschinen, die man jetzt hat auf dem Hof. Da hinten in der Remise, da steht er, gut aufbewahrt. Alte Bauernhofromantik.«

»Schad ist es schon drum, ich hab das Gurren der Tauben immer gern gehört, vielleicht sollt man ihn doch einmal wieder aufstellen«, meinte Marinus nachdenklich.

»Willst reinkommen und dich drinnen umschauen? Wir haben natürlich vieles modernisiert, sonst könntest in so einem Haus nicht mehr wohnen. Wir sind vor der Wahl gestanden, abreißen und neu bauen oder gar außerhalb ein Wohnhaus bauen, so wie es viele machen. Aber meistens verfällt das alte Haus dann doch, wenn es nimmer bewohnt wird. Wir haben uns dann dafür entschieden, das alte Haus zu modernisieren und zu renovieren, und wir haben es nicht bereut, gell, Marinus?« Marinus nickte.

»Komm rein in die Küche, sie ist ganz modern! Da braucht sich der Marinus nicht genieren, wenn er mal eine junge Frau auf den Hof bringt.«

»Geh, Mama, hör auf!«

»Bist du nicht verheiratet?« Ich sah ihn an. Er mochte so Ende zwanzig sein, ein gut aussehender, sympathischer Mann. Sehr sympathisch sogar!

»Das ist heut nimmer so einfach«, antwortete seine Mutter für ihn. »Die jungen Frauen heutzutag sind nicht interessiert, Bäuerin zu werden, und schon gleich gar nicht so abseits, auf einem Einödhof, wie unserer einer ist. Es kommt einem manchmal schon einsam vor, wenn man es nicht gewöhnt ist, auch wenn wir Autos und alles haben. Trotzdem, schon allein zum Schulbus muss man die Kinder, wenn mal welche da sind, bis zur Hauptstraße bringen. Und wenn Kühe zum Melken da sind, geht sowieso keine junge Frau mehr her. Da bist schon recht angehängt, da kannst nie weg und in aller Früh heißt's aufstehen, Tag für Tag, sommers wie winters. Da brauchst schon eine besondere Liebe dazu.«

Sie öffnete die Tür zur Stube und ließ mich ein. Alles war schön und gediegen und schlicht eingerichtet.

Ein paar alte Schränke, eine Eckbank und ein Tisch, nichts Kitschiges oder Überladenes.

»Wir mögen es halt noch echt traditionell«, meinte der Marinus fast entschuldigend. »Kein solches Bauernbarock, wie es heute manchmal zu finden ist. Weitgehend haben wir noch die alten Möbel, die wir auf den Speichern gefunden haben, wieder restauriert.

»Ich find es wunderschön; es wäre doch schade, wenn man so ein altehrwürdiges Haus mit modernen Möbeln verschandeln tät.«

»Ja, altehrwürdig ist es, ich bin bereits in der dritten Generation auf dem Hof. Ich glaub, das Haus ist um 1800 gebaut worden, die alten Unterlagen gibt es nicht mehr.«

Ich sah ihn ernst an. »1784 genau«, entschlüpfte es mir.

Er wollte etwas erwidern, aber in diesem Moment kam die Mutter herein, mit einem Tablett voll Geschirr drauf und einer Kanne.

»Ich hab uns Kaffee gemacht, und ein paar Rohrnudeln sind auch noch da von gestern, leider nimmer ganz frisch. Mögen S' denn Rohrnudeln, Katharina?« Sie schob mir einladend den Teller mit dem Backwerk zu.

»Ich glaub, die Katharina kennt sich mit unserem Hof besser aus als wir, die weiß sogar aufs Jahr genau, wann er gebaut worden ist«, lachte Marinus und langte kräftig zu.

Die Bäuerin sah mich nachdenklich an.

»Irgendwie kommen Sie mir bekannt vor, Katharina, als ob ich Sie schon einmal gesehen hätte«, meinte sie grübelnd.

»Das kann nicht sein. Ich komme aus München und bin zum ersten Mal in der Gegend«, gab ich zurück. »Darf ich mich denn noch ein bisserl umschauen auf dem Hof?«

»Ja, gern, ich fürchte nur, es gibt nicht allzu viel zu sehen – für einen Stadtmenschen, meine ich.« Marinus grinste mich recht unverschämt an. Da mochte er wohl Recht haben. Was er allerdings nicht wusste, war, dass ich ein besonderes Anliegen und Interesse hatte.

Ich trat aus dem Haus und versuchte, die jetzige Anlage mit den alten Plänen übereinzubringen. Ich wanderte vom Stall, in dem zwei Schweine quiekten, zum früheren Pferdestall, der jetzt als Wohnung ausgebaut war, die allerdings leerstand. Vielleicht hatte sie früher mal als Austragsstube gedient. Ein schönes Feriendomizil wäre das. Ich ging weiter von Scheune zu Scheune, in einer waren hinten zwei Kammern angebaut, in denen jetzt altes Pferdegeschirr und allerhand anderer Kram lagen. Vielleicht früher die Behausung eines Rossknechtes?

Ich schlenderte durch das hintere Tor, draußen hatte die Bäuerin einen Bauerngarten angelegt, schön eingezäunt, damit die Hühner nicht das junge Kraut und Gemüse wegpickten. Ein altes Backhaus, das vermutlich seit langem nicht mehr benutzt wurde, stand etwas abseits vom Hof, leicht verwittert und verfallen. Hinter dem Stall, außerhalb des Hofes, lag der Misthaufen, auf dem einige Hühner scharrten und pickten.

Ich setzte mich auf einen Betonblock und blickte versonnen um mich. Hier war er nun, der Hof meiner Vorfahren.

Weshalb waren sie von hier weggezogen? Warum hatte eine andere Familie den Hof in Besitz genommen? Nach dem Familienstammbaum, der in der Truhe lag, wäre meine Großmutter Katharina die letzte Erbin des Hofes gewesen. Warum hatte sie dann ein so bescheidenes Leben in Reithmering geführt, wenn sie doch aus einem so reichen Hof stammte? Ich ahnte, das hatte mit dem Geheimnis zu tun, von dem meine Mutter gesprochen hatte und an das man nicht rühren durfte. Fragen über Fragen, die ich nicht beantworten konnte.

Mich fröstelte und ich bemerkte, wie kühl es geworden war. Erschrocken sah ich auf die Uhr. Nahezu sechs Uhr abends. So hatte ich über meinen Gedanken die Zeit vergessen.

Schnell ging ich zum Haus zurück, um mich zu verabschieden. Es wurde höchste Zeit, ich hatte noch einen langen Weg zurück zu meinem Quartier vor mir.

»Vielen Dank, dass ich alles anschauen hab dürfen.« Ich drückte der Bäuerin die Hand.

»Wo musst du denn hin, Katharina?«, fragte Marinus.

»Nach Rossbach und noch ein bisschen weiter. So an die zwei Stunden werden es sein. Es wird Zeit, dass ich losmarschiere, ich komme ohnehin schon in die Dunkelheit.«

»Ich fahre dich gerne hin, wenn du willst.«

»Mit dem Traktor?«, lachte ich.

»Nein, natürlich nicht. Mit dem Auto ist es keine Viertelstunde.«

Ich nickte. Das Angebot war mir sehr willkommen, denn nach den Erlebnissen dieses Tages war ich müde geworden.

Jetzt wandte sich Marinus' Mutter an mich.

»Kommen S' mal mit, Katharina. Ich will Ihnen etwas zeigen, in der Stube drin!« Sie nahm mich an der Hand und zog mich mit sich hinein. »Schauen Sie, das Bild da an der Wand!«, und sie zeigte auf ein altes Ölgemälde, das in der Stube hing, in einem schönen, geschnitzten Rahmen. Ich sah sofort, dass es der gleiche Rahmen war, wie ihn das Bild aus der Truhe mit dem stolz dreinblickenden Mann mit der Schärpe hatte. Wieder ein Beweis, dass ich auf der richtigen Spur war.

»Fällt Ihnen da nichts auf, wenn Sie das Bild anschauen?«

Zu dritt standen wir nun vor dem Gemälde. Es zeigte, in der gleichen Manier gemalt wie »mein« Bild, eine junge Frau.

Ein schmales, bräunliches Gesicht, braune, schöne Augen, die gelassen und ein bisschen stolz blickten. Um den Mund spielte ein kleines Lächeln. Sie trug ein dunkles Kleid mit einem kleinen, weißen Stehkragen aus Spitze. Die Hand unterhalb der Brust hielt ein kleines, weißes Blumenbouquet. War das eine Braut?

Die dunklen Haare waren in der Mitte gescheitelt und zu einem Kranz geflochten. Darauf steckte ein Diadem aus Perlen, Pailetten und Golddraht.

Es war das Diadem, das ich in der Truhe gefunden hatte!

Ein weiterer Beweis!

Die Frau war etwas nach links ausgerichtet, und wenn man »mein« Bild rechts daneben gehängt hätte, so wären sich die beiden Menschen zugeneigt gewesen.

»Fällt ihnen nichts auf, Katharina?« Ich schüttelte den Kopf.

»Und dir, Marinus? Fällt dir auch nichts auf?«

Marinus sah auf das Bild, dann auf mich, dann wieder auf das Bild. »Es ist unglaublich!«, sagte er dann verdutzt. »Diese Ähnlichkeit, da schau, Mutter, sogar der gleiche, kleine Leberfleck hier am Hals.« Er deutete auf das Bild und dann auf meinen Hals.

»Genau!« Marinus Mutter sah uns fast triumphierend an. »Deshalb sind Sie mir so bekannt vorgekommen, Katharina! Sie schauen genau so aus, wie die Frau auf dem Bild!«

»Und wer ist das?«

»Das Bild hing schon hier im Haus, als Marinus' Großvater als neuer Besitzer auf den Hof gekommen ist, und da ist es hängen geblieben.« Sie nahm das Bild von der Wand und drehte es um. »Magdalena Szegedy, geb. Kröll«, stand mit Farbe darauf geschrieben, und die Jahreszahl 1922.

Ich stieß einen leisen Überraschungsschrei aus und hielt mir dann schnell die Hand vor den Mund. Das musste nach dem Stammbaum meine Urgroßmutter sein, die Mutter meiner Großmutter Katharina. Hier war der endgültige Beweis, dass meine Vorfahren hier gelebt hatten!

Die Bäuerin sah mich forschend an. »Sagt Ihnen der Name etwas?«

Ich senkte den Kopf, nun war die Stunde der Wahrheit gekommen. »Die Frau auf dem Bild ist meine Urgroßmutter Magdalena. Ich bin jetzt ganz sicher, dass dieser Hof früher meiner Familie gehört hat.«

Der Satz hatte eine ungeheure Wirkung auf die Frau. Sie war blass geworden und sah mich plötzlich misstrauisch an. »Woher wollen Sie das wissen? Und was wollen Sie hier überhaupt?«

»Bitte, Mama!«, hörte ich Marinus beschwichtigend sagen.

Ich hob meinen Rucksack auf den Tisch und entnahm ihm die wenigen Unterlagen, die ich dabei hatte. Die alten Pläne des Hauses, einige alte Fotos, die topografische Karte, in die ich die Lage des Hofes eingezeichnet hatte, und zum Schluss die Fotokopie des Stammbaumes der Familie Kröll, deren letzter Eintrag war: »Katharina Szegedy, Tochter des Bela Szegedy und der Magdalena Szegedy, geb. Kröll.«

All diese Unterlagen breitete ich schweigend auf dem Tisch aus.

Marinus stieß einen leisen Pfiff aus, als er die Dokumente sah. »Da sind sie also! Darum haben wir nie alte Unterlagen über den Hof gefunden. Du hast sie also!« Er sah mich jetzt ebenfalls forschend an. »Und woher hast du sie?«

Nun erzählte ich alles. Vom Tod meiner Mutter, vom Auffinden der Truhe, ihrem Inhalt und ihren Schätzen, von meiner Suche nach dem Hof meiner Vorfahren.

»Und?« Die Bäuerin war immer noch misstrauisch. »Leiten Sie da jetzt irgendwelche Ansprüche ab?«

»Nein, nein«, wehrte ich ab. »Ich will nur wissen, wer ich bin und woher ich stamme. Ist das so unverständlich, nachdem ich ganz alleine bin?« Ich sah sie offen an.

»Nein, natürlich nicht«, antwortete sie, nun doch wieder friedfertiger.

»Was wissen Sie denn über die alten Geschichten?« Ich sah sie fragend an.

»Ehrlich gesagt, auch nicht allzu viel. Aber setzen wir uns doch.« Dann begann sie zu erzählen, und Marinus und ich hörten ihr gespannt zu.

»Unsere Familie heißt Hofmüller, der Hausname des Hofes ist, wie früher auch, Oberholzer. Ich selbst habe eingeheiratet. Dem Marinus sein Vater, der vor ein paar Jahren gestorben ist, ist als kleines Kind hierhergekommen, aus dem Fränkischen. Sein Vater hatte den Hof als junger Mann geerbt. Die Erblasserin, eine alte Frau, hat drüben in der Wohnung im früheren Pferdestall gewohnt, im Austrag. Ich selbst habe sie nicht mehr gekannt, sie war schon tot, als ich auf den Hof kam. Ich weiß nur aus Andeutungen, dass sie eine sehr eigenartige, verbitterte Frau war, irgendwie verwirrt. Vielleicht war sie krank. Sonst hat von den früheren Bewohnern des Hofes nur noch ein alter Knecht hier gewohnt, drüben in den Kammern hinter dem Stall. Er hat sich rührend um die alte Frau gekümmert, und als sie gestorben war, ist er auch gegangen. Mehr weiß ich eigentlich nicht.« Sie seufzte. »Nur, dass mein Schwiegervater sich hier nie wohl gefühlt hat, warum, weiß ich nicht. Als sein Sohn, mein Mann, erwachsen war, hat er ihm den Hof übergeben und ist mit seiner Frau wieder in seine Heimat, ins Fränkische, zurück. Er ist auch schon gestorben und seine Frau auch. – Heute gehört der Hof dem Marinus, und der ist jetzt in der dritten Generation der Familie Hofmüller hier.«

Sie sah ihren Sohn Marinus voll mütterlichem Stolz an.

»Von den alten Geschichten weiß ich nichts. Da hat man nie gerne darüber gesprochen. Aber irgendetwas muss vorgefallen sein. Vielleicht wissen die ganz Alten in der Umgebung noch was darüber, denn dass ein Hof dieser Größe in fremde Hände übergeht, wenn noch Erben da sind, das ist schon etwas Außergewöhnliches. Bauern halten für gewöhnlich für ihre Nachkommen eisern am Besitz fest. Und die Frau hat ihren Hof nicht verkauft, nein, sie hat ihn verschenkt!« Sie schüttelte ungläubig den Kopf.

Sie sah wieder auf das Bild an der Wand. »Sie muss etwas damit zu tun gehabt haben, aber was? Und der Name Bela Szegedy ist ja auch alles andere als üblich hier im Rotttal.«

Es war still geworden in der Stube. Jeder hing seinen Gedanken nach.

»Ich richte jetzt ein Abendbrot her, ich hoffe doch, dass Sie mit uns zusammen essen, Katharina.« Marinus' Mutter stand energisch auf. »Essen und Trinken hält Leib und Seele zusammen. Und – Katharina – Sie sollten ihre Gastleute anrufen, damit sie sich keine Sorgen machen, es ist schon fast dunkel draußen.«

»Was willst du jetzt machen?«, fragte Marinus, als die Mutter in der Küche war.

Ich zuckte mit den Schultern. »Ich weiß es nicht. Es war jedenfalls gut, dass ich hierhergekommen bin und den Hof gesehen habe. Und dass ich euch kennen gelernt habe.«

Er nickte. »Ja, das freut mich auch.«

Es wurde noch ein langer Abend, und an dessen Ende wusste ich, was ich zu tun hatte. Ich würde versuchen, die Geschichte meiner Familie zu ergründen und das so lange gehütete Geheimnis darum zu lüften.

»Wenn wir Ihnen helfen können, tun wir das. Schließlich muss jeder Mensch wissen, woher er kommt. Wir werden uns erkundigen, wo noch alte Leute wohnen, die etwas darüber wissen könnten, was zur Übergabe des Hofes an uns geführt hat. Vielleicht weiß auch der alte Notar Krafft in Massing was darüber. So viel ich weiß, hat er seinerzeit die Schenkungsurkunde ausgestellt und beurkundet. Ich werde das Schriftstück raussuchen, bis Sie das nächste Mal wiederkommen, Katharina.«

»Wenn wir dir helfen können, Katharina, dann tun wir es!«, versicherte auch Marinus, als er mich spätabends beim Weilhammer-Hof absetzte. »Und du kommst auch wieder, ganz sicher?«

»Ganz sicher, Marinus«, versprach ich ihm. »Jetzt bin ich schon so weit gekommen, jetzt will ich auch die ganze Geschichte erfahren.«

»Ich freu mich, wenn du wiederkommst, Katharina«, sagte er und gab mir die Hand. Ich winkte ihm nach, als er wegfuhr, nach Hause, zum Oberholzer-Hof.

In diesem Sommer verbrachte ich beinahe meine gesamte Freizeit und meinen Urlaub drunten im Rottal.

Akribisch und hartnäckig fing ich an nachzuforschen, sprach mit vielen alten Leuten, die sich noch an meine Urgroßmutter und meine Großmutter erinnerten, redete mit dem Notar, dem alten Pfarrer, dem früheren Bürgermeister und vielen anderen Personen. Ich sah Taufregister, Hochzeitsurkunden und

Todesregister ein, immer tiefer drang ich in die Vergangenheit, bis sich mir endlich, wie aus lauter kleinen Mosaiksteinchen zusammengesetzt, die schicksalhafte Geschichte meiner Familie enthüllte, die nachstehend niedergeschrieben ist.

2. Kapitel

Magdalena

Das junge Mädchen entfernte sich eilenden Schrittes vom Hof und wandte sich dem Feldweg zum nahen Wald zu. Immer wieder sah es sich um, gerade so, als ob es auf der Flucht wäre. In gewissem Sinne war es das auch. Der Vater, der bald von seinen Geschäften im nahen Dorf zurückkommen würde, sollte nicht sehen, dass es den Hof verließ, um sich »der Faulheit hinzugeben«, wie er es nennen würde.

Die Arbeit am Hof war für heute getan, das Vieh war versorgt, das Nachtmahl für die Familie und das Gesinde gerichtet. Sie hatte die Küchenmagd angewiesen, das Essen aufzutragen und anschließend das Geschirr zu waschen und die Küche sauber zu machen. Dann war endlich Feierabend für alle.

Magdalena selbst verspürte keinen Hunger, sie hatte bereits beim Zubereiten der abendlichen Suppe einige Löffel gegessen und sich beim Weggehen im Obstgarten einen der noch grünen Äpfel gepflückt und in die Tasche ihres weiten, langen Rockes gesteckt.

Endlich war sie um die Wegbiegung auf dem Hügel gelangt und ihr Schritt verlangsamte sich. Tief atmete sie durch und schlenderte nun gemächlich dem Waldrand zu.

Der Wald oberhalb des Oberholzer-Hofes, wo die Tannen besonders dicht und dunkel beieinander standen, wurde »Dunkelwald« genannt. Niemand, nicht einmal die Holzknechte, die die Bäume fällen mussten, ging gerne dort hin. Vor vielen Jahren war ein Holzknecht von der Arbeit im Wald nicht mehr zurückgekommen. Alle Nachforschungen und Suchaktionen waren vergebens gewesen. So manches wurde gemunkelt, alle möglichen Gerüchte in Umlauf gebracht, denn welcher Holzknecht würde einfach während des Bauernjahres verschwinden, ohne Lohn und Habe? – Zwei Jahre später machte ein Knecht dort oben einen grausigen Fund. Als er einmal austreten musste und sich durch dichtes Gestrüpp kämpfte, blickten ihn plötzlich die leeren Augen eines Totenschädels an. Einige Meter davon entfernt lag auch der völlig skelettierte Körper. Einige Beherzte gingen der Sache nach und entdeckten hoch oben im Wipfel einer Tanne ein Seil mit einer Schlinge. War doch der arme Teufel bis in höchste Höhen geklettert, um sich den Strick um den Hals zu legen und seinem Leben ein Ende zu bereiten!

Wenn man den Wald schon vorher gemieden hatte, dann jetzt erst recht. »Da geht's um!«, hieß es, wenn unheimliches Heulen und Jammern von dort oben zu hören war. Natürlich war es nur der Wind, aber das Gerücht, dass die unerlöste Seele des armen Menschen dort umhergeistere, hielt sich hartnäckig.

Natürlich wäre auch Magdalena nie in den Dunkelwald hineingegangen, die Mutter hatte sie oft genug davor gewarnt. Sie ging am Waldrand entlang zur Südseite des Gehölzes, von wo aus man einen schönen Blick auf die Landschaft hatte. Dort, auf der Sonnenseite, war ihr Ziel, und es war ihr gerade recht, dass die Leute den Dunkelwald mieden; so würde niemand ihren geheimen Rückzugsort entdecken, eine kleine Waldlichtung, hinter dichten

Himbeer- und Brombeerbüschen verborgen. Jetzt im Sommer hingen sie voll reifer Früchte. Rasch pflückte sie sich eine Handvoll davon und steckte sie in den Mund. Wie süß und aromatisch sie schmeckten!

Dann suchte sie nach dem Einschlupf, bückte sich tief, teilte mit den Armen die Zweige des Strauches und war kurz darauf hinter dem Beerenschlag verschwunden. Fast kriechen musste sie, bis sie zu der kleinen, kreisrunden, freien Stelle kam, der Boden mit feinem, grünen Moos bewachsen. Ihr geheimer Lieblingsplatz!

Schon als Kind war sie oft hierhergekommen, um ein wenig alleine zu sein, zu träumen oder auch, um sich auszuweinen.

Sie legte sich auf das warme, weiche Moos, die letzten Strahlen der untergehenden Sonne streichelten ihr Gesicht und sie schloss die Augen. Wie gut die Ruhe und der Frieden hier taten!

Sie öffnete das Band am Ausschnitt ihrer Arbeitsbluse und lockerte diesen. Langsam kamen ihr Atem und ihre Gedanken zur Ruhe, doch allzu lange würde sie sich diese Entspannung nicht leisten können.

Der Vater wäre böse, wenn sie zu lange aushäusig wäre und er würde unangenehme Fragen stellen. Vorsorglich hatte sie eine kleine Milchkanne mitgebracht, um einige Beeren zu sammeln, somit hätte sie eine Ausrede für ihr Verschwinden.

Der Vater! Was für ein unduldsamer Mensch er doch war! Als Kind hatte sie sich richtiggehend vor ihm gefürchtet, selbst heute noch hütete sie sich, seinen Zorn heraufzubeschwören. Doch inzwischen hatte sie gelernt, mit seiner Schroffheit und seinen Launen umzugehen, so wie auch die Knechte und

Mägde auf dem Hof. Er führte ein strenges Regiment, es musste hart gearbeitet werden, und am Abend, nach dem Nachtmahl, sanken alle müde und erschöpft auf ihre Strohsäcke. Da war selten Zeit und Lust zu einem »Hoagarten«, einer gemütlichen Plauderei auf der Hausbank, denn spätestens um vier Uhr in der Früh hieß es aufzustehen und mit dem Tagwerk zu beginnen, vor allem wenn das Wetter gut zum Heuen war wie zurzeit.

Umso mehr genoss man es, wenn der Bauer einmal, so wie heute, für einen Tag in Geschäften oder auf einem der zahlreichen Viehmärkte unterwegs war. Man konnte förmlich spüren, wie alle befreit aufatmeten und wie manches lustige Wort bei der Arbeit gewechselt wurde. Selbst mit ihr, der einzigen Tochter und Hoferbin, wurde gescherzt, auch wenn Magdalena sich bemühte, nicht allzu leutselig zu sein, denn immerhin würde sie einmal die Bäuerin und Herrin sein. Nicht früh genug konnte man sich den Respekt der Leute sichern, wie ihr der Vater immer wieder einbläute.

Als die Mutter noch lebte, war es daheim viel schöner gewesen. Sie hatte zwar auch auf Ordnung geachtet in Haus und Hof, aber doch für jeden ein offenes Ohr gehabt und viele Grobheiten ihres Mannes wieder ausgebügelt. Zu ihrer Zeit war auch nicht so viel Wechsel beim Gesinde gewesen; heute hielt es kaum einer länger als ein Jahr beim »Oberholzer« aus, wie der Hof seit Menschengedenken genannt wurde, auch wenn die Familie selbst Kröll hieß.

Jedes Jahr am 2. Februar, dem Lichtmesstag, quittierten einige der Arbeitskräfte den Dienst und suchten sich eine andere Arbeitsstelle; manche hielten es sogar kein Jahr aus und verließen den Hof schon zu Kirchweih, nach der Ernte. Arbeit gab es genug, denn alles musste von Hand gemacht werden, Maschinen gab es Anfang des zwanzigsten Jahrhunderts, als Magdalena ein junges Mädchen war, noch nicht.

Obwohl man der Arbeitskraft der Dienstboten auf den Höfen dringend bedurfte, war deren Leben hart und karg, und der Verdienst gering. Ein erster Knecht verdiente um diese Zeit jährlich etwa 280, eine Magd sogar nur 215 Mark. Hinzu kamen unentgeltliches Essen und Schlafen sowie die »ausbedungenen Reichnisse« wie Schuhwerk, Gewand und Getreide. Das alles wurde bei der Einstellung per Handschlag besiegelt.

Noch früher hatte es nicht einmal eine Absicherung gegen Krankheit oder Unfall gegeben, und ein Knecht oder eine Magd, welche die ganze Lebenszeit redlich gedient, hart gearbeitet und dadurch an Lebenskraft eingebüßt hatten, mussten oft genug im Alter betteln, in Not und Elend dahinvegetieren oder waren auf das Erbarmen und das Mitleid ihrer Mitmenschen angewiesen.

Welch ein unwürdiges Dasein am Ende eines entbehrungsreichen Lebens! Doch auch die Rente, die es jetzt neuerdings gab, war zum Leben zu wenig und zum Sterben zu viel.

Solcherlei Sorgen kannte Magdalena nicht. Sie, die einzige Tochter des wohlhabenden Oberholzer-Bauern im Rotttal, würde einmal den stattlichen Hof erben.

Dies mochte wohl auch der Grund sein, dass der Vater sie gar so sehr in die Pflicht nahm und so streng mit ihr war.

Doch seine Härte und Verbitterung rührte auch daher, dass der einzige Sohn und Stammhalter, den ihm seine verstorbene Frau geboren hatte, im Alter von sechs Jahren an einem unerklärlichen Fieber gestorben war. Kein Doktor und keine Arznei hatten dem Kind helfen können. Zwei Wochen nach Ausbruch der Krankheit, nach sorgenvollen, durchwachten Nächten, hatte man den kleinen, vom Fieber ausgezehrten Körper auf dem Dorffriedhof von Rossbach zu Grabe tragen müssen.

Das war ein schlimmer Schicksalsschlag für die Familie gewesen, zumal die Mutter kurz darauf zu kränkeln begann und sich keine weiteren Kinder mehr einstellten. So war es bei der Tochter Magdalena geblieben, die damals neun Jahre alt war und vom Vater oft genug zu hören bekam, es wäre besser gewesen, sie wäre an Stelle des Sohnes gestorben.

»'s Weibersterben ist kein Verderben, aber 's Rossverrecken tut den Bauern schrecken.« Das war einer seiner derben, doch damals absolut üblichen Aussprüche, die viel darüber aussagten, wie wenig geachtet Frauen und ihre Arbeit zu jener Zeit waren. Doch gerade die Frauen waren es, die von morgens bis abends unermüdlich arbeiteten, meist mehrere Schwangerschaften und Geburten ertragen und erleiden mussten und für den Zusammenhalt der Familie und der Menschen auf dem Hof sorgten und verantwortlich waren. Trotzdem: »Der Kehraus und der Putzaus, die tragen nichts ins Haus!«, hieß es seinerzeit verächtlich, und viele der Frauen, auch die reichen Bäuerinnen, kannten nichts anderes als die Arbeit auf dem Hof und den sonntäglichen Kirchgang. Es war nicht einmal üblich, dass die verheirateten Frauen zu den wenigen Festlichkeiten mitgenommen wurden. Es geschah sogar, dass sie nicht einmal zur Hochzeit von Sohn oder Tochter mitgehen durften. Die Geschichte von dem Pfarrer, der eine Mutter von fünfzehn Kindern zur Hochzeit eines ihrer Söhne holen ließ, nachdem ihr der Ehemann verboten hatte, an der Feier teilzunehmen, ist verbürgt und war keine Seltenheit! »D' Frau g'hört zum Haus wie der Hund«, hieß es und oft wurden die Frauen gehalten wie Leibeigene, wie Sklaven, ohne Rechte.

Eng und klein war die Welt mit ihren Sitten und Traditionen damals, aber die Menschen waren es so seit Generationen gewöhnt. Besondere Vorkommnisse im weiteren Umfeld wie Unfälle, Brände, Unwetter oder andere Hiobsbotschaften waren Gesprächsstoff für Monate und Jahre. Was draußen in der großen Welt passierte, drang selten in diese abgeschottete kleine Welt, kaum dass man eine Zeitung las.

Fast war Magdalena in ihrem Versteck eingeschlafen, als ein Schatten, den die Zweige vor der untergehenden Sonne warfen, auf ihr Gesicht fiel und sie hochschrecken ließ. Hastig stand sie auf, schüttelte ihr Gewand zurecht und schlüpfte in ihre derben Holzschuhe. Vorsichtig wand sie sich unter den tief herabhängenden, dornigen Zweigen hindurch, hinaus ins Freie. Schnell pflückte sie einige Beeren, hoffentlich war der Vater noch nicht zurück, wenn sie nach Hause kam. Vom Hügel aus ließ sie den Blick über die Landschaft schweifen.

Schön war ihre Heimat, das Rotttal, und eine fruchtbare, gesegnete Gegend dazu. Die flachen, welligen, sanften Hügel wechselten sich mit weiten Tälern ab. Gelegentlich waren die Dächer eines

Einödhofes zu sehen und weiter hinten, halb versteckt von einer Bodenkuppe, lugte der Kirchturm des Dorfes Rossbach hervor. Das war ihre Welt.

Unter ihr, am Fuß des Hügels, lag der Hof ihrer Väter, seit Generationen im Besitz ihrer Familie.

Mit Magdalena, der ersten weiblichen Erbin seit langer Zeit, würde sich mit ihrer Heirat der Familienname Kröll ändern, nur der Hausname »Oberholzer« würde weiterhin bestehen bleiben.

Sie wusste, dass dies ein schwärender Stachel in der Brust ihres Vaters war, und auch, dass er auf der Suche nach einem geeigneten Ehemann für sie war. Da kam nur ein Bauernsohn mit Mitgift in Frage, vermutlich ein Zweitgeborener, denn der Erstgeborene würde, gemäß der Tradition, den elterlichen Hof erben.

Eine Heirat mit dem Sohn des nächsten Nachbarn, das wäre eine feine Sache, da käme »Sach zu Sach«. Aber mit den »Freisingerischen«, deren Hof wenige Kilometer entfernt und im Norden an den Oberholzergrund angrenzte, war die Familie Kröll seit langer Zeit verfeindet. Weshalb genau, wusste keiner mehr so recht, es war eben so. Vermutlich waren es Grenzstreitigkeiten gewesen. Es kam nicht selten vor, dass ein Grenzstein sich, wie von Zauberhand, versetzte, zu Gunsten des einen oder anderen.

Jedenfalls, mit »denen« wollte man nichts zu tun haben, allenfalls beäugte man sich misstrauisch aus der Ferne und beobachtete mit gewisser Genugtuung und Schadenfreude eventuelle nicht ganz so vorteilhafte Entwicklungen am jeweiligen, nachbarlichen Hof.

So schnell die Holzschuhe es erlaubten, lief Magdalena dem Hof zu. Sie schritt durch das gemauerte, mit einem geschwungenen Bogen gekrönte Tor in den weiträumigen Innenhof, der von allen Seiten von Hofgebäuden umgrenzt war.

Vor ihr lag das stattliche, zweistöckige Wohnhaus, das unten gemauert und oben aus Holz, im Kantholzbau, gefertigt war, mit weit vorspringendem Dach und »Schroten«, überdachten Balkonen, gleich Galerien, die sich über die ganze Firstseite erstreckten. Links und rechts vom Wohnhaus die Wagenremise, die Stadel, Scheunen und die Speicher. Alle Gebäude waren durch Schrote und Tore verbunden.

Die Ställe lagen links und rechts von den Wohnräumen unter dem Dach des Wohnhauses. Das wertvolle Vieh wollte man schon unter demselben Dach wie die Menschen haben. Durch einen kleinen Holzschuber an der unteren Wand der großen Küche konnten die Hühner ins Haus und schliefen unter der großen Eckbank, wenn es besonders kalt war. So lebten Mensch und Tier unter einem Dach.

Die Knechte hatten ihre Kammern, Verschlägen gleich, über den Ställen, während die Dirnenkammern im Haus selbst lagen. Auf die jungen Mägde hatte man ein Auge zu halten, zu schnell konnte es geschehen, dass eine schwanger wurde und dann hatte man das »Gfrett«, das heißt den Ärger.

Rechts vom Tor breitete eine Linde ihre Krone aus, ein Brunnen plätscherte darunter und daneben stand eine Hausbank. Aber wer hätte jemals Zeit und Muße, sich darauf niederzulassen? Der Bauer hätte dies kaum geduldet und Austrägler, das heißt die vorige Generation der Familie, die es sich hätten »leisten« können, gab es auf dem Oberholzer-Hof nicht.

Doch das Schönste für Magdalena war der Taubenkogel in der Mitte des Hofes, der von dem Zimmermann, der ihn vor Jahrzehnten gebaut hatte, wie ein Schloss gestaltet und bemalt worden war. Er war das Prunkstück der ganzen Anlage, eine Seltenheit in dieser prächtigen Ausführung und wurde entsprechend gepflegt und im Bedarfsfall restauriert. Magdalena liebte das Flattern und Gurren der Tauben, die das Taubenhaus bevölkerten und das sie bis in ihre Schlafkammer hörte.

Eine stattliche Liegenschaft war dieser Hof, die finanzielle und soziale Stellung der Besitzer repräsentierend.

Ihre Hoffnung, der Vater wäre noch nicht zuhause, schlug fehl. Mit einem Blick sah sie die kleine, leichte Kutsche vor der Remise stehen, von der der Pferdeknecht gerade die Stute ausspannte. Das war das Lieblingsgefährt des Vaters, mit dem er oft über Land fuhr, wenn er keine Lasten zu transportieren hatte, so wie es offensichtlich heute gewesen war. Der Pferdeknecht begann, das schwitzende Tier mit einem Strohbüschel abzureiben; wie üblich war der Vater wieder viel zu schnell gefahren. Eigentlich sollte er es besser wissen, Pferde und deren Zucht waren seine Leidenschaft. Pferde aus dem Rotttal waren begehrt, und die Rösser vom Oberholzer erzielten die besten Preise auf den Auktionen, das war weithin bekannt.

Zögernd ging sie auf das Wohnhaus zu, ihr schwante nichts Gutes, nachdem sie das schweißnasse Pferd gesehen hatte. Schon hörte sie die laute Stimme des Vaters: »Wo ist denn die Magdalen, des Luder? Wo treibt sie sich schon wieder herum? Kaum ist die Katz aus dem Haus, tanzen die Mäus auf dem Tisch herum! Kann man sich denn auf gar nichts verlassen, kaum dass man dem Hof einmal den Rücken kehrt!«

Sie hörte die ängstliche Stimme der Küchenmagd, konnte aber nicht verstehen, was diese sagte.

Schnell trat sie in die große, geräumige Küche, in welcher der Vater am großen Tisch saß. Gerade trug die Gretl, die Küchenmagd, das Essen für den Bauern auf.

»Ich bin doch schon da, Vater!« Magdalena versuchte, ihrer Stimme einen festen, ruhigen Klang zu geben. »Ich war nur droben am Himbeerschlag, ein paar Beeren holen für dich.«

Mit hochrotem, zornigem Gesicht starrte der Bauer seine Tochter an. Sie bemerkte sofort, dass er wieder einmal zu viel getrunken hatte, wie so oft in letzter Zeit.

Mit einer herrischen Geste deutete er auf den Stuhl neben sich: »Da setz dich hin, Lena! Ich hab was zu reden mit dir!«

Gehorsam, aber wie immer auf der Hut vor ihm, setzte sich Magdalena auf die vorderste Stuhlkante.

Ihr Vater sah sie eindringlich an, dann nahm er einen tiefen Schluck aus dem Bierkrug, wischte sich den Schaum vom Mund und sagte ohne Übergang: »Ich hab einen Hochzeiter für dich!«

Magdalena erschrak. Jetzt war es also so weit. Sie sah den Vater gespannt an. Was für einen künftigen Ehemann er wohl für sie ausgesucht hatte?

»Ich war heut drüben in Massing. Beim Großbuchberger haben s' einen Zweiten. Der tät schön was mitbekommen, reich genug sind s' ja, die Großbuchbergerischen.«

Er spießte mit seinem Messer ein Stück Wurst auf. »No ja, der Allerschönste ist er vielleicht nicht, der

Jakob, ich glaub, er schielt ein bisserl, aber darauf kommt's ja nicht an. Hauptsache ist, er versteht etwas von der Landwirtschaft. Du, als Weib, kannst es ja nie allein schaffen.«

Er warf ihr einen abfälligen Blick zu, und Magdalena presste die Lippen zusammen. So sehr sie sich auch bemühte, dem Vater alles recht zu machen, es half nichts, nie war er zufrieden.

»Und wenn ich ihn nicht mag?« Ihren ganzen Mut nahm die Magdalena zusammen.

Der Vater sah überrascht auf. »Was soll denn des heißen? Auf d'Liab brauchst gar nix geben. Die Liebe vergeht, Tagwerk besteht. Ihr werdet euch schon zusammenraufen. Schließlich ist so ein Hof auf Kinder angewiesen, und so eine taube Nuss, wie deine Mutter war, wirst wohl nicht sein«, fuhr der Vater grob fort.

Es durchzuckte Madalena, als sie den Vater so schmählich über die Mutter reden hörte, doch der bemerkte es nicht einmal und fuhr fort: »Einen Buben nur hat sie gebracht, und der ist ihr auch noch gestorben, und du«, er warf ihr wieder einen bösen Blick zu, »du bist uns geblieben.« Er schüttelte unwillig den Kopf.

Magdalena schwieg verbittert, immer wieder musste sie sich diesen Vorwurf anhören.

»Also, dann! Heut in zwei Wochen kommt der Großbuchberger her mit seiner Frau und dem Jakob und schaut alles an. Dich auch! Ich hoff, du machst mir keine Schande!« Er machte sich weiter über das Essen und das Bier her und würdigte Magdalena keines Blickes mehr.

Die stand schweigend auf und ging, mit einem knappen Gute-Nacht-Gruß an ihren Vater, hinauf in ihre Kammer, die neben dem großen Schlafraum lag, in dem der Vater nach dem Tod seiner Frau alleine in dem großen, hohen Ehebett schlief.

An ein Einschlafen war nicht zu denken, zu sehr war sie von der Nachricht des Vaters aufgewühlt. Sie starrte an die Decke.

Nun war es also so weit. In absehbarer Zeit wäre sie verheiratet, mit einem Mann, den sie kaum kannte. Sie war gerade erst zweiundzwanzig, sie fand, es hätte noch einige Zeit mit dem Heiraten. Doch so war es üblich, und so war es auch mit der Mutter und dem Vater gewesen.

Einmal, die Mutter war schon krank und bettlägerig gewesen, hatte sie diese gefragt, warum sie denn ausgerechnet den Vater geheiratet habe, der doch so grob zu ihr sei.

»Ach weißt, Kind«, hatte die Mutter geseufzt. »Das kann man sich nicht aussuchen. Allzu viel Heiratsgut hab ich nicht gehabt, wenn ich auch nicht grad arm war. Und dein Vater war eine gute Partie! Mein Vater war ganz stolz, dass er das für mich ausgehandelt hat und dass dein Vater mich tatsächlich genommen hat. Da hätte ich mich nie getraut, dagegenzureden.« Sie hatte geseufzt. »Anfangs war er auch noch nicht gar so schlimm wie heut«, fuhr sie fort. »Aber als unser Bub gestorben ist und ich auch noch krank geworden bin – ab da ist er immer unleidlicher geworden. Ich versteh's ja auch, es ist meine Schuld, dass ich ihm keinen Stammhalter gebracht hab, nur dich, Magdalena. Aber du wirst es schon schaffen mit dem Hof, da bin ich sicher. Und ich hoff, dass du einmal einen tüchtigen, braven Mann bekommst.« Sie hatte beruhigend nach Magdalenas Hand gegriffen. »Weißt, für das Geschlecht der Kinder sind die Frauen zuständig, da kann der Mann nichts dafür, das liegt ganz allein bei der Frau, wenn sie nur Töchter kriegt oder wenn sie gar unfruchtbar ist.«

So dachte man damals. Nie hätte man die Schuld bei den Männern gesucht, wenn beim Nachwuchs nicht alles so lief, wie man sich das vorstellte.

Magdalena drehte sich im Bett auf die Seite und zog die Decke über die Ohren. Nein! Ganz so demütig wie ihre Mutter war sie nicht, da hatte sie schon auch etwas vom Dickschädel des Vaters! Sie würde sich den Jakob zwar anschauen, aber wenn er ihr gar nicht gefallen sollte, würde sie sich glatt weigern, ihn zu heiraten, dachte sie trotzig.

Zuallererst war es ihr Leben, und erst in zweiter Linie ging es um den Hof, auch wenn ihr der Vater das Gegenteil immer wieder einbläuen wollte. Einen Mann heiraten, der ihr zuwider war, das kam für sie nicht in Frage. Sie würde sich zur Wehr setzen! Da würde sich der Vater noch wundern. Nicht umsonst war sie seine Tochter, der Apfel fällt bekanntlich nicht weit vom Stamm!

»D'Liab kommt dann schon«, hatte die Mutter damals gemeint und dann resigniert hinzugefügt: »Vielleicht, wenn du Glück hast.«

Nein, nur auf das Glück, darauf wollte sich Magdalena nicht verlassen.

Magdalena erinnerte sich an die Zeit, als die Mutter schon sehr hinfällig gewesen war und die meiste Zeit das Bett hüten musste. Doch dass sie so schnell sterben würde, damit hatte niemand gerechnet.

Einige Zeit nach dem Tod des Sohnes, der wie der Vater Simon hieß, hatte sie sich unwohl und krank gefühlt. Erst hatte man dies auf die Belastung, den Kummer und die Trauer zurückgeführt, aber als sich dann zunehmend Übelkeit und Schmerzen einstellten und die ohnehin schon nicht sehr kräftige Frau an Gewicht verlor, machte man sich ernsthafte Gedanken um ihren Gesundheitszustand.

Der Doktor wurde gerufen.

Das war damals auf dem Land nicht unbedingt üblich, eher holte man für das Vieh einen Heilkundigen als für die Menschen. Meist versuchte man mit allerlei Hausmitteln und Kräutern der Krankheit Herr zu werden, oder ein Bader, der meist zugleich der Haar- und Bartschneider war, kam, um mit Schröpfen und Aderlass die Gesundheit wieder herzustellen. Und wenn gar nichts mehr half, dann war die letzte Rettung das Gesundbeten oder eine Wallfahrt für die Kranke.

Für die Oberholzer-Bäuerin war ein Arzt gerufen worden. Aber der wiegte nur bedenklich den Kopf, als er die ausgezehrte Gestalt sah, die ungesunde Gesichtsfarbe und die tiefen Falten von der Nase zum Mundwinkel, die auf ein Magenleiden schließen ließen.

Die gelbe Hautfarbe zeigte ihm, dass Leber und Galle geschädigt waren. Heutzutage würde man diese Krankheit Krebs nennen, damals nannte man sie einfach Auszehrung.

»Tja, Oberholzer, da gibt es nicht mehr viel Hoffnung für deine Frau. Die Krankheit ist schon zu weit fortgeschritten. Außerdem – ich hab es schon oft erlebt, dass man bei einer solchen Sucht von Anfang an nicht viel machen kann, allerhöchstens den Tod etwas hinauszögern und schauen, dass die Kranken nicht zu sehr leiden müssen.«

Der Oberholzer schaute den Arzt unwillig an, da hatte er sich schon mehr versprochen gehabt von seinem Besuch.

»Wie lang wird sie denn noch am Leben sein?«, fragte er unwirsch und ängstlich zugleich.

»Das kann man nicht sagen, das hängt auch immer sehr von der einzelnen Person und ihrem Lebenswillen ab. Da hab ich schon allerlei Unglaubliches erlebt, ja sogar dass ein Todkranker wie durch ein Wunder wieder gesund geworden war und bis ins hohe Alter gelebt hat.« Der Oberholzer blickte interessiert auf, aber der Arzt dämpfte seine Hoffnung gleich. »Das habe ich nur gehört, selber erlebt habe ich es noch nie. Nicht bei jemandem, der so eine Krankheit hat wie deine Frau.«

Als der Arzt auf seiner Kutsche den Hof verlassen hatte, murmelte der Bauer vor sich hin: »So viel Geld für nix und wieder nix, aber das hab ich mir ja gleich denkt. Die studierten Herren! Als wenn die zu etwas nutz wären!«

Aber er war doch zufrieden, dass er den Arzt hatte kommen lassen, man sollte ihm nicht nachsagen können, er hätte nicht alles versucht –, er, der Oberholzer!

Die Mitarbeit der Bäuerin fehlte an allen Ecken und Enden. Ein Glück, dass die Emerenz da war. Das war die Hausmagd, wenige Jahre älter als die Bäuerin, welche diese bei der Einheirat vom elterlichen Hof mitgebracht hatte. Sie war nicht nur eine treue Seele und der Mutter liebevoll zugetan, sondern sie beherrschte auch alle Arbeiten in Haus und Hof, welche die Aufgaben der Frauen waren.

Die Emerenz war todunglücklich über die Krankheit der Bäuerin und sie sorgte aufopferungsvoll für die Leidende; außerdem übernahm sie deren sämtliche Arbeiten und lernte die Magdalena in allen häuslichen Bereichen an.

So ein Arbeitstag begann im Sommer nicht selten um vier Uhr morgens und endete nicht vor zehn Uhr abends. Die Arbeit erstreckte sich nicht nur über das Kochen der Morgen- und Abendsuppe, das Mittagessen, das Herrichten der Vormittags- und Nachmittagsbrotzeit sowie auf das Einlagern der Vorräte. So ein bäuerlicher Haushalt war auch eine Produktionsstätte. Fast alles wurde noch selbst hergestellt. Die vielen Menschen, die auf dem Hof lebten und arbeiteten, benötigten eine Menge zu essen.

Im Garten wurde Gemüse gepflanzt, im Obstgarten reifte das Obst, das gelagert oder gedörrt oder zu Marmelade oder Kompott verarbeitet wurde.

Die Konservierungsmethoden waren damals absolut unzureichend. Kühlschränke gab es nicht, und auch das »Einwecken« hatte erst um die Jahrhundertwende mit der Erfindung der Weckschen Gläser mit den Gummiringen, einer damals geradezu revolutionären Erfindung, begonnen.

Als Konservierungsmittel verwendete man Salz, Hitze, Gärung, Essig, Rauch und Salpeter.

Jedes Nahrungsmittel bedurfte einer anderen Behandlung, und die Aufgabe der Frauen war es, dies so zu handhaben, dass sich das Gut auch noch nach Monaten einigermaßen für die Zubereitung von Speisen eignete. Ob eingelegte Eier, eingesurtes Fleisch und vieles mehr nach vielmonatiger Lagerung noch recht wohlschmeckend waren, mag bezweifelt werden, und in den alten Kochbüchern standen allerlei »Küchenrathschläge«, wie man stark riechendes Fleisch oder Fisch mit einigen frisch aufgeglühten

Holzkohlestücken zu kochen hat, »damit beide, Suppe und Fleisch, den reinen Geruch und Geschmack wieder erlangen«. Wohl bekomm's!

Brot wurde selbstverständlich eigenhändig im Backhaus gebacken, das wegen der Brandgefahr etwas entfernt von den anderen Gebäuden stand. An so einem Backtag wurde der Vorrat für zwei bis drei Wochen gebacken, und bevor die letzten Wecken angeschnitten worden waren, wurde der neue Teig mit Sauerteig, der vom letzten Backtag zurückgehalten worden war, angesetzt.

Auch das regelmäßige Ansetzen der »Hirgstmilch«, der Herbstmilch, war eine wichtige Angelegenheit. Dazu wurde frische Milch vergoren und immer wieder frische Milch hinzugeschüttet. Dies bildete die Grundlage für die saure Suppe, die täglich mit Kartoffeln oder Schwarzbrot auf den Tisch kam.

Gekochtes Fleisch gab es fast täglich, außer am Mittwoch und Freitag, wo es traditionell Mehlspeisen gab, Braten gab es dagegen nur an Sonn- und Feiertagen.

Ein bis zweimal im Jahr wurde auf dem Hof geschlachtet und das Fleisch zur Haltbarmachung eingepökelt und geräuchert, gelegentlich gab es frisches Geflügel oder Schaf- oder Ziegenfleisch. Doch das meiste Großvieh und die Schweine wurden zum Verkauf gezüchtet. Selbst der Honig kam vom eigenen Hof, von den Bienenhäusern, die etwas abseits standen.

Doch zu diesen vielfältigen Arbeiten in der Küche kamen noch viele andere Pflichten, zum Beispiel der Waschtag: Die Leib- und die Bettwäsche wurde nur selten gewechselt, kein Wunder bei der Mühsal, die so ein Waschtag machte. Die Wäsche wurde am Vortag mit Henko oder Sil eingeweicht, früher als es diese neuartigen Waschmittel noch nicht gab, mit Holzasche, die mehrmals abgeseiht werden musste. Dann wurde jedes Stück auf der Waschbank mit einer Wurzelbürste ausgerieben, anschließend in einem riesigen Kessel gekocht, mehrfach ausgeschweift und gewunden, bis die Wäsche endlich an der Leine flatterte und zuletzt mit einem Holzkohlebügeleisen gebügelt werden konnte.

In der restlichen Lauge der weißen Wäsche wurde dann die »gescheckerte« Wäsche gewaschen. Was so ein Waschtag an Muskelkraft kostete, davon können heute nur noch ganz alte Bäuerinnen ein Lied singen.

Zu diesen rein hausfraulichen Tätigkeiten kamen aber auch Arbeiten im Stall, zum Beispiel beim Füttern, Melken, Reinigen der Milchgefäße, und gelegentliche Hilfen auf dem Feld, beim Heuwenden und vor allem bei der Ernte.

Diese gelegentliche Hilfe betraf nur die Großbäuerinnen, bei den Kleinbauern und den Taglöhnern war es unumgänglich und selbstverständlich, dass die Frauen, auch hochschwanger oder mit kleinen Säuglingen, die sie mit einem Tuch auf den Rücken banden, hart auf dem Feld mitarbeiteten.

Dafür war für diese Frauen in der Küche weniger zu tun, denn es gab wenig zu essen und der Aufwand für die Milchsuppe, das Brot und die Kartoffeln war gering, die Unterernährung dafür umso größer. An Vorratshaltung war bei diesen armen Leuten, dem Großteil der bäuerlichen Bevölkerung in dieser Zeit, ohnehin nicht zu denken.

In all diese Arbeiten, die auf einem großen Hof zu erledigen waren, führte also die Emerenz die Magdalena ein.

Doch damit nicht genug: Der Vater bestand darauf, dass die Magdalena alle Arbeiten auf dem Hof lernen musste, schließlich musste sie einmal den Besitz übernehmen.

Dem Gesinde blieb schier der Mund vor Staunen offen stehen, als die Magdalena eines Morgens in Männerhosen aus dem Haus kam, um auf dem Feld mitzuarbeiten. Der Vater grinste nur dazu, ihm schien es zu gefallen, und die Magdalena fühlte sich gut darin, weil sie sich dadurch von den anderen Mägden abhob.

Allzu gern wäre sie auf eine der »Kreisackerbauschulen« gegangen, die neuerdings für die Junglandwirte des höheren Bauernstandes eingerichtet worden waren, um sich neuestes Wissen über die Bodennutzung, Tierzucht und das aufkommende Landmaschinenwesen anzueignen. Doch dies wäre absolut undenkbar gewesen, das sah selbst Magdalena ein, und einen der Näh- oder Kochkurse zu belegen, die es für die Jungfrauen gab, interessierte sie nicht. Das konnte sie bei der Emerenz mindestens genau so gut lernen.

Mit der Mutter ging es rapide bergab. Auch wenn sie sich nicht erlaubte, zu jammern und zu klagen, man konnte es ihr am Gesicht ablesen, welche Schmerzen sie ertragen musste. Sie war bis auf die Knochen abgemagert und leicht wie eine Feder; kein Wunder, da sie kaum mehr etwas essen oder trinken konnte.

»Vater, du musst noch mal den Doktor holen lassen. Auch wenn er ihr nicht mehr helfen kann, er hat doch eine Arznei, die der Mutter die Schmerzen etwas nimmt.«

Widerwillig ließ sich der Oberholzer dazu überreden. Er selbst besuchte seine Frau nicht allzu oft in ihrer Krankenstube, in die man die Frau inzwischen aus dem ehelichen Schlafzimmer gebracht hatte.

Tags darauf kam der Arzt. Der Mutter ging es sehr schlecht, und die Magdalena wich nicht von ihrer Seite, allenfalls wechselte sie sich mit der Emerenz ab.

Die Kranke röchelte bei jedem Atemzug, offenbar war die Lunge voll Wasser, das Herz hatte nicht mehr die Kraft, dieses wegzupumpen. Meist hielt sie die Augen geschlossen, aber sie war klar bei Verstand und hörte alles, was um sie geredet wurde.

Als der Arzt an ihr Bett trat und sie untersuchen wollte, wehrte sie schwach ab und versuchte, ein Lächeln zustandezubringen. »Das braucht's nicht mehr, Herr Doktor. Nur etwas gegen die Schmerzen.«

Der Arzt strich ihr mitleidsvoll über die Stirn und drückte ihr die Hand, bevor er leise das Zimmer verließ.

»Lang wird's nicht mehr dauern, bald wird sie erlöst sein«, meinte er tröstend zum Bauern und er drückte der weinenden Magdalena ein Fläschchen mit Tropfen in die Hand.

»Das gibst ihr, wenn es gar zu schlimm werden sollt, aber nicht zu viel, sonst bringst du sie um. Die Tropfen sind ein starkes Betäubungsmittel, dann kriegt sie alles nicht mehr so mit. Mehr kann man nicht tun. Aber den Pfarrer solltet ihr holen zur Letzten Ölung, das wird ihr helfen, so gläubig und fromm wie sie immer war.«

Als der Arzt den Hof verlassen hatte, gingen der Bauer und Magdalena zurück zur Mutter. Sie sah ihnen ruhig und gelassen entgegen.

»Bald werd ich bei meinem kleinen Simon sein«, lächelte sie schwach. »Holt das Gesinde her, ich möcht allen noch ›Pfüa God‹ sagen.«

Weinend gab die Magdalena der Emerenz in der Küche Bescheid, und nach kurzer Zeit kamen sie alle daher, vom Großknecht und dem Baumer, dem Roßknecht, bis hinab zum Hütebub, von der Großmagd bis hinab zum Küchenmadl.

Verlegen standen sie auf dem Flur zum Krankenzimmer. Einzeln führte sie die Emerenz herein und sie traten ans Bett der Bäuerin, die sie alle geschätzt und geachtet hatten. Wie würde es jetzt wohl auf dem Hof werden ohne sie?

Jedem einzelnen drückte die Bäuerin stumm die Hand, und vielen funkelte eine Träne im Auge beim Verlassen des Zimmers.

Als Letzte standen die Emerenz und der Bert, der am Hof eine besondere Stellung innehatte, neben dem Bett, auf jeder Seite einer. Die Magdalena war am Fußende.

Der Bauer hatte mit dem Gesinde zusammen das Sterbezimmer verlassen.

»Haltet schön zusammen, Bert und Emerenz, und helft meiner Magdalena, sie wird euch brauchen. Lasst sie nicht im Stich!«

Die Bäuerin brachte es mühsam, aber gut hörbar heraus, und sie sah die beiden Dienstboten eindringlich an.

»Das versprech ich dir, Bäuerin, ich bleib für immer bei ihr«, presste der Bert mit rauer Stimme hervor, und auch die Emerenz versicherte ihr: »Da kannst dich drauf verlassen. Solange die Magdalena mich will, bleib ich da.«

Beruhigt schloss die Bäuerin die Augen. Ruhig war es im Zimmer, nur die Wanduhr tickte fast aufdringlich, und gelegentlich stöhnte die Sterbende auf oder sie seufzte. Das Warten auf den Tod begann.

Plötzlich hörte Magdalena die laute Stimme des Bauern und das Wiehern eines Pferdes von draußen. Schnell lief sie zum Fenster und sah den Baumer die Kutsche einspannen. Wo wollte der Vater denn jetzt hin?

Schnell lief sie hinaus auf den Hof und erreichte ihn gerade noch, als er sich auf den Kutschbock schwang.

»Wo fahrst denn hin Vater, jetzt, wo d'Mutter stirbt!«

»Beim Sterben kann man keinem helfen«, meinte er unwirsch. »Ich fahr hinunter ins Dorf und sage dem Pfarrer Bescheid.«

Und schon knallte die Peitsche und er fuhr in schnellem Trab hinaus durch das Tor.

Eine Stunde später kam der Pfarrer mit zwei Buben aus dem Dorf als Ministranten. Die Magdalena hatte die gestickte Versehdecke und das silberne Versehbesteck, das seit Generationen für Sterbefälle in einer Truhe aufbewahrt wurde, im Zimmer auf einem kleinen Tisch aufgebaut.

Zuerst blieb der Pfarrer mit der Sterbenden alleine und nahm ihr die Beichte ab, allzu viel wird die gute Frau wohl nicht zu bereuen gehabt haben. Danach rief er die Magdalena, den Bert und die Emerenz ins Zimmer, der Bauer war abwesend.

In ihrem Beisein verabreichte er der Kranken die Kommunion und gab ihr die Letzte Ölung. Die

Handflächen, Mund, Ohren, Augenlider und die Stirn wurden mittels eines Wattebäuschchens mit Chrisam, dem heiligen Öl, benetzt, dann wurde gebetet.

Still war es auf dem Hof, alle Arbeit ruhte, die Knechte und Mägde standen oder saßen bedrückt herum, als der Pfarrer in Schwarz den Hof verließ. Dies war das Zeichen, dass die Bäuerin noch lebte. Wenn der Pfarrer in »weiß«, also im Chorrock, den Hof verließ, bedeutete dies, dass die Kranke verstorben war. So wussten auch Nachbarn, die das Geschehen beobachteten, gleich Bescheid.

Der Bauer war weit und breit nicht zu sehen.

»Geh, Bert, lass einspannen und schau, wo der Vater ist. Es wird höchste Zeit, dass er heimkommt. Es wird ihm doch nichts passiert sein!?« Magdalena war voller Sorge.

»Der wird nicht weit sein«, brummte einer der Knechte, »da, wo man halt seinen Durst am besten löschen kann.«

Die Magdalena warf ihm einen strengen Blick zu, aber der Knecht sollte Recht behalten. Als der Bert im Dorfwirtshaus in Rossbach ankam, saß der Oberholzer mit einigen Bauern am Stammtisch beim Kartenspielen.

»Bauer, d'Magdalena schickt mich, du sollst heimkommen. Es geht nimmer lang.«

Unwirsch sah ihn der Bauer an. »So wird's schon nicht pressier'n. Ein Spiel machen wir noch«, rief er den anderen zu und begann, die Karten zu mischen und auszuteilen. Zwei Mal noch schickte die Magdalena den Bert in dieser Nacht zum Wirtshaus, um den Vater zu holen.

Beim dritten Mal, als der Bauer wieder weiterspielen wollte, standen die anderen Bauern auf und gingen demonstrativ davon. Selbst die Knechte vom Nebentisch wollten nicht mit ihm spielen, nachdem er sie dazu aufgefordert hatte.

Erst da ließ er sich von Bert, betrunken wie er war, zurück zu seinem Hof bringen. Aber es war zu spät, er traf seine Frau nicht mehr lebend an.

Magdalena wechselte an diesem Abend kein Wort mehr mit ihrem Vater und zeitlebens konnte sie ihm nicht verzeihen, dass er die Mutter in ihrer Todesstunde verlassen hatte.

Die Emerenz sorgte in den nächsten Tagen dafür, dass die Oberholzerin eine würdige Beerdigung bekam.

Zuerst wurde die Totenfrau ins Haus gerufen, welche die Tote wusch und kleidete. Die Knechte brachten die Waschbank ins Haus in den Flur, es wurde ein Strohsack darauf gelegt mit einem weißen Kissen. Darauf wurde die Tote gebettet, mit einem weißen Tuch zugedeckt, worauf die gefalteten Hände gelegt wurden, von einem Rosenkranz umschlungen.

Die Magdalena stellte das »Ewige Licht« auf, das Tag und Nacht brennen würde, und andere weiße Kerzen, die allerdings nur tagsüber brennen durften und während der Nacht gelöscht wurden. Daneben stellte sie Blumenstöcke und eine Figur der Mutter Gottes.

Zwei Tage lang blieb die Tote so im Haus aufgebahrt, und während dieser Zeit konnten alle von ihr Abschied nehmen. Die ganze Nachbarschaft kam am Abend zum Rosenkranzbeten. Die Küche, die Stube, alles war voll mit Betenden und das monotone Gemurmel der Litaneien und des Rosenkranzes erfüllte das Haus.

Am dritten Tag wurde der Sarg gebracht, die Tote umgebettet, der Sarg dröhnend zugenagelt. Jeder Schlag drang der Magdalena wie ein Messerstich ins Herz. Dann wurde der Sarg vom Pfarrer ausgesegnet und auf das Fuhrwerk geladen, das von zwei Pferden zum Friedhof nach Rossbach gezogen wurde. Noch vor dem Requiem in der Kirche wurde der Sarg in das Familiengrab hinabgelassen.

Endlich gab es im nahe gelegenen Wirtshaus den »Leichentrunk«, mit Essen von einem Schwein, das extra zu diesem Ereignis vom Wirt geschlachtet worden war. Bei einer »großen Leich«, wie der von der Oberholzerin, kamen an die 100 Personen, oft von weither, und die hatten Hunger, da durfte sich ein Mann wie der Oberholzer nicht lumpen lassen.

Allzu viel änderte sich nach dem Tod der Mutter nach außen hin nicht, war die Bäuerin doch wegen ihrer Krankheit schon lange ausgefallen, und die Emerenz und die Magdalena hatten ihre Arbeiten mit übernommen.

Trotzdem – der Hof war ohne Herrin. Magdalena war mit ihren damals achtzehn Jahren zu jung, um die Bäuerin als Persönlichkeit ersetzen zu können, obwohl sie sich erdenkliche Mühe gab. Der Vater verlangte zwar ihren vollen Arbeitseinsatz, war aber keinesfalls bereit, ihr zu helfen, in ihre neue Position hineinzuwachsen.

Außerdem – seine Art mit dem Gesinde umzugehen, wollte sie sich ohnehin nicht zu eigen machen. Strenge und Disziplin mussten wohl sein, das wusste sie, aber auch Menschlichkeit war von Nöten. Das hatte Magdalena von der Mutter gelernt und daran wollte sie sich halten.

Sie vermisste die Mutter unsäglich. Niemand war da, der ein verständnisvolles, gütiges Wort an sie gerichtet hätte, der ihr einmal zärtlich übers Haar gestreichelt oder den Arm tröstend um sie gelegt hätte, außer natürlich der Bert und die Emerenz. Aber sie konnten ihr die Mutter nun mal nicht ersetzen. Niemand konnte das.

Magdalena fühlte sich, als hätte man ihr das Herz herausgerissen und an der Stelle klaffte eine Wunde, die nie heilen würde. So sehr hatten sie der Schmerz und die Trauer um die Mutter überwältigt.

In der Nacht, nachdem ihr der Vater den Hochzeiter offeriert hatte, hatte Magdalena schlecht geschlafen, zu viele Gedanken kreisten in ihrem Kopf. Am Morgen kam sie müde und unausgeschlafen in die Küche. Wie jeden Tag war die Emerenz schon vor ihr da und kochte die Morgensuppe für das Gesinde. Kritisch betrachtete sie die junge Frau, die sich gähnend an ihre Arbeit machte.

»Hast nicht gut geschlafen heut Nacht, weilst gar so müde Augen hast?«

Die Magdalena war wie ein Kind für sie, zumal sie keine eigenen Kinder, ja nicht einmal einen Mann hatte. Aber das war für Mägde damals üblich so. Heutzutage hätte man zwar eine Heiratserlaubnis bekommen, es war nicht mehr so wie noch vor fünfzig Jahren, aber wo hätte man hausen sollen?

Die Knechte schliefen in der Knechtekammer über dem Stall, die Mägde in der Mägdekammer. Wo wäre da Platz für ein Ehepaar gewesen? Und dann wären die Frauen auch noch schwanger geworden und der Bauer hätte die Kinder durchfüttern müssen. Undenkbar!

Dass es trotzdem viele uneheliche Kinder gab, kann man sich denken. Der Mensch lebt nicht vom Brot allein. Es war allerdings ein hartes Schicksal für die jungen Frauen mit einem unehelichen Kind. Der Vater, oft irgendein Knecht auf einem Hof, der selbst nichts hatte, kümmerte sich meist wenig, und alle Last, neben der Scham und Häme, lag auf den Schultern der Frauen. Meist musste das Kind weggegeben werden, wenn sich nicht jemand aus der eigenen Familie fand, der das Kind bei sich aufnahm.

So war man auf Kostmütter angewiesen, die gegen Entgelt diese Kinder, oft gleich mehrere, aufzogen. Ein Glück, wenn man eine gute Kostmutter bekam, oft war das Gegenteil der Fall und die Kinder hatten von klein auf eine bittere Kindheit und Jugend. Ganz arme Geschöpfe waren das oft, unterernährt, misshandelt, mit geringer Schulbildung, in frühester Jugend das Schicksal ihrer Eltern aufnehmend, als Knecht oder Magd bei einem Bauern.

Viele der Kostmütter taten den Dienst an den ihnen anvertrauten Kindern nicht aus Liebe zu ihren Schützlingen, sondern aus eigener, bitterer Not.

Gerechterweise muss man sagen – nicht allen Kindern erging es so. Es gab, weiß Gott, auch gute Frauen, die sich dieser Kinder annahmen.

Die Emerenz merkte gleich an diesem Morgen, dass mit der Magdalena etwas nicht in Ordnung war. Außerdem hatte sie ihre Ohren und Augen überall und wohl bemerkt, dass da eine Art von Unterredung, wenn auch eine recht einseitige, zwischen Vater und Tochter stattgefunden hatte.

»Der Vater hat einen Hochzeiter für mich«, brach es aus der Magdalena heraus.

»Einen Hochzeiter? Na ja, des muss halt mal sein. Wirst doch nicht gedacht haben, du könntest einschichtig bleiben, oder?« Die Emerenz war ungerührt. »Wer ist es denn?«

»Der Zweite vom Großbuchberger drüben bei Massing.«

»Mhm«, brummte die Emerenz anerkennend, »ein schönes Heiratsgut wird der schon mitbringen, dass Sach zu Sach kommt, wie es sich gehört.« Da dachte die Emerenz ganz sachlich und ganz im Sinne des Hofes, ohne Sentimentalitäten.

Dass ein Mann auf einen Hof einheiratete, war eher ungewöhnlich, denn meist hatte die Bäuerin so viele Schwangerschaften auszuhalten, bis endlich der ersehnte Stammhalter geboren war, der dann den Hof bekam. Die anderen Kinder mussten weichen, das heißt, die Mädchen versuchten, eine gute Partie zu machen, was vor allem davon abhing, wie viel Heiratsgut sie von daheim mitbekamen. Die Söhne mussten sich eine andere Stelle suchen oder arbeiten als Knecht auf dem elterlichen Hof unter dem Regiment des älteren Bruders, der nach der Hofübernahme schon den Eltern den Austrag zahlen musste.

An einen gerechten finanziellen Ausgleich für das entgangene Erbe war nicht zu denken, allenfalls ein geringes Handgeld wurde bezahlt. Der Hof wäre nicht zu halten gewesen, wenn jede Generation das Vermögen sozusagen aufgeteilt hätte unter den vielen Kindern, die damals üblich waren. Kinder waren sozusagen billige Arbeitskräfte und zudem eine Altersversorgung für die Alten.

Da Magdalena Erbin war, bot sich hier eine gute Gelegenheit für einen Bauernsohn, doch noch Bauer zu werden. Dementsprechend begehrt waren solche Erbinnen, und noch mehr, wenn sie so ein stattliches Anwesen bekamen wie die Magdalena Kröll. »Was d' nicht ererbst, das musst halt erheiraten«, war die Devise.

»So pressieren tät es auch wieder nicht mit dem Heiraten«, gab die Magdalena patzig zurück. »Ich bin ja erst einundzwanzig, und ein Wörterl mitreden möcht ich auch noch dürfen.«

»Früh gefreit hat nie gereut, und es ist eh einer wie der andere. Schau dir den Großbuchberger erst einmal an, und dann redest weiter!«

Ja, die Emerenz war der Magdalena in ihrem Kummer keine rechte Unterstützung und Hilfe. Viel zu sehr war sie in der Tradition verwurzelt, als dass sie Verständnis für die junge Frau aufbringen hätte können. So war es halt und so war es immer gewesen. Was sollte man sich auflehnen, das würde alles nur noch schlimmer machen.

Aber da war noch der Bert, und im Laufe des Vormittags schaute die Magdalena, ob sie den Bert irgendwo alleine antreffen würde, um unauffällig ihre Sorgen loszuwerden.

Ansonsten gab es keinen Menschen in ihrem Leben, dem sie sich anvertrauen konnte, nur die Emerenz und den Bert, und auch die nur bedingt, immerhin waren sie auch nur Ehalten, das heißt Bedienstete, wenn sie auch eine besondere Stellung am Hof innehatten.

Der Bert war vor einundzwanzig Jahren auf den Hof gekommen, just an dem Tag, als die kleine Magdalena geboren worden war. Plötzlich war er da, ein mageres, ausgehungertes Kind von vielleicht dreizehn Jahren, mit abgerissener Kleidung, ohne Schuhe. Wie ein heimatloser Kater streunte er erst herum, dann nistete er sich ein. Er schlief im Stall auf einem Büschel Heu, machte sich vom ersten Tag an nützlich, wo er nur konnte. Nachts melkte er heimlich eine der Kühe und trank vom Euter weg die warme Milch. So kam er langsam zu Kräften. Vorerst wurde er nur widerstrebend geduldet, sowohl von den Knechten als auch vom Bauern, wie ein streunender Kater eben. Nur die Bäuerin und die Emerenz erbarmten sich seiner.

»Ich hab die Geburt gut überstanden, wenn's auch nur ein Mädl ist«, soll die Bäuerin damals gesagt haben, »da will ich für dieses Kind etwas Gutes tun. Ich glaub, den hat mir die Jungfrau Maria geschickt, die ich gar so angefleht hab während der Wehen.«

So kam es, dass der Bert blieb und sich langsam eine Sonderstellung erarbeitete. So recht konnte man ihn nicht einordnen in die Hierarchie am Hof. Er war kein Knecht, obwohl er wie alle seinen Lohn bekam, und selten schaffte ihm der Bauer etwas an. Das war auch nicht nötig, denn der Bert war überall, wo es nötig war, und hatte ein Auge für und auf alles. Am liebsten arbeitete er allein, zum Beispiel als Schäfer oder beim Reparieren der Weidezäune. Aber er half auch den Knechten gerne überall, wo es nötig war, wie zum Beispiel bei der Ernte oder beim Dreschen im Winter, welches eine sehr schwere Arbeit war.

Als Schlafstatt hatte er sich hinter dem Stall eine Art kleines Zuhause gezimmert, so musste er nicht in der Knechtekammer schlafen, das unterstrich seinen besonderen Status noch.

Wo er genau herkam, wusste man nicht so recht. Er hatte auf Fragen der Bauersleute nur erzählt, er hieße Berthold Weber und käme aus dem Bayrischen Wald, und das mochte auch stimmen, denn seine Aussprache war richtig »waldlerisch«, ein etwas dumpfes, kehlig klingendes Bayrisch mit einer besonderen Lautbildung.

Der Bayrische Wald war die Armutsregion und das Notstandsgebiet, absolut vernachlässigt von der früheren Monarchie und der jetzigen Regierung. Dort herrschte bitterste Armut. Die Böden gaben kaum genug her, um zu überleben. Deshalb verdingten sich die Menschen dort als Saisonarbeiter zur Ernte im Rotttal oder im Bezirkboden, zum Hopfenzupfen in die Hallertau, und nicht wenige wanderten sogar aus bis nach Amerika, um der Armut zu entgehen.

Der Bert hatte den Weg gewählt, sich irgendwo einzunisten, und hier, beim Oberholzer, war er schließlich auch aufgenommen worden. Von der Bäuerin und der Emerenz bekam er immer wieder etwas Besonderes zugesteckt, und auch Kleidung, so dass er bald ganz ansehnlich herumlief.

Das neugeborene Kind, die kleine Magdalena, liebte er abgöttisch, und so oft er Zeit hatte und es ihm erlaubt war, ging er zu dem kleinen Bettchen und streichelte zart mit seinen groben Arbeitshänden über das Köpfchen des Kindes oder betrachtete voll Staunen den Säugling, die zarten Finger mit den winzigen Nägeln, den kleinen, roten Mund.

»Darfst sie schon mal halten«, ermutigte ihn die Bäuerin und legte ihm das Kind in den Arm. Wie verzaubert saß er da mit dem Säugling auf dem Arm, selbst noch fast ein Kind.

Im Laufe der Zeit entwickelte sich eine innige Beziehung zwischen der Magdalena und dem Bert, selbst als endlich der ersehnte Hoferbe geboren wurde, an der Zuneigung der beiden zueinander änderte das nichts.

Wie ein kleines Hündchen folgte die Magdalena dem Bert, sobald sie ihn sah, und er erriet all ihre Kümmernisse und tröstete sie oft, wenn der Vater wieder einmal grob zu ihr war, ohne jedoch jemals den Vater schlecht zu machen. Er hatte eine besondere Art, mit seiner Umwelt umzugehen, und jeder auf dem Hof respektierte ihn.

Als dann der erste Weltkrieg kam, musste auch Bert einrücken, da gab es kein Entrinnen.

Die Kriegsbegeisterung war anfänglich bei den meisten groß, mit »Hurra« zog man ins Feld, sicher, dass man in wenigen Wochen wieder siegreich daheim sein würde. Es wurden dann vier leidvolle Jahre daraus, die für Deutschland in einem Desaster endeten, eine schwere Belastung für die junge Weimarer Republik, die nach dem Ende der Monarchie entstand. Viele junge Männer waren für das Vaterland gefallen und es herrschte allenthalben Arbeitskräftemangel und Frauenüberschuss. Da hatten die Klöster Zulauf, denn viele Frauen gingen lieber als Nonne ins Kloster, statt ein einsames Leben als alte Jungfer zu fristen, oder auch aus Kummer, wenn der Verlobte im Feld geblieben war.

Auch im Rotttal waren viele Gefallene zu beklagen, auch zwei Knechte vom Oberholzer kamen nicht mehr nach Hause.

Der Bert hatte Glück und kam nach Kriegsende wieder auf den Hof zurück. Er hatte sich einen Verletzung am Bein zugezogen und zog dieses seit damals etwas nach. Aber darauf achtete man in dieser Zeit nicht besonders, Hauptsache, die Arbeitsfähigkeit war vorhanden.

Ganz natürlich hatte sich das Verhältnis zwischen der Magdalena und dem Bert nach dessen Rückkehr etwas verändert, immerhin war die Magdalena bei Kriegsende nicht mehr das kleine Mädchen von früher, sondern eine junge Frau von achtzehn Jahren und Hoferbin. Trotzdem war ein großes Vertrauen bei der Magdalena zum Bert geblieben und noch mehr nach dem Tod der Mutter.

So suchte sie auch jetzt den Bert auf, um sich seinen Rat und Trost zu holen. Hinter der Scheune, wo er Gerätschaften ausbesserte, fand sie ihn. Sie setzte sich auf einen der Holzstöcke, die zum Hacken des Holzes herumstanden, und sah dem Bert zu, sagte aber nichts. Auch Bert schwieg, er konnte warten.

Endlich konnte sich die Magdalena nicht mehr zurückhalten und sie stieß hervor: »Ich soll heiraten, den Jakob vom Großbuchberger von Massing drüben.«

»Mhm«, brummte der Bert nur und arbeitete weiter an einem Rechen.

»Aber ich kenn den Jakob doch gar nicht«, jammerte die Magdalena.

»Den lernst schon noch kennen, und vielleicht ist er ja ein ganz braver Mensch. Nimm erst einmal das Beste an und mach dir keine Sorgen über Sachen, die du noch gar nicht weißt.«

»Aber wenn er kein netter Mensch ist?«

»Aber wenn er ein netter Mensch ist?«

Die Magdalena musste laut lachen. »Gegen dich kommt man nicht an, Bertl!«

»Schau, Lena!« Er hielt mit der Arbeit inne und setzte sich auf einen Bretterstoß neben die Magdalena. »Heiraten musst, der Hof braucht einen Bauern, obwohl du selber eine recht Tüchtige bist und ich dir glatt zutrauen tät, dass du den Hof alleine regierst. Aber das Leben muss weitergehen, und dazu braucht's auch Kinder. Oder willst du den Hof einmal an Fremde verschenken?«

»Um Gottes Willen, nein!«, rief die Magdalena erschrocken.

»Na also, dann weißt doch, was du zu tun hast. Und wenn es nicht der Jakob ist, dann ist es ein anderer. Von dem weißt auch nicht, wie er ist. Schau dir den Jakob erst einmal an, und dann reden wir weiter.« Er stand auf und nahm gemächlich den nächsten Rechen zum Reparieren zur Hand.

Einigermaßen getröstet und befreit ging die Magdalena zum Haus zurück. Der Bert hatte es wieder einmal auf den Punkt gebracht. Sie würde sich den Jakob erst einmal anschauen, dann konnte sie sich immer noch entscheiden. Aber unterkriegen lassen, das würde sie sich nicht. Auf die Probe wollte sie ihn schon stellen bei seinem Antrittsbesuch.

Schnell hatte es sich auf dem Hof herumgesprochen, dass ein Anwärter auf die Magdalena kommen würde, denn es wurde angeordnet, alles auf Hochglanz zu bringen, aufzuräumen, zu putzen und schön zur Schau zu stellen. Je besser man sein Sach präsentierte, umso mehr an Zuwachs, sprich Heiratsgut, konnte man aushandeln.

Die Emerenz hatte für die Magdalena ein gutes Kleid herausgelegt, nicht das Beste, man wollte nicht protzig sein, aber doch etwas Schönes, Gediegenes.

Auch der Vater hatte ein gutes Gewand angelegt und trug stolz seine goldene Uhr an der Kette.

Endlich fuhren der Großbuchberger mit Frau und Sohn in einem Vierspänner vor. Das war schon ein schönes Bild und stellte gleich etwas dar. Der Baumer, der für den Pferdestall zuständig war, nahm das Gespann in Empfang und betrachtete sachverständig die Tiere. Gut im Futter standen sie und gepflegt waren sie auch, schönes Zaumzeug, da konnte einem schon das Herz aufgehen.

Der Vater stand vor der Tür, begrüßte die Gäste mit Handschlag und führte sie in die gute Stube.

»Wo bleibt denn die Magdalena?«, zischte der Bauer der Emerenz zu, die geschäftig hin- und hereilte, um die Gäste zu bewirten.

»Die kommt gleich, die macht sich noch schön«, flüsterte die Emerenz ihm aufgeregt zu.

Aber es verging eine ganze Weile, Magdalena kam nicht.

Inzwischen unterhielt man sich in der Stube scheinheilig über das Wetter und allerlei unwichtige Alltagsdinge.

»Wo bleibt denn die Hochzeiterin?«, fragte nach geraumer Zeit der Großbuchberger dann doch ungeduldig.

In just dem Moment sprang die Tür auf, und Magdalena kam herein. Sie hatte eine Arbeitshose an, eine Joppe und Stiefel, das Haar stand ihr wirr um den Kopf. Wie der Vater hatte sie eine Reitpeitsche in den Stiefelschaft gesteckt, was ihr ein fast kriegerisches Aussehen gab.

Den drei Männern, der Großbuchbergerin und erst recht der Emerenz, blieben vor Staunen und Schrecken die Münder offen stehen.

»Ach, seid's schon da«, meinte die Magdalena gespielt leichthin. »Ich hab draußen auf der hinteren Weide noch was zu tun g'habt. Die Emerenz wird euch schon bewirtet haben.«

Sprach's, drehte sich um und verschwand aus der Stube.

»Aha, so ist des also bei euch«, unterbrach der Großbuchberger das betretene Schweigen, »bei euch haben die Weiber die Hosen an«, und sein Sohn Jakob schaute etwas betreten drein, während die Großbuchbergerin vor Aufregung rot im Gesicht wurde.

So etwas hatte man ja noch nie gesehen oder gehört! Der Oberholzer war entsetzt über das Benehmen seiner Tochter. Insgeheim gefiel es ihm, wenn die Magdalena gelegentlich herrisch und in Hosen auftrat, aber heute war das ganz und gar nicht in Ordnung.

»Sie schaut halt auf alles auf dem Hof, sie ist eine ganz Tüchtige. Das hab ich ihr alles beigebracht, nachdem unser Simon gestorben ist.« So nahm er vor den Gästen seine Tochter in Schutz, aber innerlich kochte er vor Wut. Ihre Abreibung würde sie schon noch bekommen, wenn die Gäste den Hof verlassen hatten.

»Der Jakob, der wird sie schon zähmen, deine Magdalena. Eine harte Hand hat noch nie einem Weib geschadet, auch wenn man die Weiber heut, streng nach dem Gesetz, nicht mehr züchtigen darf, so wie früher. Aber man muss sich nicht an alles halten, was die da droben verordnen, wo käme man denn da hin, gell, Oberholzer?« Er lachte meckernd, und Magdalenas Vater stimmte ihm brummend zu.

»Jetzt schau'n wir uns einmal dein Sach an, Simon.«

Der Großbuchberger und sein Anhang erhoben sich und die ganze Gesellschaft ging nach draußen zur Besichtigung.

Inzwischen kam die Magdalena herunter von ihrer Kammer, jetzt ordentlich gekleidet und frisiert, wie man es von ihr erwartet hatte.

»Magdalena, bist du denn verrückt geworden? Was hast dir denn dabei gedacht?«, entsetzte sich die Emerenz, als sie ihrer ansichtig wurde. »Was glaubst denn, was der Vater mit dir macht, bei der Schande, die du über ihn gebracht hast.«

Die Magdalena warf trotzig den Kopf zurück. »Entweder der Jakob nimmt mich so, wie ich bin, oder er lässt es bleiben. Ich krieg Hochzeiter genug, wenn ich will!«

Draußen ging der Vater mit den Gästen durch die Stallungen und Scheunen, zeigte stolz seinen Besitz. Als die Magdalena auftauchte und sich zu ihnen gesellte, würdigte er sie keines Blickes. Umso mehr taten das die Großbuchbergers. Ganz unverhohlen und interessiert betrachteten sie das junge, hübsche Mädchen; nur die Mutter kniff die Augen zusammen und verzog das Gesicht.

»Schön hast dein Zeug beisammen, Simon, das muss dir der Neid lassen«, meinte der Großbuchberger, und der Jakob nickte dazu, mit Interesse die Gebäude und nicht zuletzt die Magdalena taxierend.

»Also, wie schaut es dann aus? Kann man den Heiratsbrief aufsetzen lassen, wenn sich die zwei«, der Oberholzer deutete auf Jakob und Magdalena, »einig sind?« Nur der Form halber fügte er das hinzu, es interessierte ihn kein bisschen, was die jungen Leute dachten, schon gar nicht die Magdalena, und erst recht nicht mehr, nach ihrem heutigen Auftritt. Der Großbuchberger trat von einem Fuß auf den anderen und blickte verlegen und fragend auf seine Frau. Die zog ihre Männer zur Seite und sie fingen an, sich leise zu beraten.

Dem Oberholzer schwoll schier die Halsschlagader über diese Unverschämtheit. »Das haben wir dir zu verdanken«, zischte er der Magdalena zu.

Jetzt kamen die Gäste wieder auf den Bauern zu.

»Es gefällt uns schon recht gut, was du hast, Simon. Aber wir täten es uns gern noch einmal überlegen. Und ich mein halt, die jungen Leut sollten sich erst einmal kennen lernen, gell, Jakob.« Der Jakob nickte und schaute, mit seinem Silberblick Zustimmung erheischend, auf die Magdalena.

Die stand stumm wie ein Holzklotz dabei.

»Gut, aber überlegt nicht zu lang. Die Magdalena ist eine gute Partie, und ihr seid die ersten Anwärter. Ich hab grad erst angefangen mit der Schau nach einem Bauern für den Hof.«

Es sprengte dem Oberholzer fast den Brustkorb von dem, was er gerne gesagt hätte, es sich aber verkniff.

»Unser Jakob ist auch keiner der Armen«, keifte die Großbuchbergerin, »der ist kein Hungerleider, der bringt schon gehörig was mit. Euer Schaden ist der Jakob gewiss nicht.«

Man verabschiedete sich kühl, beim Weggehen meinte der Großbuchberger versöhnlich: »Das wird schon, Simon, das war halt heut ein rechter Schreck, verstehst?« Und er zwinkerte ihm verständnisinnig zu. »Treffen wir uns heut in einer Woche beim Wirt in Massing, dann diskutieren wir zwei alles aus.«

Dann verließen sie mit ihrem noblen Gespann den Hof.

Der Magdalena war jetzt nicht mehr ganz wohl in ihrer Haut, es war vielleicht doch etwas zu schlimm, in welche Situation sie den Vater gebracht hatte.

»Vater, weißt«, wollte sie gerade zu erklären beginnen, da zischte er: »Halt dein Maul und komm mit!«

Er packte sie grob am Arm und zerrte sie ins Haus hinauf in ihr Zimmer. Ohne ein Wort zu sagen, begann er, auf das Mädchen einzuprügeln. Mit den Fäusten traktierte er sie erbarmungslos im Gesicht und am ganzen Körper, bis sie wehrlos und blutend vor ihm auf dem Boden lag.

Da sprang plötzlich die Tür auf, der Bert stürzte herein und fiel dem Bauern in den Arm: »Schluss ist! Du bringst sie ja noch um! Hast denn ganz den Verstand verloren!«

Der Oberholzer glotzte ihn an, wie von Sinnen. Begütigend sprach der Bert auf ihn ein.

»Es reicht, Bauer! Komm mit runter, das bringt doch nichts, wirst doch nicht glauben, dass die wegen so einer Dummheit von der Magdalena deinen schönen Hof verschmähen. Und wenn, dann wären sie ihn ohnehin nicht wert.«

Er führte den Bauern, der nun wie willenlos erschien, hinab in die Stube.

»Jetzt beruhigst dich erst einmal. Da, trink einen Schnaps! Ich versteh ja, dass du dich geärgert hast. Aber deswegen darfst doch das Madl nicht totschlagen, wegen so etwas!«

Tatsächlich gelang es ihm, den Bauern zu besänftigen.

Die Emerenz war inzwischen hinaufgegangen zur Magdalena. Die lag, fast bewusstlos, auf dem Boden.

»Steh auf, Lena! Lass dich anschauen!«

Die Tränen stiegen ihr in die Augen, als sie das brutal misshandelte Mädchen sah. Das Gesicht zerschlagen, die Lippen aufgeplatzt, von den anderen Verletzungen und Blutergüssen, die sie nach dem Entkleiden sah, gar nicht zu reden.

Sorgfältig und zart wusch sie ihr das Gesicht ab und versorgte die Blessuren.

»Das wird alles wieder, Magdalena. In ein paar Wochen ist alles gut, und derweilen gehst dem Vater lieber aus dem Weg. Jetzt komm, leg dich ins Bett und ruh dich aus.«

Sie seufzte und war insgeheim froh, dass Magdalenas Mutter das nicht hatte erleben müssen. Aber vielleicht wäre alles ganz anders gekommen, wenn sie noch leben würde?

Ganz unschuldig war die Magdalena ja nicht an dem, was geschehen war. Wie hatte sie den Vater auch so bloßstellen können! Sie kannte doch seinen Jähzorn! Wie sollte es jetzt nur weitergehen?

Die Magdalena kam wieder auf die Füße. Aber wenn der Vater gemeint hatte, er hätte mit dieser Tracht Prügel ihren Widerspruchsgeist gebrochen, dann hatte er sich gründlich geirrt. Nicht umsonst war sie seine Tochter und – der Apfel fällt bekanntlich nicht weit vom Stamm.

Dem Großbuchberger sagte er ab, so auf Gnaden seine Tochter und seinen Hof anbieten, das kam nicht in Frage.

Im Bezirk machte die Geschichte natürlich schnell ihre Runde, endlich wieder einmal etwas, worüber man sich das Maul zerreißen konnte. Grad recht geschieht es ihnen, wenn sie sich recht blamieren, die

»Großkopferten«. Weil's nur grad immer aufs Geld schauen, war die einhellige Meinung. Und unter den heiratsfähigen Burschen der größeren Bauern wurden Wetten abgeschlossen, wer wohl die widerspenstige Magdalena zähmen würde. Derbe, zotige Witze wurden in den umliegenden Wirtshäusern auf Kosten des Mädchens gemacht.

3. Kapitel

Bela

Das Verhältnis zwischen Magdalena und ihrem Vater war durch diesen Vorfall und die Misshandlung noch schlechter geworden. Sie sprachen fast gar nichts mehr miteinander, nur noch das Allernötigste, gerade was die Arbeit auf dem Hof erforderte. Umso einsamer aber war Magdalena auch.

Eine junge Frau, die ohne Liebe und Verständnis lebte und trotz all ihres Reichtums unglücklich war.

Etwas Gutes hatte das Geschehene immerhin nach sich gezogen: Die Magdalena hatte beschlossen, selbst nach einem Mann Ausschau zu halten, und der Vater wiederum, sich etwas zurückzuhalten bei der Suche nach einem Mann für die Tochter. Doch jeder beobachtete den anderen argwöhnisch in seinem Tun und Treiben.

Wenn die Magdalena bisher kaum einmal zu einem der bäuerlichen Feste und Tanzveranstaltungen gegangen war, so änderte sich das jetzt. Und als eine Schulfreundin von ihr, die Sophie, sie einmal beim Kirchgang fragte, ob sie nicht zum Kirchweihtanz nach Massing zum Wirt kommen wolle, sagte sie zu, entschlossen, ihr Schicksal ab jetzt selber in die Hand zu nehmen.

Der Bert brachte sie hin und verbrachte die Zeit mit den anderen Knechten in der Wirtschaft, während sich die Magdalena an den Tisch der jungen, heiratsfähigen Mädchen setzte. Bei den Burschen galt sie als eine eingebildete, hochnäsige Person. Manche sahen in ihr gar eine Art Mannweib, dafür hatte die Großbuchbergerin mit übler Nachrede gesorgt.

In Wirklichkeit war die Magdalena nur unsicher im Umgang mit jungen Männern, und das versteckte sie hinter einer gewissen Unnahbarkeit und Zurückhaltung, die ihr als Überheblichkeit ausgelegt wurden.

Immerhin – als die Magdalena auftauchte, streckten sich die Hälse, und sie war sich der begehrlichen Blicke der Burschen und Männer wohl bewusst.

»Wenn du nix erheiratest und nix irbst, bleibst ein armer Teufel, bis du stirbst«, hieß es allgemein, und so blieb die Magdalena trotz der Geschichte mit dem Großbuchberger Jakob ein heiß begehrtes Objekt.

Es ging schon recht laut und lustig zu, als die Magdalena eintraf.

»Um Mitternacht holst mich wieder ab«, rief sie Bert zu, als der sie vor dem Tanzsaal absetzte.

Ein paar der Mädchen und jungen Frauen kannte sie noch aus der Schulzeit und sie gesellte sich zu ihnen an den Tisch. Fast jedes der Mädchen hatte insgeheim schon einen der feschen Burschen ausgespäht; sie waren alle viel forscher und raffinierter als die Magdalena, die – was Männer betraf – doch recht unbedarft war.

Die Stimmung wurde immer ausgelassener, so manches Paar verschwand nach draußen in die Dunkelheit. Nur die Magdalena blieb brav sitzen, lehnte jeden Tänzer ab, was ihr wiederum als Hofffahrt ausgelegt wurde. Aber sie hatte noch nie getanzt und konnte nicht tanzen, zumindest war das ihre Meinung.

Es war am späteren Abend, als eine neue Tanzkapelle die ursprüngliche Blasmusik ablöste. Die spielte eine ganz andere, bis dahin unbekannte Musik, die in die Beine ging und die Tänzer so richtig in Schwung brachte. Selbst der Magdalena zuckten die Füße unter dem Tisch im Takt.

Sie saß da und sah den Tänzern und den Musikern zu. Plötzlich sprang einer dieser Musikanten nach vorne, griff sich eine Geige und begann darauf zu spielen, was das Zeug hielt. Eine atemberaubende Weise nach der anderen. Ein schöner Mann war das, von großer, schlanker Gestalt, mit schwarzen Haaren, die ihm in einer widerspenstigen Locke in die Stirn fielen. Er hielt die Augen geschlossen und schien ganz in seiner Musik aufzugehen. Gebannt sah und hörte ihm die Magdalena zu. Plötzlich, nach ein paar furiosen Strichen mit dem Bogen, hielt er inne, verbeugte sich, richtete sich auf und blickte direkt in Magdalenas weit aufgerissene Augen. Er bog sich leicht in ihre Richtung, ein Lächeln, dann verschwand er wieder leichtfüßig nach hinten.

»Bela, Bela, Bela«, rief die Menge und klatschte wie verrückt.

»Wer war denn das?«, fragte die Magdalena die Sophie, die neben ihr saß.

»Das ist eine Tanzkapelle aus dem Böhmischen drunten, die zurzeit bei uns in der Gegend aufspielt. Und der Bela ist der Geiger der Gruppe. Mein Gott, der kann spielen, gell? Da läuft es einem heiß und kalt den Rücken runter.« Auch die Sophie war ganz begeistert von der Musik.

Magdalena spähte unauffällig nach hinten, hinter die Bühne. Gelegentlich konnte sie das Weiß des weiten Hemdes aufblitzen sehen, welches der Geiger zu einer engen, bestickten Hose und schwarzen Stiefeln trug. So einen Mann hatte sie noch nie gesehen.

Wieder begann die Musik zu spielen, und Magdalena wartete gespannt auf den Auftritt des Geigers. Aber diesmal stand er etwas abseits, lässig an einen Pfosten gelehnt und beobachtete das Publikum. Ein paar Mal kreuzten sich ihre Blicke, wie versehentlich.

Die Magdalena forderte keiner mehr auf, zu viele Körbe hatte sie schon verteilt. Plötzlich stand dieser Bela vor ihr und streckte die Hand nach ihr aus.

»Ich kann nicht tanzen«, wehrte sie, wie immer, ab. Aber er sah sie nur an und sagte dann bestimmt: »Doch, du kannst!«

Wie in Trance stand sie auf, er legte den Arm um sie, wiegte sie ein paar Mal sachte im Takt hin und her und dann begann er, sich mit ihr zu drehen. Sie fühlte sich wie eine Feder in seinen Armen, begann gleichsam über den Tanzboden zu schweben.

»Schau in meine Augen, damit dir nicht schwindlig wird«, sagte er, und sie sah, was für dunkle Augen er hatte, mit langen, schwarzen Wimpern. Nach dem Blick in diese Augen wurde ihr erst recht schwindlig, aber er hielt sie fest.

»Schau mir nur fest in die Augen, dann kann dir nichts passieren«, und sie drehten und drehten sich im Takt der Musik und Magdalena hatte das Gefühl, als würde sie in den siebenten Himmel schweben.

Als die Musik endete, schwankte sie ein bisschen, doch Bela hielt sie fest und lächelte sie anerkennend an. Erst jetzt bemerkte Magdalena, dass sie ganz alleine auf der Tanzfläche gewesen waren, alle anderen Paare hatten die Tanzfläche verlassen, standen im Kreis herum und starrten sie an. Doch niemand klatschte, so wie das sonst üblich war nach einem besonderen Tanz. Die Mädchen schauten verkniffen neidisch und die jungen Männer verärgert. Wieder einmal hatte Magdalena etwas falsch gemacht.

Bela führte sie zurück an den Tisch, beugte sich, wie zu einem Kuss, über ihre Hand und sprang auf die Bühne.

»Ich hab immer gemeint, du kannst nicht tanzen«, meinte anzüglich die Sophie, doch die Magdalena schwieg. Zu sehr war sie noch wie berauscht von diesem Tanz.

Die Kapelle fing erneut zu spielen an, und Bela musizierte wieder auf der Geige. Doch diesmal schloss er nicht die Augen, im Gegenteil, er sah sie unverwandt an und lächelte ihr zu, ihr ganz allein.

Einer der Burschen kam an ihren Tisch. »Jetzt hast du aber keine Ausrede mehr, Magdalena«, meinte er bestimmt, und sie stand auf und ging mit ihm auf die Tanzfläche. Doch was für ein Unterschied war das zu vorhin! Ziemlich steif und hölzern bewegte sie sich mit dem Mann über die Tanzfläche, tapfer lächelnd, und sie war heilfroh, als der Tanz zu Ende war und der Bursche sie wieder an ihren Tisch zurückgebracht hatte. Mein Gott, würde das jetzt für den Rest des Abends so weitergehen? Wenn nur Bert bald käme und sie retten würde!

Als die ersten Takte der nächsten Runde erklangen, stand sofort Bela vor ihr, und so blieb es für den Rest des Abends.

Mit ihm schwebte sie nur so dahin, zum offensichtlichen Missfallen der anderen Männer.

»Glaubst du nicht, wir machen uns recht unbeliebt heute?«, meinte die Magdalena unsicher. Sie hatte bisher noch kaum ein Wort mit ihrem Tänzer gewechselt.

»Was gehen uns die anderen an?«, fragte er zurück und drehte sie umso schneller.

Gegen Mitternacht kam der Bert, um Magdalena abzuholen. Er sah hinein in die brodelnde Menge der Tanzpaare. Und da sah er sie! Gerade wurde eine Polka gespielt, Magdalena tanzte wie der Teufel und sprang im Takt mit glühenden Wangen im Arm eines großen, fremdländisch aussehenden Mannes in einer fremden Tracht.

Mit einem Blick erkannte der Bert, dass das ein Mann aus dem Osten war, ein Böhme, Ungar oder gar ein Zigeuner!

Jetzt nach dem Ende des Krieges und dem Zerfall der österreichisch-ungarischen Monarchie und der Neuordnung der Länder im Osten kamen von dort jede Menge von Fremdarbeitern, darunter allerlei »Gesindel«, ins Rotttal.

Als der Mann Magdalena an ihren Tisch brachte, stand Bert schon dort.

»Es ist Mitternacht, Magdalena!« Für einen kurzen Moment maßen sich die Männer mit den Augen und Bela verstand.

»Búcsú, lebe wohl, meine Schöne«, sagte er in seiner fremdartigen Aussprache und verbeugte sich galant vor ihr. Sie lächelte ihm zu, bedauernd, weil sie gehen musste, aber folgte dann brav Bert hinaus zur Kutsche.

Eine Weile fuhren sie schweigend durch die Nacht, bis Bert endlich fragte: »Wer war denn dein Tänzer?«

»Ach, der war von der Musikkapelle«, meinte sie so leichthin wie möglich. Aber dann konnte sie sich doch nicht zurückhalten und fing an zu schwärmen: »Mein Gott, kann der Geige spielen, und tanzen erst!

An so einen schönen Abend wie heut kann ich mich gar nicht erinnern.«

Bert antwortete nichts, er sah keine Gefahr. Diese Musikanten zogen von Ort zu Ort. Morgen würde der Mann wieder woanders sein und versuchen, einem anderen Mädchen den Kopf zu verdrehen.

Mit dieser Meinung hatte sich der Bert allerdings verschätzt. Bereits am nächsten Wochenende machte sich die Magdalena auf zur nächsten Tanzveranstaltung in Massing. Diesmal fuhr sie selbst mit der leichten Kutsche, das würde wieder ein Gerede geben!

Sie gab das Gefährt einem der Knechte beim Wirt in Obhut. Ihr Herz klopfte wild, als sie hinauf in den Tanzsaal ging. Sie hatte sich heute besonders schön gekleidet, Schmuck von der Mutter angelegt und sich ein rotes Band ins Haar geflochten. Ob die böhmische Kapelle wieder spielen würde? Von draußen hörte sie schon die Musik, es war die heimische Blasmusik. Sie war enttäuscht. Am liebsten wäre sie wieder heimgefahren, aber das war nicht möglich. Die Sophie hatte sie schon erspäht und zog sie mit hinauf in den Tanzsaal.

Die böhmische Kapelle spielte nicht, aber Bela war da! Er schien auf sie gewartet zu haben. Er stand an eine der Säulen gelehnt, und als er sie sah, kam er strahlend auf sie zu.

»Ich habe gewusst, dass du kommen wirst. Ich freue mich! Wollen wir tanzen?«

Die Magdalena konnte nur nicken und schon ging es dahin. Wie beim letzten Mal kam es ihr vor, als schwebe sie über die Tanzfläche. Und dieses Mal ließen die beiden keinen einzigen Tanz aus, wieder zum Missfallen der jungen, ansässigen Burschen, die in Bela einen Eindringling sahen, der ihnen etwas streitig machen wollte, das sie als ihr Eigentum betrachteten.

Als Bela sie erneut aufforderte, sprang plötzlich einer der Männer hinzu, packte Magdalena am Arm und schrie: »Jetzt reicht's mit dem Zigeuner, jetzt tanzt du mit mir!«

Er riss sie grob an sich und wollte sie auf die Tanzfläche zerren.

»Lass mich los, du tust mir weh!«, wehrte sich die Magdalena heftig.

»Lass das Mädchen los!« Bela stand neben ihr.

»Du hast mir gar nix zu sagen, du windiger Musikant, du!« Der Bursche krempelte schon die Ärmel hoch und bald wäre die wildeste Rauferei im Gange gewesen, wenn nicht der Wirt und sein Schankkellner dazwischengegangen wären. Raufereien unter den Burschen bei Festen waren gang und gäbe, vor allem, wenn die Männer zu viel getrunken hatten; dann konnte sich wegen jeder Kleinigkeit ein Streit entzünden. Es war fast eine Art Volkssport, wie Kräftemessen.

»Komm, lass uns gehen«, Bela hatte Magdalenas Jacke und ihr Umschlagtuch in der Hand, fasste sie um die Schulter und führte sie aus dem Saal.

»Ja, geh nur mit deinem Galan, aber pass auf, dass er dir kein Kind macht. Dann brauchst dich nimmer blicken lassen bei uns«, schrie ihr der Bursche lauthals nach, so dass man es im ganzen Saal hören konnte.

Der Magdalena schoss das Blut ins Gesicht; schon wollte sie sich umdrehen, um dem frechen Kerl eine Widerrede zu geben. Was hatte sie denn Böses getan?

Sie wollte doch nur tanzen, ein bisschen dem tristen Dasein zu Hause entfliehen.

»Komm, lass ihn, er ist betrunken!«, drängte Bela sie hinaus. »Geh, sonst gibt es Ärger!«

Draußen empfing sie empfindliche Nachtkühle, immerhin war es schon Mitte Oktober. Magdalena zog ihre Jacke an, und Bela legte ihr fürsorglich das große Wolltuch um.

»Wirst du abgeholt?«

»Nein, ich bin heut selbst gefahren; mit der Kutsche, drüben im Stall hab ich sie eingestellt.«

»Dann komm, ich bringe dich nach Hause. Es ist nicht gut, wenn ein junges Mädchen alleine durch die Nacht fährt.«

»Aber wie denn?«, fragte die Magdalena verblüfft.

»Ich fahre die Kutsche und komme dann zu Fuß zurück.«

»Aber das sind doch an die zwei Stunden!«

»Na und? Mach dir darüber keine Gedanken. Vielleicht schlafe ich irgendwo im Heu und komme morgen zurück.«

Er lachte, und sie sah seine weißen Zähne aufblitzen.

Mit dem Pferd und der Kutsche konnte er gut umgehen, das sah die Magdalena sofort. Sie setzte sich zu ihm auf den Kutschbock und wollte ihm den Weg weisen.

»Ich weiß, wo du wohnst!«

»Was!? Ja, woher denn?« Magdalena sah ihn erstaunt an.

»Ich habe dich gesucht und gefunden. Aber ich bin nicht auf den Hof gekommen, ich habe nur hinuntergeschaut, von droben vom Waldrand, und an dich gedacht.«

Magdalenas Herz klopfte, sie lachte nervös.

»Ich muss bald weg von hier, nach Hause. Hier ist sowieso bald Schluss mit Musik. ›Kathrein stellt den Tanz ein‹, heißt es nicht so bei euch?«

»Ja, das stimmt, nach Kathrein darf nicht mehr getanzt werden.« Magdalena stimmte diese Aussicht traurig. »Aber wir hätten eh nicht mehr tanzen können miteinander, nach dem heutigen Auftritt!«

Er sah sie von der Seite an. »Was gehen uns die anderen an? Hast du keinen Mut?«

Magdalena schwieg. Einmal hatte sie geglaubt, Mut beweisen zu müssen, aber das war ihr schlecht bekommen, davon zeugte heute noch eine kleine Narbe an der Oberlippe.

Inzwischen waren sie am Dunkelwald angekommen, aber Bela lenkte die Kutsche statt zum Hof hinauf zum Waldrand. Es war kühl, und er legte die Decken, die in der Kutsche lagen, um sie beide. Ganz eng saßen sie beieinander, und Magdalena atmete seinen männlichen Geruch ein, wie beim Tanzen. Sie konnte gar nicht genug davon bekommen, es war wie ein berauschendes Parfüm.

Er hatte den Arm um sie gelegt und begann, sie zärtlich zu streicheln, erst über das Haar, dann über das Gesicht. Magdalena hielt ganz still, als er sie endlich weich auf den Mund küsste. Es war ihr erster Kuss, und beim Küssen blieb es auch – für diese Nacht.

»Wann musst du denn fort?«, fragte sie leise.

»Irgendwann in den nächsten Tagen, ich geh, wann ich will. Aber ich komme wieder, im nächsten Frühjahr.«

Magdalena erschrak. »So lang bleibst du weg? Den ganzen Winter?«

Er drückte sie an sich. »Ja, das muss ich. Ungarn, wo ich herkomme, ist weit, und ich muss heim zu meiner Mutter.«

»Und was machst du daheim?«

Er antwortete nicht gleich, aber dann sagte er: »Wir haben ein großes Gasthaus, drunten am Plattensee. Da ist es sehr schön. Wir haben viele Pferde, ein Gestüt.«

»Deswegen redest du so komisch? Rollst das ›r‹ so.« Sie lachte und machte das rollende »r« nach. »Und da kannst du so einfach weg, zum Musik machen?«, fragte sie erstaunt.

»Ja, das mache ich ein oder zwei Mal im Jahr. Das liegt mir im Blut, und es ist schön, auch andere Länder zu sehen. Wir haben viele Leute zum Arbeiten. Aber jetzt muss ich nach Hause, ich habe es meiner Mutter versprochen.«

»Ja, das versteh ich«, sagte die Magdalena fast feierlich. »Eine Mutter darf man nicht enttäuschen. Ich selber hab ja keine mehr, meine Mutter ist schon tot.«

»Ich weiß, mein armes, kleines Täubchen.« Er drückte sie wieder an sich und sie schmiegte sich eng an ihn. Wie gut das tat, sich so an ihn zu lehnen, seinen Duft einzuatmen und an nichts zu denken, nur seine Nähe und Zärtlichkeit zu genießen. Er war so ganz anders als die Männer hier, die ihr so grob erschienen und nur auf ihr Geld aus waren.

Nach einer Stunde, oder waren es zwei, der Magdalena verging die Zeit wie im Flug, lenkte Bela die Kutsche hinunter zum Hof.

In gebührendem Abstand hielt er an, sprang vom Kutschbock und legte Magdalena die Zügel in die Hand.

»Ich komme wieder, morgen. Wenn du den Kuckuck rufen hörst, dann warte ich auf dich, droben am Waldrand.

»Aber im Herbst ruft doch gar kein Kuckuck«, meinte die Magdalena erstaunt.

Er lachte. »Eben! Wenn morgen der Kuckuck ruft, dann weißt du, dass ich es bin!« Er drückte ihr noch einmal die Hand, dann war er in der Dunkelheit verschwunden.

Die Magdalena lenkte das Pferd in den Hof und wollte gerade ausspannen, da stand der Bert neben ihr.

»Bist endlich da, Magdalena! Das find ich nicht gut, dass du in der Nacht allein unterwegs bist. Heutzutag schleicht sich allerhand Gesindel herum.« Er nahm ihr das Zaumzeug aus der Hand. »Lass nur, ich mach das schon. Schau lieber, dass du ins Bett kommst, morgen früh ist die Nacht rum, ein neuer Tag!«

Der treue Bert! Wie er sich sorgte! Zu gern hätte sie ihm erzählt, dass sie gar nicht alleine unterwegs gewesen war, dass Bela sie heimgebracht hatte. Aber es war wohl besser, sie behielt das für sich.

Ja, morgen ist ein neuer Tag! Ein ganz besonderer Tag! Endlich lebe ich und freue mich und bin glücklich, dachte die Magdalena, als sie unter ihrem weichen, warmen Federbett lag und voll Sehnsucht an Bela dachte.

Am nächsten Tag, am späten Morgen, als sie die Milchkannen am Brunnen säuberte, hörte sie den Kuckuck rufen. Schnell lief sie vor das Tor und winkte, so unauffällig wie möglich, hinauf zum Waldrand, als Zeichen, dass sie den Ruf gehört hatte.

Sobald sie sich frei machen konnte, was ohnehin sehr schwierig war im dem geregelten Tagesablauf auf dem Hof, lief sie hinauf zum Wald. Bela stand dort und wartete auf sie. Sie flog in seine Arme, und er küsste sie auf die Lippen, erst weich, dann immer leidenschaftlicher.

»Ich bin gekommen, um dir ›Lebe wohl‹ zu sagen«, keuchte er zwischen zwei Küssen. Ich mache mich heute schon auf den Weg nach Hause, nach Ungarn. Ich kann mich einer Gruppe anschließen, das ist besser, als ganz alleine zu reisen.«

»Heute schon?« Magdalena sah ihn entsetzt an, Tränen traten ihr in die Augen.

»Ja, es muss sein, gerlice, mein Turteltäubchen. Aber ich komme wieder! Wirst du auf mich warten?«

»Ich warte auf dich, Bela! Schreibst du mir einmal?«

»Ich kann nicht schreiben.«

»Was? Du kannst nicht schreiben?« Magdalena sah ihn überrascht an. Sie war sich in der deutschen Rechtschreibung auch nicht immer ganz sicher, aber schreiben, das konnte sie, das lernte man doch in der Schule!

Er lachte. »Natürlich kann ich schreiben, aber nur ungarisch, und das würdest du nicht lesen können. Deine Sprache kann ich zwar sprechen, so einigermaßen gut, aber schreiben kann ich sie nicht. Ich würde zu viele Fehler machen«, meinte er entschuldigend.

Er drückte sie heftig an sich. »Nächstes Jahr, wenn der Kuckuck wieder ruft, bin ich zurück. Und dann ...«, er sah ihr in die Augen.

»Was dann?«, fragte Magdalena atemlos.

»Dann werden wir weitersehen«, er umarmte sie heftig, küsste sie noch einmal leidenschaftlich, dann riss er sich los und verschwand im Wald.

Magdalena war wie benommen. Sie strich sich das Haar aus dem erhitzten Gesicht, dann ging sie langsam den Weg zurück zum Hof, wie in Trance.

Ein langer Winter lag vor ihr, und an trüben Tagen zweifelte sie, ob Bela je zurückkommen würde. Aber an den meisten Tagen war sie erfüllt von einer ruhigen Gewissheit und einem innerlichen Glücksgefühl. Bela war ihr Geheimnis und sie bewahrte es für sich.

Emerenz und auch Bert fiel es auf, dass Magdalena verändert war. Nicht mehr so bedrückt und ängstlich, sondern viel freier und oft ertappten sie sie, wie sie verträumt innehielt bei der Arbeit.

›Ob sie wohl verliebt ist?‹, fragte sich die Emerenz manchmal, wenn sie Magdalena beobachtete. Aber weit und breit war kein Mann zu sehen, der ihr den Hof machte, und sie ging auch nicht mehr aus, außer am Sonntag zur Kirche oder auf einen Spaziergang zu der nahe gelegenen Muttergotteskapelle.

Mit der Erntezeit war die gröbste Arbeit auf einem Bauernhof erledigt. Aber auch im Winter gab es viel zu tun. So musste das geerntete Getreide gedroschen werden, das heißt, die Körner vom Halm getrennt werden.

Das war in früherer Zeit eine schwere Arbeit gewesen, doch jetzt, mit dem vermehrt aufkommenden Einsatz von Maschinen in der Landwirtschaft, der so genannten »Reformgeräte«, wurde diese Arbeit, die vormals von Männern mit dem Dreschflegel in einem bestimmten rhythmischen Arbeitsablauf in drei bis vier Wochen harter Muskelkraft getätigt worden war, durch die mechanische Dreschmaschine in wesentlich kürzerer Zeit erledigt. Das erschien so manchem als ein Wunder.

Beim Oberholzer, als einem der größten Bauern im Bezirk, hatten sie so ein Wunderding. Die technische Revolution in der Landwirtschaft, die in der Zeit zwischen den Kriegen zögernd begann, insbesondere in den reicheren Teilen Niederbayerns, wie dem Rotttal oder dem Gäuboden, brachte vielerlei Verschiebungen im sozialen Gefüge mit sich.

Der vermehrte Einsatz von Maschinen mochte für die Gutsbesitzer oder die reichen Bauern, die sich solche Maschinen leisten konnten von Vorteil sein, für die ländlichen Unterschichten allerdings, wie die armen Tagelöhner oder die Arbeitskräfte aus dem bayrischen Wald, bedeutete es den Verlust des Wintereinkommens. Viele wanderten deshalb ab und suchten Arbeit in den Städten. Aber auch dort waren die Zukunftsaussichten alles andere als rosig zu jener Zeit. Das Heer der Arbeitslosen wuchs beständig, da war es immer noch besser, auf dem Land zu bleiben, hier kannte man sich wenigstens aus und verhungert war noch keiner hier.

Winterarbeit gab es genug auf einem Hof. Wenn das Wetter trocken war, fuhren die Knechte hinaus in den Wald zur Holzarbeit. Das Reisig fuhren sie heim zum Hof, wo es von den Mägden klein gehackt wurde. Dieses Kleinzeug wurde dann, mit Stroh und Laubstreu vermischt, im Stall verwendet zum Einstreuen. Ja, auf so einem Hof wurde nichts vergeudet, für alles gab es eine Verwendung.

Die Mägde putzten und striegelten das Vieh im Stall, wo es schön warm war, und wenn das Wetter gar zu kalt und unwirtlich wurde, saßen sie in der Stube und spannen Flachs oder Schafwolle. Da ging es dann manchmal schon recht lustig zu und auch die Männer gesellten sich gerne dazu, besserten Werkzeug oder Körbe aus, banden Birkenbesen oder flickten Ochsen- und Pferdegeschirr.

Wenn die Stimmung dann gar zu bunt wurde, sorgte die Bäuerin für Ruhe. Dann hat sie den Frauen einen Sack voll Gänsefedern auf die große Tischplatte geschüttet zum Schleißen. Sorgfältig mussten die Federn von den harten Kielen abgetrennt werden, damit das Bettzeug möglichst weich war, denn ein ordentliches »Duchat«, ein prall angefülltes leichtes Daunenbett, war der Stolz einer jeden Bäuerin, vor allem wenn sie einige wegheiratende Töchter mit einer würdigen Aussteuer auszustatten hatte. So ein »Duchat« war schon ein Bewertungsmesser auf dem Brautwagen.

Beim Federnschleißen musste man ganz ruhig sein, nicht einmal zu stark atmen durfte man, sonst wären die feinen Federn durch die ganze Stube geflogen. Das hat den Burschen und den Madln gar nicht gut gefallen, waren die Abende in der Stube, beim »Hoagascht«, eine der wenigen gemütlichen Möglichkeiten des Zusammenkommens.

Über Langeweile und Arbeitsmangel konnte sich die Magdalena also nicht beklagen. Und an ihrer Aussteuer zu arbeiten, wie das auf vielen Höfen mit heiratsfähigen Töchtern über den Winter üblich war, brauchte sie auch nicht. Sie würde einmal nicht mit einem prächtig herausgeputzten Brautwagen auf einen anderen Hof ziehen müssen, ihren Reichtum der gesamten Nachbarschaft und allen Hochzeitsgästen präsentierend. Sie war die Hoferbin und Zimmer, Schränke und Truhen waren wohl gefüllt mit Möbeln, Geschirr, Leinen und prallem Bettzeug. Wenn die Emerenz drängte, man solle endlich anfangen, ein Brautkleid für die Magdalena anzufertigen, denn ein schönes »Gwand« zu nähen und zu besticken, das brauche seine Zeit, begann die Magdalena von ihrer Hochzeit zu träumen, und insgeheim von Bela als ihren Bräutigam. Aber einen ungarischen Musiker würde der Vater auf dem Hof nie zulassen, das war so sicher wie das Amen in der Kirche.

Nicht nur mit der Magdalena war eine Veränderung vor sich gegangen, auch der Vater war anders geworden. Sogar dem Gesinde fiel es auf und dem Bert und der Emerenz ohnehin. Zwar fuhr er immer noch weiterhin fast jeden Abend nach Rossbach oder Massing zum Wirt, aber so viel wie früher trank er nicht mehr.

»Ein Haus ohne Frau ist wie ein Wirtshaus ohne Bier!«, hieß es nun, obwohl er sich um seine Frau nie viel gekümmert hatte. Jetzt schien er sie doch zu vermissen.

Auch sonst war er umgänglicher geworden, wenn er auch seinen alten Jähzorn nicht ganz überwunden hatte.

Sogar der Magdalena gegenüber war er, zu deren Erstaunen, viel duldsamer, sagte sogar gelegentlich ein lobendes Wort!

Auch zur Messe ging er jetzt sonntags, während er früher immer mit den anderen Männern draußen vor der Kirchentür stehen geblieben war und gleich nach Beendigung des Gottesdienstes im Wirtshaus verschwunden war.

Einmal ertappte ihn die Magdalena betend am Grab seiner Frau, als sie, vom Dorfkramer in Rossbach kommend, auf den Friedhof zum Grab der Mutter geeilt war. Schnell versteckte sie sich hinter einem Grabstein. Das hatte sie noch nie erlebt, dass der Vater das Grab besuchte, außer natürlich an Allerheiligen und Allerseelen, wo es allgemein Brauch war, dass man beim Gräberumgang am Grab stand.

In diesem Jahr war der Winter bis zum Jahresende erstaunlich mild und schneearm gewesen. Erst in der Neujahrsnacht setzte Kälte ein, und dann begann es zu schneien. Innerhalb dreier Tage waren die Landschaft, Dörfer und Häuser von einer dicken, weißen Schneedecke verhüllt.

Ein neues Jahr hatte begonnen. Was würde es bringen? Jeder auf dem Hof hatte da so seine eigenen Gedanken.

Der Bauer war sehr schweigsam und ruhig geworden, er sah auch nicht gut aus und die Emerenz machte sich Sorgen, hätte sich aber nie getraut, ihn zu fragen, wie es ihm geht.

Auch dem Bert fiel auf, dass der Bauer manchmal während einer Arbeit innehielt, sich abstützen musste und sich an die Herzgegend fasste.

»Geh, Bauer, sag doch was, ich helf dir doch«, meinte er besorgt. Aber der Bauer wehrte nur ab: »Lass nur, Bert, es geht schon, es muss einfach gehen!«

Mitte Januar ließ der Bauer Magdalena zu sich in die Stube rufen.

Zitternd ging sie hinein, was würde der Vater von ihr wollen? Ob er wieder einen Hochzeiter ausgespäht hatte?

Der Vater saß mit einigen Schriftstücken am Tisch.

»Setz dich her zu mir, Magdalena.« Sie nahm am Tisch Platz.

»Ich hab mir in der letzten Zeit so meine Gedanken gemacht. Wegen dem Hof und so; wie alles einmal weitergehen soll.«

Die Magdalena sah ihn erstaunt an. Der Vater war doch noch gar nicht so alt. Gerade Mitte fünfzig! Aber sie schwieg.

»Ich hab alles notariell gemacht, letzte Woche beim Notar in Eggenfelden. Es ist alles geregelt und geschrieben. Du, als mein einziges lebendes Kind, wirst einmal alles erben. Für mich hab ich mir einiges ausbedungen, wenn ich einmal übergebe. Und auch für die Emerenz und den Bert ist etwas geschrieben worden. Auf die zwei könntest dich immer verlassen, das weißt du, Magdalena.«

Die Magdalena nickte stumm.

»Aber jetzt will ich dir noch ein bisserl was erzählen, über den Hof, seine Geschichte, unsere Vorfahren und vor allem über die Verantwortung, die du einmal übernehmen wirst.«

Er nahm ein altes, ledergebundenes, metallbeschlagenes Gebetbuch zur Hand.

»Schau, das ist der ›Goldene Himmelsschlüssel‹ und zugleich unsere Familienbibel. Ab 1784 sind da Daten über unsere Familie eingetragen, alle Geburten und Todestage. Da siehst also, dass wir ein altes Bauerngeschlecht sind und schon viele Generationen diesen Hof weitervererbt haben. Du, Magdalena, wirst die Nächste sein, auch wenn du nur eine Frau bist. Nur einmal, vor ungefähr achtzig Jahren, hat die Familie ihren Namen gewechselt. Von Willing auf

Kröll. Da hat es auch einmal nur eine weibliche Hoferbin gegeben. Aber sie hat es gut gemacht, sonst stünde der Oberholzer-Hof heute nicht so da.« Er schlug das Buch zu.

»Mit einem Kröll hat sie damals wohl eine gute Wahl getroffen, und das erwarte ich von dir auch, Magdalena.« Er sah sie eindringlich an. »Mit dem Hof übernimmst du eine große Verantwortung, nicht nur für den Hof, der das Wichtigste ist, sondern auch für die Menschen, die hier leben und arbeiten und vor allem einmal für deine Kinder. Damit das Geschlecht weiterlebt, auch wenn es bald nicht mehr ›Kröll‹ heißen wird.« Er nahm ihre Hand, noch nie hatte er das getan. »Daran musst du immer denken, Magdalena! Jeden Tag deines Lebens!« Und die Magdalena versprach es ihm in die Hand hinein.

Eine Woche später war es. Es hatte weiterhin geschneit und geschneit. So viel Schnee und Eis und Kälte hatte man lange nicht mehr erlebt. Der Bauer ließ trotzdem den Schlitten einspannen, nach Massing wollte er, zum Wirt.

Der Bert schüttelte den Kopf über so viel Unvernunft. Aber was sollte er machen, er konnte dem Bauern doch keine Vorschriften machen.

Als der Baumer, der Pferdeknecht, am nächsten Tag in der Früh aufstand, stand die Stute mit dem Schlitten vor dem Stall. Hatte denn der Bauer in der Nacht nicht ausgespannt? Das war noch nie vorgekommen, nicht einmal wenn er sternhagelvoll gewesen war. Aber der Bauer war nicht heimgekommen, sein Bett war unangetastet.

Sofort machte sich Bert mit einigen Knechten auf den Weg. Erst gegen Mittag fanden sie ihn, so eingeschneit war der Körper. Er lag, zusammengekrümmt, mit dem Gesicht nach unten am Rossbach, nicht allzu weit weg von seinem Hof. Stocksteif gefroren war er, als sie ihn mit dem Schlitten heimbrachten.

Der Leichenbeschauer schrieb auf den Totenschein: »Tod durch Ertrinken«, weil er mit dem Kopf auf dem Eis des Rossbaches gelegen war.

»Tod durch Ertrinken«, die Knechte schüttelten den Kopf. Als wenn man auf dem Eis ertrinken könnte! »Erfroren wird er halt sein; heruntergefallen vom Schlitten, hat er nimmer aufstehen können, und dann ist er erfroren. Das soll ja ein schöner Tod sein, hört man sagen.«

»Ich glaub, er hat gespürt, dass er nimmer lange leben würde«, meinte die Emerenz zum Bert, »so verändert wie er war in letzter Zeit und wie er erst vor kurzem alles geregelt hat.« Der Bert nickte nur betrübt dazu, auch wenn der Bauer ein strenger Dienstherr gewesen war, er hatte ihn trotzdem geschätzt.

Wie auch immer, für die Magdalena war es kein Trost, dass der Vater nicht hatte leiden müssen. Zu tief saßen der Schreck und die Erschütterung über den plötzlichen, unerwarteten Tod des Vaters. Wie sollte es jetzt weitergehen?

Von einem Tag auf den anderen war sie die Herrin auf dem Hof, mit gerade dreiundzwanzig Jahren.

Der tragische, plötzliche Tod des reichen Oberholzer hatte im Rotttal viel Aufsehen erregt. Von weit her kamen die Menschen zur Beerdigung, und es gab eine riesige Totenfeier.

Der Saal beim Wirt in Massing, wo Magdalena vor kurzem noch wie entrückt über den Tanzboden geschwebt war, war voll mit Trauergästen allen Alters und jeden Standes. Der Saal beim Wirt in Rossbach wäre zu klein für alle Trauergäste gewesen.

Natürlich wurde hinter vorgehaltener Hand über die Todesursache gerätselt; man wusste doch, dass der Simon Oberholzer gerne einen über den Durst getrunken hatte, um es taktvoll auszudrücken.

Aber der Pfarrer hatte bei der Sargpredigt energisch allen Gerüchten den Wind aus den Segeln genommen: »Simon Kröll ist auf dem Heimweg von Geschäften einem plötzlichen Herzversagen erlegen. Er hat seinen Hof nicht mehr erreicht und konnte erst am nächsten Morgen von seinem Gesinde erfroren aufgefunden werden. Der Herr sei seiner armen Seele gnädig.«

»Was waren das denn für Geschäfte, um ein Uhr in der Früh?«, tuschelte man hämisch. »Und das beim Wirt in Massing?«

Aber noch viel interessanter als die Todesursache des Simon Kröll war seine Tochter Magdalena, die von Hunderten von Augen beobachtet wurde. Die war jetzt die Besitzerin vom Hof. Welcher von den Burschen in der Gegend da wohl zum Zuge kommen würde?

Und wieder wurde die alte leidige Geschichte vom Großbuchberger auf Brautschau ausgegraben und wie eingebildet die Magdalena sei.

»Hochmut kommt vor dem Fall!«, hieß es da siebengescheit, aber auch neidvoll, vor allem bei den jungen Mädchen: »Aussuchen kann die sich den Allerbesten, bei dem Heiratsgut.«

Jedenfalls würde man die Magdalena gut im Auge behalten und war neugierig darauf, wie sich die Dinge beim Oberholzer weiter entwickeln würden.

Magdalena war nur heilfroh, als sie die schweren und anstrengenden Tage nach dem Tode des Vaters und die Beerdigung hinter sich gebracht hatte. Gut, dass der Bert und die Emerenz sie so gut wie möglich abgeschirmt und ihr geholfen hatten, bei den Vorbereitungen und dem Ablauf der Trauerfeier und des Leichenschmauses.

Doch danach, das wusste sie genau, begann der wirklich schwere Teil, nämlich den Hof zu regieren und zu bewirtschaften, ohne den Vater.

Auch etwas anderes war ihr bewusst: Sie würde sich kaum mehr retten können vor Heiratsanwärtern, denn so leicht zu einem solchen Besitz zu kommen, das ließ keinen faul hinter dem Ofen sitzen. Da würde man nicht einmal das Trauerjahr respektieren.

So war es dann auch. Gleich drei so genannte Heiratsschmuser tauchten in den nächsten zwei Wochen auf, um der Magdalena ihre jeweiligen Kandidaten schmackhaft zu machen.

Aber sie verscheuchte alle, mit dem Hinweis auf das Trauerjahr. Bis dahin würde sie es schon alleine schaffen, sie hatte ja ihr bewährtes Gesinde, das ihr zugesagt hatte, an Lichtmess nicht auszustehen, sondern auf dem Hof zu bleiben, und dazu kamen der Bert und die Emerenz. Auf die beiden konnte sie sich hundertprozentig verlassen.

So vieles war auf Magdalena eingestürmt in den letzten Wochen, dass kaum Zeit blieb für Träume. Nur abends, wenn sie alleine in ihrem Bett lag, konnte sie an Bela denken. Wo er wohl sein mochte und ob er wiederkommen würde? Die kurze Zeit mit ihm schien ihr eine Ewigkeit her zu sein, fast wie ein unwirklicher, bittersüßer Traum.

Am besten wäre es wohl, er würde nicht mehr wiederkommen. Einige Zeit würde es noch wehtun; dann würde sie einen der hiesigen Bauernburschen heiraten, etwas Solides, der mit ihr eine Familie gründen und den Hof weiterführen würde.

Der Hof! Alles hatte sich ihm unterzuordnen, das hatte ihr der Vater eindringlich vermittelt. Ihr Leben schien vorgezeichnet.

Endlich kam der Frühling, es wurde Mai, alles stand in der Blüte. Ein Rausch der Natur! Wie ein Wunder war das jedes Jahr auf das Neue!

Da hörte Magdalena eines Tages oben im Wald den ersten Kuckuck rufen. Sie wusste, es war ein richtiger Kuckucksvogel, der seine Balzrufe ausstieß. Nur ein bisschen zog es sehnsüchtig in ihrer Brust. Nein, sie würde vernünftig sein!

Doch wenige Tage später rief wieder ein Kuckuck, eindringlich, laut, und er hörte gar nicht mehr auf. Das war kein echter Kuckuck, Magdalena wusste es sofort. Siedendheiß war ihr geworden. Sie ging vor das Hoftor und blickte hinauf zum Waldrand. Da stand er. Er winkte ihr zu, und sie winkte zurück.

Auch dem Bert war das aufdringliche »Kuckuck« aufgefallen. ›Was ist denn das für ein närrischer Vogel‹, wunderte er sich.

Dann sah er Magdalena vor das Tor gehen und kurz darauf ging sie, mit einem Korb, so als wolle sie etwas sammeln, eilends dem Wald zu. Gedankenvoll fuhr er mit seiner Arbeit fort.

Magdalenas Herz hämmerte, als sie den Weg hinaufging. Was sollte sie tun, wie sollte sie sich verhalten, was sollte sie sagen? Doch alle diese Gedanken waren wie weggeblasen, als sie Bela gegenüberstand.

»Du bist also wiedergekommen«, sie sah ihn erwartungsvoll an.

»Ich hatte es dir versprochen, mein Liebe. Und Versprechen muss man halten!«

Unschlüssig stand sie vor ihm, aber wie damals beim Tanzen nahm er einfach ihre Hand, zog sie an sich und führte sie mit sich in das Innere des Waldes. Dort umarmte er sie zärtlich, strich ihr das Haar aus dem glühenden Gesicht und überschüttete es mit kleinen, heißen Küssen, bis er endlich ihre weichen Lippen fand.

»Ich habe dich vermisst, jeden Tag habe ich an dich gedacht«, flüsterte er mit warmem Atem an ihrem Ohr.

Magdalena fühlte, wie ihre Knie vor Schwäche nachgeben wollten, doch Bela hielt sie fest.

»Nein, nicht hier«, flüsterte er und blickte suchend um sich.

Jetzt nahm sie seine Hand und führte ihn zum Waldrand zurück, ein kurzes Stück, bis zu den Himbeerbüschen. Dann bückte sie sich und zog ihn mit sich auf die kleine, grüne, uneinsichtbare Lichtung mit dem weichen Moosbett in der Sonne. Dort legte sie sich nieder und er sich neben sie. Alle Welt schien um sie zu versinken, nur noch sie beide existierten.

Sie sah in sein schönes Gesicht, braungebrannt, sah die wilden, schwarzen Locken und die dunklen Augen und ihr schien, als wäre er nie fort gewesen. Wie damals atmete sie tief seinen männlichen Duft ein, berauschte sich daran.

Wiederum bedeckte er sie mit Küssen, glitt dabei tiefer, küsste ihren Hals und begann, ihre Brüste unter der weißen Bluse zu streicheln. Dann öffnete er behutsam das Band am Ausschnitt, seine Hand schlüpfte unter die Bluse und berührte ihre feste, nackte Brust. Sie spürte, wie sich ihre Brustknospe unter seinen tastenden Fingern aufrichtete, und ein unsäglich warmes, ziehendes Gefühl strömte in ihren Unterleib und durch ihren gesamten Körper.

Sie spürte, wie er sich halb auf sie legte, ihre Beine auf das Moos drückte, öffnete die Augen und sah in sein entrücktes Gesicht.

»Oh, wie habe dich vermisst«, flüsterte er, und sie stöhnte leicht auf, als sie den vollen Druck seines Körpers auf sich spürte. Er schob ihren Rock hoch und legte sich zwischen ihre Beine.

Sie war wie benommen und wusste erst gar nicht, wie ihr geschah, bis sie sein hartes Glied spürte. Zwei, drei kurze Stöße, sie stöhnte leicht auf, dann war es geschehen. Sie spürte etwas Warmes an ihren Schenkeln, es war ihr jungfräuliches Blut.

Kurz darauf lagen sie erschöpft nebeneinander. Sie drehte sich zu ihm und flüsterte. »Bin ich jetzt eine Frau?«

Er streichelte zärtlich über ihr Gesicht. »Ja, das bist du, meine Frau!«

Sie legte ihren Kopf an seine Brust, es war alles gut!

Wie ein Dieb, um nicht gesehen zu werden, schlich sich Magdalena eine Stunde später auf ihren Hof, hinauf in ihr Zimmer. Sie stand vor dem Spiegel und sah sich an.

Konnte man ihr ansehen, was geschehen war? Hatte sie sich verändert? Für sie war etwas ganz Entscheidendes vorgefallen, das mussten die anderen bemerken! Sie versuchte, sich zu beruhigen. Sie füllte die Waschschüssel mit kaltem Wasser und wusch sich am ganzen Körper. Dann betrachtete sie sich wiederum im Spiegel. Jetzt war sie etwas gefasster. Sie war stolz, stolz darauf, eine Frau zu sein. Belas Frau!

Magdalenas Meinung nach hatte niemand etwas bemerkt, und dass Bert sie beobachtet hatte, das konnte sie nicht wissen. Der hatte sich in der Remise zu schaffen gemacht, von wo er einen guten Überblick über den Innenhof hatte, und er hatte Magdalena gesehen, als sie sich, wie gehetzt, wieder eingefunden hatte und im Haus verschwunden war. Er konnte sich noch keinen Reim darauf machen, aber irgendetwas war nicht in Ordnung, das spürte er. Er würde wachsam sein.

Es war für Magdalena nicht einfach, sich mit Bela heimlich zu treffen, und heimlich musste es sein, vorerst. Das war klar. Gar manches Mal kehrte sie die Herrin heraus, wenn sie bestimmte, dies oder jenes erledigen zu müssen, und immer lehnte sie Berts Angebot, sie zu begleiten, ab.

»Sie ist erwachsen, Bert«, tröstete die Emerenz ihn, »lass ihr das bisserl Freiheit, bald genug muss sie unters Ehe- und Kinderjoch. Sie hat doch noch gar nichts gehabt von ihrem Leben.«

Der Bert erzählte nichts von seinen Beobachtungen. Aber als wieder einmal der Kuckuck gar so aufdringlich schrie und die Magdalena kurz darauf mit ihrem Korb den Waldweg hinauflief, beschloss er, der Sache auf den Grund zu gehen.

Auf der anderen Seite des Waldes stieg auch er auf die Anhöhe hinauf. Er vermutete Magdalena auf dem Hochstand, aber der war leer. Leise schlich er am Waldrand dahin, als er plötzlich Geräusche aus dem Himbeerschlag hörte. Es war das Stöhnen und Seufzen einer Frau und das Keuchen und schwere Atmen eines Mannes. Er kannte diese Laute; auch wenn er »einschichtig« lebte, auch er war einmal ein junger Bursche gewesen und hatte »das mit den Frauen« ausprobiert.

Er hielt inne, überlegte, dann beschloss er, sich in das Unterholz zurückzuziehen und zu warten.

Nach einiger Zeit öffneten sich die Büsche des Himbeerschlages und Magdalena und jener Musikant vom letzten Jahr, mit dem die Magdalena so wild getanzt hatte, kamen heraus. Liebevoll verabschiedeten sie sich, kaum dass sie voneinander lassen konnten.

Dann ging Magdalena davon in Richtung Hof und der Mann verschwand im Wald.

Das also war es, was die Magdalena so verändert hatte!

Bert war sicher, solange der Vater gelebt hätte, hätte sie es nicht gewagt, sich mit diesem Zigeuner einzulassen. Hatte sie denn ganz und gar den Kopf verloren? Wie stellte sie sich vor, dass es weitergehen sollte? Und vor allem, was sollte er, Bert, tun?

Auch wenn sie jetzt seine Bäuerin war, er kannte sie von ihrem ersten Lebenstag an, er fühlte sich für sie verantwortlich, vor allem jetzt, wo sie, so jung noch, keine Eltern mehr hatte und die Bürde des großen Besitzes zu tragen hatte.

Das Wissen um die unmögliche Liebschaft von Magdalena bedrückte den Bert schwer, und er trug es einige Wochen mit sich herum. Inzwischen war es Sommer geworden. Magdalena hatte weiterhin ihre »Ausflüge« unternommen und war regelrecht aufgeblüht. Nur in letzter Zeit war sie etwas blass und schien niedergedrückt zu sein. Als er einmal die

Emerenz sah, wie sie einen Kräutertee für die Magdalena kochte, weil der Armen immer so übel sei, da schwante ihm nichts Gutes.

Er musste mit Magdalena reden, egal, wie es für ihn ausgehen mochte.

Als er die junge Frau kurz danach auf der Fohlenweide traf, sprach er sie ohne Umschweife an. Der Bert war kein Mann der großen Worte, ganz direkt erzählte er ihr, dass er sie und den Mann droben am Wald gesehen hätte.

Die Magdalena wäre vor Schreck fast vom Weidezaun gefallen, auf dem sie saß. Abwechselnd rot und blass wurde sie.

»Du hast mir also nachspioniert«, herrschte sie ihn an.

»Ich hab mir Sorgen gemacht, Magdalena, und ganz unberechtigt sind die ja nicht, das gibst du doch zu, oder? Im Übrigen – ich hab keinem Menschen davon erzählt.«

»Phh! Kannst es ruhig erzählen, bald werden es eh alle erfahren.«

Sie schluckte und blickte jetzt so ängstlich auf den Bert wie früher, wenn sie etwas angestellt hatte und Hilfe von ihm erwartete. »Ich bin nämlich schwanger, Bert.«

Der Bert lehnte sich an den Zaun und sagte nichts, er blickte über die Weide mit den übermütigen Fohlen.

»Sag doch was, Bertl«, flehte die Magdalena.

»Ja, dann wirst ihn wohl heiraten, nehm ich an. Taugt er denn für die Landwirtschaft?«

Die Magdalena sprang vom Zaun und stellte sich vor Bert hin. »Vielleicht nicht direkt für die Landwirtschaft, aber er stammt aus einem großen Gasthof mit einem Gestüt, drunten in Ungarn, am Plattensee«, rief sie mit leuchtenden Augen.

›Mein Gott, wie die Liebe blind macht‹, dachte der Bert. Aus einer Wirtschaft, das mag schon sein, aus irgendeiner Spelunke vielleicht. Aber er sagte nichts. Was auch hätte er sagen sollen? Jetzt, wo sie ein Kind erwartete. Freilich, sie hätte trotzdem immer noch einen Mann bekommen, reich wie sie war. Aber das war nicht seine Entscheidung.

»Ich hab ihn so lieb, Bert, und er ist ein guter Mensch. Ich weiß, dass ich glücklich mit ihm werde.« Sie sah ihn eindringlich bittend an. »Wenn du uns hilfst, Bert, wenn du zu uns stehst, dann wird alles gut werden!«

Bert blickte auf sie herab. Wie sehr sie ihm ans Herz gewachsen war, wie eine eigene Tochter, die er nie haben würde. Niemals würde er sie im Stich lassen.

Es war wie ein Stich ins Wespennest, als der Pfarrer zum ersten Mal bei der Sonntagsmesse das Aufgebot für die Eheschließung von Magdalena Kröll und Bela Szegedy verkündete.

Endlich hatten die Klatschweiber wieder ein Thema, aber auch die Männer waren empört und verärgert, und die jungen Burschen, die sich eine Heiratschance ausgerechnet hatten, erst recht.

So einen dahergelaufenen Zigeuner und Musikanten, was hatte die sich denn dabei gedacht! Wenn das der verstorbene Oberholzer noch erlebt hätte! Aber dann wäre es ja nie so weit gekommen, der hätte sie eher vom Hof gejagt, als so etwas zuzulassen. Aber man würde ja sehen, so etwas kann nicht gut gehen! Mit denen wollte man nichts mehr zu tun haben, die würde man erst einmal schneiden, außer natürlich es diente den Geschäften.

Die Hochzeit fand eine Woche nach Kirchweih, Ende Oktober, statt. Das war ein guter Zeitpunkt.

Die Ernte war bereits eingefahren, und Magdalenas Bauch war noch nicht so groß, als dass sie ihn nicht hätte kaschieren können mit dem neuen Kleid, das die Störschneiderin genäht hatte. Es war ein schwarzes Kleid aus schwerer Seide. Weiße Brautkleider gab es zwar schon vereinzelt, aber Magdalena achtete auf Tradition und wählte ein dunkles Kleid mit einem weißen Spitzenstehkragen, so wie schon ihre Mutter und Großmutter es getragen hatte. Auf einen weißen Schleier verzichtete sie wohlweislich. Im März wurde die Geburt des Kindes erwartet, und soweit konnte jeder rechnen, dass dieses Kind unehelich gezeugt war. Da wollte sie doch nicht mit einem weißen Schleier, dem Zeichen der Jungfräulichkeit, daherkommen.

Aber ein schönes Brautdiadem ließ sie sich anfertigen, aus Golddraht, Perlen und Pailletten, ließ ihre schweren, dunkelbraunen Haare als Kranz flechten, und darauf setzte sie den Reif.

Sie waren ein schönes Paar, als sie, Bela in schwarzer, bestickter Hose und weitem, weißen Hemd mit rot-weiß-grüner Schärpe, den Farben der ungarischen Flagge, vierspännig von Bert vor der Kirche in Rossbach vorgefahren wurden.

Eine Hochzeitsfeier, wie es normalerweise üblich gewesen wäre, gab es nicht. Zum einen fürchtete Magdalena, dass ihr so mancher der Geladenen eine Abfuhr erteilt hätte, zum anderen hatte man mit dem Hinweis auf das Todesjahr des Vaters einen guten

Grund, bescheiden zu feiern. Das Maul würden sich die Leute so oder so zerreißen.

»Was kümmern uns die anderen? Es geht doch nur um uns«, meinte Bela leichthin, als sie ihm ihre verschiedenen Bedenken unterbreitete.

»Und um den Hof!«

»Ja, natürlich, auch um den Hof!«

Die Emerenz hatte für das Brautpaar und das Gesinde ein Festessen gerichtet und die Magdalena hatte jedem der Knechte und der Mägde ein kleines Geldgeschenk überreicht.

Sogar einen Fotografen hatten sie bestellt, der auf den Hof kam und ein Bild von ihnen und eines von der ganzen Belegschaft des Hofes vor dem ehrwürdig alten, schönen Wohnhaus machten.

Der Bela hatte zudem einen Freund von sich herbestellt, einen Maler. Der machte sowohl von Magdalena wie auch von Bela ein schönes Ölgemälde, setzte sie in einen goldfarbenen Rahmen. Das war Belas Hochzeitsgeschenk an Magdalena, und stolz hängten sie die Bilder in der Stube auf.

»Das wird das neue Geschlecht auf diesem Hof werden, mit einem Schuss ungarischen Blutes«, meinte Bela.

Magdalena schaute etwas unsicher drein, aber ein schönes Paar waren sie, das musste man zugeben. Und schöne, stattliche, tüchtige Söhne würden sie haben.

Am Abend dann gingen Magdalena und Bela hinauf in das große Schlafzimmer, das früher die Eltern bewohnt hatten und das die Emerenz für das junge Paar gerichtet hatte.

Es war ihre erste Nacht, die sie legal und ohne Heimlichkeiten miteinander verbrachten.

Im Schrank hingen Belas wenige Kleider, und seine Stiefel standen an der Tür. Ansonsten hatte er nur seinen Geigenkasten mitgebracht.

Es war der Magdalena schon ein wenig peinlich, als ihr Bräutigam so dürftig ausgestattet auf dem Hof Einzug hielt.

»Im Frühjahr fahre ich nach Hause an den Balaton und hole mein Heiratsgut hierher. Dann muss mich mein Bruder auszahlen.«

Da war die Magdalena wieder zufrieden, und glücklich schmiegte sie sich in seine Arme.

Bela gab sich große Mühe, sich gut auf dem Hof einzuarbeiten. Das Jahr neigte sich ohnehin dem Winter zu, und wenn es auch immer zu tun gab, die richtig schwere Bauernarbeit war für heuer getan.

Mit den Pferden konnte er wirklich gut umgehen, da hatte er eine gute Hand, das sah Bert sofort. Ja freilich, wenn er doch aus einem Gestüt kam!

Das Gesinde war Bela gegenüber erst recht misstrauisch. Das war doch kein Bauer! Aber er hatte eine sehr freundliche, umgängliche Art, mit den Leuten umzugehen. Nicht herrisch, aber auch nicht anbiedernd. So nahm er schnell einen nach dem anderen für sich ein, und vor allem die Mägde, so freundlich wie er zu ihnen war. Ja, er war schon ein angenehmer Herr! Trotzdem war man auf der Hut, und beweisen musste er sich erst nach Lichtmess, wenn es losging mit der richtigen Arbeit.

Selbst die vorsichtige Zuneigung der Emerenz gewann er. Nie stand er vom Tisch auf, ohne sich für ihr gutes Essen zu bedanken und sie zu loben. So etwas hatte die Emerenz kaum einmal gehört in den langen Jahren, in denen sie Köchin war, und sie begann, ihm heimlich immer wieder ein besonders gutes Stückchen auf die Seite zu tun.

Berts bisherige Sonderstellung als »Vizebauer« achtete er und machte sie ihm nicht streitig; ganz im Gegenteil suchte er immer seinen Rat und seine Hilfe, denn dass er von der Landwirtschaft nichts verstand, das bemerkte der Bert gleich.

Oft klang abends Geigenspiel aus dem Haus, und dann hockten die Knechte und Mägde in ihren Kammern und horchten. »Der Bauer spielt! Mein Gott, wie der Geige spielen kann.« Aber etwas eigenartig war es doch, das gab es sonst nirgends im Rotttal, einen Musikanten als Bauern!

Gar zu gerne hätte Bela, sozusagen als Ausgleich für die entgangene Hochzeitsfeier, ein Hoffest auf der Tenne veranstaltet.

»Man muss den Leuten auch etwas bieten«, meinte er zu Magdalena.

Doch die sah ihn nur unverständig an. Den Leuten etwas bieten? Das hatte sie ja noch nie gehört. Die bekamen doch ihren Lohn, und außerdem hatte sie jedem ein Geldgeschenk gemacht!

Noch dazu war immer noch das Trauerjahr. Das hätte ein Gerede gegeben und noch dazu Unglück gebracht, das wusste man doch! Nein, das kam nicht in Frage, und Bela fügte sich widerstrebend.

Magdalenas Schwangerschaft gestaltete sich schwierig. Sie hatte sehr unter Kreuzschmerzen zu leiden; manchmal wusste sie nicht, wo es mehr zog, im Rücken oder im Bauch.

»Du musst dich mehr schonen, damit es ein kräftiger Bub wird«, ermahnte die Emerenz sie eindringlich, und auch die Hebamme, die mehrmals nach der

Magdalena schaute, verordnete gelegentliche Bettruhe.

Aber das war mit Magdalena nicht zu machen. Nur Bela wehrte sie ab, wenn er nachts zu ihr kommen wollte.

»Das kann für den Buben nicht gut sein, Bela. Lass mich in Ruhe für die Zeit!« Bela fügte sich, wiederum widerwillig.

Doch die letzten Wochen der Schwangerschaft war absolute Schonung nötig, das sahen selbst Magdalena und Bela ein, wenn es auch schwer fiel.

Anfang März war es dann so weit, der Stammhalter sollte geboren werden.

Es war eine sehr schwere Geburt, zweimal ging die Sonne über der Gebärenden auf, doch endlich tat das Kind seinen ersten Schrei.

Magdalena war von dem Blutverlust, den sie erlitten hatte, so geschwächt, dass sie dies kaum mitbekam, bis ihr die Hebamme das Wickelkind in den Arm legte.

»Schau, da ist dein Kind, Magdalena. Du warst eine ganz Tapfere, hast es nicht leicht gehabt mit dem Gebären.« Die Hebamme strich ihr über das Haar.

»Und, ist es ein Bub?«

»Nein, Magdalena, du hast eine Tochter, ein ganz süßes, kleines Mädchen.«

»Was!!?« Die Magdalena schrie entsetzt auf, gerade so als hätte man ihr eine Kröte ins Bett gelegt, und sie rückte von dem Kind ab.

»Na, na, Magdalena!«, rügte die Hebamme sie und schob ihr das Kind wieder zu. »Sei froh, dass es gesund ist, nach der schweren Geburt. Du bist noch jung und wirst noch viele Kinder kriegen und viele Söhne, da bin ich sicher.«

Magdalena liefen die Tränen über das Gesicht. »Ein Mädl, ein Mädl«, schluchzte sie, »genau wie meine Mutter. Wer weiß, ob ich noch einen Buben krieg.«

»Freilich«, versuchten die Hebamme und die Emerenz sie zu trösten, »freilich kommt er noch, der Stammhalter!«

Wobei ihnen peinlich bewusst wurde, dass der Stamm der Krölls mit dem Tod des Bauern ausgestorben war. Jetzt hieß der Stamm »Szegedy« – und das im Rotttal!

Magdalena beruhigte sich erst, als Bela ins Zimmer geholt wurde. »Meine tapfere Magdalena, ich bin so stolz auf dich! Du hast mir eine wunderschöne Tochter geschenkt.«

Gar nicht unbeholfen nahm er das kleine, geschnürte Paket auf den Arm und bewunderte entzückt das Kind.

»Wollen wir sie Katharina nennen, nach meiner Mutter, oder lieber Magdalena nach dir?«

»Nenn sie, wie du willst«, gab Magdalena matt zurück.

»Meine süße, kleine Katharina!« Bela sang dem Kind eine Melodie vor, setzte sich mit ihr ans Fenster und wiegte sie in seinen Armen.

Magdalena betrachtete die beiden müde vom Bett aus.

Mein Gott, mindestens noch einmal musste sie diese Tortur hinter sich bringen. Dann musste es ein Sohn sein! Nur ein Sohn zählte, das wusste sie aus eigener, bitterer Erfahrung.

Erst nach zwei Wochen war Magdalena wieder auf den Beinen. Widerwillig hatte sie das Kind gestillt.

Jetzt erklärte sie der Hebamme kategorisch, dass sie abstillen wolle. Stillen und den Hof bewirtschaften, das passe nicht zusammen. Der Emerenz und der Hebamme behagte das gar nicht, aber Magdalena setzte ihren Willen durch, wie so oft in letzter Zeit. Sie wollte das Kind nicht stillen. So wurde unter Mühen abgestillt und das Kind mit Kuh- und Ziegenmilch ernährt. Und siehe da, es gedieh kräftig, besser als vorher mit der Muttermilch.

»Wenn eine Mutter ihre Milch so widerwillig gibt wie die Magdalena, dann spürt das das Kind. Das kann nichts sein. Es ist wohl wirklich besser, wenn du, Emerenz, das Kind aufziehst und ihm die Flasche gibst«, bestimmte die Hebamme.

So geschah es dann. Das Kind verbrachte viel mehr Zeit bei der Emerenz als bei seiner Mutter, und irgendwann schlief es sogar bei der Emerenz in der Kammer, weil die Magdalena nachts ihre Ruhe haben wollte.

Die Frühjahrsarbeit mit Pflügen, Eggen und Säen hatte begonnen, und Bela bemühte sich nach Kräften, die Arbeit zu erlernen. Aber zu behagen schien ihm diese Plackerei nicht, das merkte der Bert sehr schnell. Allzu oft drückte er sich davor und gab vor, etwas anderes, Wichtigeres erledigen zu müssen. Auch der Magdalena blieb das nicht verborgen und sie ärgerte sich darüber.

»Das kannst du nicht machen, Bela! Du musst den Leuten ein Vorbild sein!«, hielt sie ihm vor, und er versprach immer wieder, sich zu bessern.

Jedes Jahr, ab dem Frühjahr, kamen Hausierer auf den Hof. Das war damals so üblich. Sie kamen oft von weither mit ihren Handkarren oder Tragkörben und brachten allerlei verschiedene Waren mit, je nachdem, aus welcher Gegend sie kamen. Holzwaren, Töpfe, Küchengeräte, Knöpfe, Bänder, Nähzeug und anderen Tand, kleines Werkzeug, so ziemlich alles, was man brauchen konnte.

Über den Winter gingen sie meist in ihre Heimat zurück, aber kaum wurde es wärmer, trieb es sie wieder über Land. Es versteht sich von selbst, dass sie, außer dass sie ihre Waren verkauften, auch allerhand Geschichten zu erzählen wussten, kamen sie doch weit herum.

Dieses Jahr war der erste Hausierer, der kam, ein alter Mann, der schon seit vielen Jahre auf den Hof kam. Ein dürrer Mensch mit einem langen, grauen Bart und einem großen, schwarzen, breitkrempigen Hut auf dem Kopf.

Er war bei den Frauen besonders beliebt, weil er schöne Stoffe, Tücher, Bänder und allerlei modischen Schnickschnack hatte, den man ansonsten hier in der Gegend nicht fand. Er kam aus dem Osten, aus Böhmen oder sonst woher, so genau wusste man das nicht.

Als er mit seinem Karren auf den Hof rumpelte, liefen sogleich die Mägde, die Emerenz und auch die Magdalena daher, um zu sehen, was er dieses Mal brachte. Er hatte ein unglaublich gutes Gedächtnis und kannte fast jede der Frauen mit Namen.

Die Magdalena trug die kleine Katharina auf dem Arm.

»Ist das dein Kind, Magdalena Kröll?«, fragte der Mann.

»Freilich«, meinte die Magdalena.

»Aha! Dann bist du jetzt verheiratet?«

»Freilich, sonst hätt ich wohl kein Kind«, gab sie schnippisch zurück. Alle lachten.

»Mhm! Dann heißt auch wohl nicht mehr Kröll, wie heißt denn dann jetzt?«

»Jetzt heiße ich Szegedy.«

»Szegedy?« Den alten Mann riss es förmlich herum. »Das ist aber kein hiesiger Name, der hört sich eher ungarisch an.«

»Ja, das ist auch ungarisch. Aber jetzt zeig mal, was du dabei hast«, ungeduldig begann sie, in den Sachen zu wühlen, und bald feilschten die Frauen mit dem alten Hausierer um das eine oder andere Ding.

Nach den Mägden kamen die Knechte und der Bert daher, und auch sie kauften dem Händler ab, was sie brauchten.

Als aller Handel getätigt war, zog der Hausierer den Bert auf die Seite. »Du, sag mal, euer neuer Bauer, wie heißt denn der mit seinem Rufnamen?«

»Was geht's dich an? Aber wenn du es unbedingt wissen willst, er heißt Bela!«

Der Hausierer pfiff durch die Zähne. »Bela Szegedy!« Er kniff listig die Augen zusammen. »Und? Kann der gut mit Pferden umgehen?«

»Das kann er! Seine Leut sollen ein großes Gestüt haben, drunten in Ungarn.«

»Mhm, mhm! Ein großes Gestüt hat er, der Herr Bela Szegedy!« Der Mann wackelte mit dem Kopf und schien nachzudenken.

»Glaubst nicht, dass der Bauer auch etwas brauchen könnte, vielleicht etwas Hübsches für seine junge, schöne Frau oder für das Kind?«

»Kann schon sein, ich weiß es nicht.«

Just in dem Moment kam Bela von der hinteren Koppel, ein Pferd am Zaum führend, in den Hof. Für einen Moment stutzte er, als er den Hausierer sah und Bert schien es, als wolle er sich umdrehen und wieder gehen, aber der Alte hatte ihn schon erspäht und lief ihm entgegen.

»Bist du der Bauer?«

Unwillig kam Bela näher und musterte mit angespanntem Blick den Mann.

»Schau her, was ich für schöne Sachen hab«, der Mann deutete auf seinen Karren.

»Ich brauche nichts«, wehrte Bela ab.

»Ah, vielleicht etwas Schönes für die junge Frau? Vielleicht hab ich ein kleines Geheimnis für sie, das du mir abkaufen kannst?« Er kicherte; Bela warf ihm einen warnenden Blick zu und trat näher. Bert wandte sich ab, bei dem Handel musste er nicht dabei sein. Im Weggehen sah er, wie Bela den Hausierer packte und grob in eine uneinsichtige Ecke der Remise schob.

Einige Zeit unterhielten sich die zwei Männer, es schien eher ein Streit zu sein, zumindest schien Bela recht ungehalten. Aber Bert konnte kein Wort verstehen, denn sie sprachen in einer fremden Sprache, vermutlich ungarisch.

Dann sah er Bela mit schnellen Schritten den Hof überqueren und im Haus verschwinden. Der Hausierer hatte sich auf seinen Karren gesetzt und schien zu warten.

Kurz darauf kam Bela wieder aus dem Haus, blickte sichernd um sich und ging zu dem alten Mann zurück. Wieder gab es einen heftigen Wortwechsel. Dann zog der Hausierer davon, seinen holpernden Karren hinter sich herziehend.

Bela rief ihm etwas auf Ungarisch nach, aber es klang eher drohend als freundlich.

Wieder einmal machte Bert sich seine Gedanken, es schien ihm, als hätten sich die beiden Männer gekannt. Aber warum dann diese Verstellung und Heimlichkeit und Belas eigenartiges Verhalten?

Am Abend dieses Tages, als Magdalena und Bela im Bett lagen, griff Bela nach ihrer Hand.

»Ich muss dir etwas sagen, Magdalena. Ich werde für einige Zeit weggehen. Ich muss nach Hause, nach Ungarn.«

»Was!!??« Die Magdalena setzte sich abrupt auf und sah ihn entsetzt an. »Jetzt wo ich noch so schwach bin von der Geburt und die viele Arbeit am Hof ist?«

»Du schaffst das schon, du bist ja letztes Jahr auch ohne mich zurechtgekommen«, gab er zurück. »Ich muss nach Hause, ich möchte mich von meinem Bruder auszahlen lassen, das hab ich dir doch gesagt bei unserer Hochzeit. Ich möchte mein eigenes Geld haben und nicht von dir abhängig sein.« Es klang bitter.

»Aber du bist doch nicht abhängig, Bela. Wir arbeiten doch zusammen für den Hof!«

Er lachte verächtlich. »Ja, wir arbeiten zusammen, aber wenn ich einmal in das Wirtshaus gehen möchte, wie alle anderen Männer, ja, wie jeder Knecht, dann muss ich dich um Geld bitten. Musik machen wie früher, um etwas Geld zu verdienen, das darf ich ja nicht mehr.«

»Untersteh dich, Bela!« Drohend wandte sie sich zu ihm hin. »Der Oberholzer-Bauer, der in der Wirtschaft auf der Geige fidelt! Da tätest uns zum Gespött im ganzen Bezirk machen, es reicht schon, wenn du bei uns herumfidelst.«

»Früher hat dir mein Geigenspiel gefallen, Magdalena«, er sah sie enttäuscht an. »Ich pack dann meine Sachen, am besten ist's, ich fahr gleich morgen los.«

»Morgen schon? Und wann kommst wieder?«

»Ich weiß es nicht. Es kann ein, zwei Monate dauern. Bis dahin hast dann auch deine Ruhe vor mir.« Er spielte damit darauf an, dass die Magdalena ihre ehelichen Pflichten noch nicht wieder aufgenommen hatte.

In dieser Nacht ließ ihn die Magdalena wieder zu sich. Es war so schön wie früher, und die Magdalena weinte, als er am nächsten Morgen sein Bündel schnürte, den Geigenkasten unter den Arm klemmte und verschwand.

Die Arbeit am Hof ging auch ohne Bela weiter. Immer war irgendetwas zu tun und zu richten. Die Magdalena hatte einen Zimmerer bestellt, der die Firstbretter am Haus reparieren sollte.

Als sie hinauf in ihr Schlafzimmer ging, um aus der ledernen Geldkatze das Geld für den Zimmerer zu holen, bemerkte sie, dass ein guter Teil der Scheine fehlte. Der Schreck schoss ihr in alle Glieder. Sie wusste immer genau, wie viel Geld in ihren drei Geldkatzen war, die sie an verschiedenen Verstecken aufbewahrte. Hier fehlte eine beträchtliche Summe!

Schnell bezahlte sie den Zimmermann, dann lief sie wieder nach oben. Hastig sah sie in den anderen Beuteln nach. Dort fehlte nichts. Gottlob!

Sie setzte sich auf das Bett. Da war also ein Dieb im Haus! Wer könnte das gewesen sein? Der Bert und die Emerenz schieden aus! Da war sie sich ganz sicher. Und die anderen vom Gesinde? Sie kannte sie alle gut und traute es keinem zu. Andrerseits, alle Türen standen offen, wenn auch keiner etwas in den oberen Stockwerken des Hauses verloren hatte, außer der Hausmagd. Ob sie es gewesen war? Magdalena mochte es nicht glauben. Der Hausierer, der kürzlich da gewesen war? Schon oft hatte man gehört, dass diese Leute ganz gemeine Betrüger waren. Betrüger vielleicht schon, aber ein Dieb, der ihr am helllichten Tag Geld aus der Geldkatze unter der Matratze stahl? Das wohl eher nicht.

Ein hässlicher Gedanke keimte auf. Ob Bela? Nein, das konnte nicht sein! Er hätte doch nur sagen müssen, wenn er etwas brauchte! Als sie ihn gefragt hatte, ob er Reisegeld bräuchte, hatte er dies verneint. Andrerseits – er hatte sich beklagt, dass sie ihn so kurz halten würde, dass er nicht einmal zum Wirt gehen könne! Sie konnte ihn nicht einmal fragen, musste warten, bis er zurückkam.

Ein ungutes Gefühl war das, bestohlen worden zu sein. Erst einmal würde sie die Geldkatzen in ein anderes Versteck bringen, unter der Matratze, das war wirklich etwas leichtsinnig gewesen. Und dann würde sie auf der Hut sein und aufpassen und vor allem niemandem, aber auch gar niemandem etwas erzählen.

Für Magdalena war es schwierig gewesen, dem Gesinde zu erklären, dass der Bauer ausgerechnet jetzt, wo so viel Arbeit anstand, nicht zur Verfügung stand. Das würde die Arbeitsmoral der Leute nicht gerade heben.

»Er wird auf seinem Gestüt in Ungarn gebraucht«, erklärte sie den Leuten knapp und ahnte selbst, dass das gelogen war.

Sie hatte von nun an »die Hosen an«, und zwar im wörtlichen wie im übertragenen Sinne. Am Tag, als Bela gegangen war, kam sie am Morgen in blauen Arbeitshosen aus der Tür, genau so, wie sie es früher einmal getan hatte, mit weitreichenden Folgen. Diesmal wagte es keiner zu widersprechen oder hinter ihrem Rücken zu tuscheln.

Auch ansonsten nahm sie das Heft in die Hand, vom Vater hatte sie gezeigt bekommen, wie man das macht. Wenn sie schon keinen richtigen Bauern als Mann hatte, so war ihre Meinung, dann musste sie eben selbst »ihren Mann« stehen.

Selbst der brave Bert hatte einige Auseinandersetzungen mit ihr, bei denen natürlich Magdalena die Oberhand behielt.

Bald nach Belas Weggang bemerkte Magdalena, dass sie wieder schwanger war. Das passte ihr gar nicht ins Konzept bei der schweren Arbeit, die sie leisten musste und auch wollte. Die Hebamme hatte nach der ersten schweren Geburt geraten, eine mindestens zweijährige Pause einzuhalten, jetzt war sie bereits nach wenigen Monaten wieder schwanger! Diesmal musste es ein Sohn werden! Sie beschloss, es vorerst einmal niemandem zu sagen, sondern es für sich zu behalten.

Dass sie diese Rechnung ohne die Emerenz gemacht hatte, daran dachte sie nicht. Ein zu scharfes Auge hatte die, und zu gut kannte sie die Magdalena; außerdem fehlten am Waschtag Magdalenas Monatsbinden, die damals noch aus Leinen waren und gewaschen werden mussten. Das allein sagte der Emerenz alles.

Wenn auch die Kriegsjahre 1914 bis 1918 schwierig gewesen waren, viele Arbeitskräfte waren eingezogen und noch mehr Rösser und Zugtiere von den Bauern abgegeben worden, so war die Zeit danach alles andere als einfach.

Nach den revolutionären Unruhen, die das Deutsche Reich in den ersten Monaten nach der Beendigung des Ersten Weltkrieges und der Abdankung Kaiser Wilhelms II. erschüttert hatten, kam es zur Ausrufung der Republik. Deutschland war keine Monarchie mehr, sondern eine parlamentarische Demokratie.

Wirre Zeiten folgten, mit der Ermordung führender Politiker wie Erzberger und Rathenau, mit der Verweigerung der immensen Zahlungen, die Deutschland nach dem Krieg als Reparationsleistungen zu leisten hatte und die schlichtweg nicht aufzubringen waren. Ein politisches Durcheinander der verschiedenen Parteien von links und rechts folgte.

Das kümmerte die Menschen im Rotttal weniger. Schon eher bewegte sie, dass 1918 der »Freistaat Bayern« ausgerufen worden war und der bairische König, Ludwig III., abgedankt hatte. Viele der königstreuen Bürger bedauerten dies zutiefst und betrachteten die neue Staatsform und ihre Vertreter voller Misstrauen. Lediglich dass man sich mit der Ausrufung eines eigenen Freistaates weitgehende Unabhängigkeit von Berlin versprach, besänftigte die Gemüter in der Anfangszeit noch etwas. Aber auch diese Hoffnungen sollten sich nicht erfüllen.

In jenen Jahren hatte man genug zu tun, um mit den Veränderungen des Alltags zurechtzukommen. Vieles war anders geworden. In den großen Städten prägten Kriegsversehrte ebenso das Straßenbild wie unterernährte Kinder und Erwachsene, die nach den entbehrungsreichen Jahren der Nahrungsmittelrationierung sehnsüchtig auf ausreichende Mahlzeiten und einen vollen Speiseplan hofften. Ein regelrechter Schleichhandel begann, bei dem sämtliche Arten von Wertgegenständen gegen Kartoffeln, Eier, Mehl oder Zucker eingetauscht wurden. Arbeitslosigkeit, sowie Hunger und Verelendung, und im Zuge davon Kriminalisierung, griffen um sich.

Die galoppierende Inflation verschärfte 1923 die Situation und machte vormals reiche Bürger über Nacht zu armen Bettlern, während Spekulanten und Kriegsgewinnler ihren neuen Reichtum schamlos zur Schau stellten. So kam der Begriff der »Goldenen Zwanziger Jahre« auf, der allerdings nur auf einen Teil der, meist großstädtischen, Bevölkerung zutraf, während das Arbeitervolk hungerte. Nach außen hin präsentierten sich das Großbürgertum und die mittelständische Gesellschaft klassenbewusst. Die Leute dachten am liebsten an ihr Vergnügen, aber unter dieser oberflächlichen »Windstille« brodelte es.

All dies hörten die Bauern im Rotttal zwar auch, und die politischen Umstände wurden in den Wirtshäusern an den Stammtischen heftig diskutiert, aber direkte Not litt man, zumindest auf den großen Bauernhöfen, nicht. Man konnte sich gut selbst versorgen. Selbst für die immer häufiger auftretenden Armen, Frauen und Kinder, die auf den Hof kamen, um Essbares zu erbetteln, reichte es noch.

Mehr schmerzte der Verlust der nun völlig wertlosen Kriegsanleihen von1914. Auch Magdalenas Vater hatte solche getätigt. Sparguthaben dagegen hatte man wie jeher zu Hause aufbewahrt, aber auch dieses schmolz im Zuge der Inflation dahin.

Was an neuen Medien wie Kino, Radio, Telephonen und Grammophonen mit Schallplatten produziert und in den Städten gekauft wurde, war für die Menschen im Rotttal vorerst uninteressant. Vielerorts gab es ja noch keinen Strom, was also hätte man mit diesen Geräten anfangen sollen? Selbst der von der AEG 1928 angebotene und für den Massenkauf konstruierte elektrische »Volksherd« rief vorerst eher Kopfschütteln hervor. Man hatte seit Generationen auf dem riesigen Herd gekocht, der mit Holz beheizt wurde, und die Emerenz hätte sich schön »bedankt«, wenn man ihr so ein neumodisches Zeug in ihre Küche gestellt hätte.

Trotzdem ging die neue Zeit nicht an der ländlichen Bevölkerung vorbei. Man hatte von all diesen Wunderdingen viel gehört und gelesen, vor allem auch davon, dass in der Stadt für die Dienstboten eine 40-Stunden-Woche eingeführt worden war. In der Landwirtschaft war der Arbeitstag oft erst nach 18 Stunden zu Ende. Diese Aussichten bewirkten, dass sehr viele Menschen vom Land in die Städte abwanderten. Das wiederum hatte zur Folge, dass dort die Arbeitslosigkeit schnell zunahm, während es bei den Bauern immer mehr an Dienstboten fehlte.

Um das Leben auf dem Land moderner zu gestalten, versuchte man den Menschen dort den elektrischen Strom, das Telefon sowie die Anschaffung von Rundfunkgeräten schmackhaft zu machen. Aber das Misstrauen gegenüber der frischen Brise, die von den Städten herüberwehte, saß zu tief, und so setzten sich solche Neuerungen nur schwer durch. Ein Zeichen dafür war die Tatsache, dass dort noch sehr lange das Ochsen- oder Pferdefuhrwerk benutzt wurde, obwohl es bereits Lastkraftwagen und die Eisenbahn gab. Abgesehen davon gab es damals zu der körperlich anstrengenden Landarbeit noch gar keine echte Alternative. Dampfpflüge, Melkmaschinen oder andere mechanische oder später sogar elektrische Geräte konnten sich bestenfalls große Güter leisten, und die ersten, Ende der zwanziger Jahre entwickelten, mechanischen Mähdrescher verdrängten die zur Erntezeit eingesetzten Saisonarbeiter als Schnitterkolonnen noch lange nicht.

In genau diese Zeit fiel Magdalenas zweite Schwangerschaft. Auch auf dem Oberholzer-Hof hatten ein Knecht und eine Magd den Dienst quittiert und ihr Glück in der Stadt versucht. Wenn schon der Bauer es nicht einmal für nötig hielt, auf dem Hof zu bleiben!

So musste man noch mehr zusammenstehen und arbeiten. Saisonarbeiter waren nicht mehr so leicht zu bekommen wie früher, wo selbst um Arbeit bettelnde Kinder aus dem bayrischen Wald auf den Hof gekommen waren, wie seinerzeit Bert.

Die Emerenz machte sich Sorgen um die Magdalena, und irgendwann steckte sie auch dem Bert ihre Vermutung bezüglich der Schwangerschaft.

Der tat, was er konnte, versuchte der Magdalena die schwere Arbeit abzunehmen, wo es ging. Insgeheim hegte er einen Groll auf Bela, der sich so mir nichts dir nichts aus dem Staub gemacht hatte und seine Frau schwanger und mit einem kleinen Kind alleine gelassen hatte.

Eines Tages, so nach ungefähr zehn Wochen, stand Bela plötzlich wieder auf dem Hof, fidel und fröhlich wie eh und je. Für Magdalena hatte er eine silberne Kette mitgebracht und für die kleine Katharina eine Puppe aus Stoff, die mit der ungarischen Landestracht bekleidet war.

Ein bisschen enttäuscht schien er zu sein, dass keine große Begeisterung über sein Wiedererscheinen ausbrach, aber zu solchen Gemütsbewegungen hatte man gar keine Zeit und Kraft, und letztlich auch keine Lust.

Nachts, als er sich zu Magdalena ins Bett legen wollte, wehrte ihn diese ab.

»Ich bin schwanger und weiß nicht, wie ich das Kind bei der vielen Arbeit austragen soll«, jammerte sie.

»Meine tapfere Magdalena«, umschmeichelte er sie. »Jetzt bin ich doch da, und ich werde schwer arbeiten, damit du nicht mehr so viel tun musst. Ich verspreche es dir.«

»Und? Hat dich dein Bruder ausgezahlt?«

Er seufzte und schwieg.

»Was ist? War die ganze Reise nach Ungarn umsonst?«

»Geld, Geld und immer nur Geld und der Hof! Ist das alles was du denken kannst, Magdalena? Zählen Dinge wie Liebe und Freundschaft, Musik und Freude, eine Mutter und ein Bruder und eine Heimat gar nichts für dich?«

Magdalena war fassungslos, kaum konnte sie die Tränen zurückhalten. »Bela! Ich würde auch gerne einmal ausspannen und nichts tun. Und was eine Heimat bedeutet, das brauchst du mir nicht sagen, dafür arbeite und kämpfe ich jeden Tag!«

»Ich verstehe!« Bela gab sich zerknirscht. »Ich werde arbeiten und dann, meine Liebe, werden wir ein schönes Fest auf dem Hof geben, mit Musik und Tanz.«

Sie musste, wenn auch widerwillig, lachen. »Und ich tanze dann mit dem dicken Bauch herum.«

Er legte seinen Kopf auf ihren Leib, wie um zu horchen.

»Es wird ein schönes Kind werden, so schön wie Katharina. Und ich bin sicher, es wird ein Sohn. Wir werden ihn Árpád nennen, nach einem der allerersten ungarischen Führer.«

»Nein! Das kommt ganz gewiss nicht in Frage, Szegedy als Nachname allein ist schon schlimm genug für ein Kind im Rotttal«, protestierte sie.

»Dann nennen wir ihn eben Stephan, nach dem ersten ungarischen König, nach ›Stephan, dem Heiligen‹.«

Ja, das gefiel auch Magdalena, und sie schmiegte sich liebevoll an ihn. Sie hatte seine Nähe doch vermisst.

»Wie ist denn das mit deinem Bruder und der Auszahlung jetzt ausgegangen?« Sie konnte es sich doch nicht verkneifen, am nächsten Tag wieder danach zu fragen.

»Ach, da gibt es noch Schwierigkeiten, wir hatten etwas Streit.«

Die Magdalena erschrak. Sie hatte das Geld schon eingeplant für die nächsten Anschaffungen, vor allem nachdem ihr ein erklecklicher Geldbetrag abhanden gekommen war durch diesen ungeklärten Diebstahl. Vielleicht konnte man den Hof elektrifizieren lassen und die eine oder andere Maschine kaufen. Sie hatte mit Bert schon darüber gesprochen.

»Keine Aufregung, Magdalena. Es ist nur eine Formsache. Es muss noch überschrieben werden, auch von der Mutter. Ich werde im Herbst oder im

Winter, auf jeden Fall nach der Ernte, nochmals nach Ungarn fahren müssen.«

»Was? Schon wieder?«

»Es geht nichts anders. Ich hätte dich gerne mitgenommen, um dir meine Heimat zu zeigen und dich meiner Mutter vorzustellen, aber jetzt!« Er blickte auf ihren sich rundenden Bauch. »Jetzt geht es wohl nicht!«

Magdalena schüttelte resigniert den Kopf. Wie schön wäre es gewesen, auch einmal wegzufahren. Im Winter hätten der Bert und die Emerenz das Regiment schon geführt, aber daran war jetzt nicht zu denken. Nach ihrer Berechnung würde das Kind Ende Januar oder Anfang Februar zur Welt kommen. Hochschwanger so eine weite Reise anzutreten, das war nicht ratsam.

Bela versuchte redlich, fleißig zu sein, und ein paar Wochen strengte er sich auch an. Gerade jetzt, im August und September, stand das Getreide golden und reif auf dem Feld, und die Haupterntezeit begann. Selbst Magdalena und Emerenz mussten jetzt draußen mithelfen, die kleine Katharina lag im Schatten unter einem Baum. Sie war so ein braves Kind! Alle waren ganz verliebt in sie, nur die Magdalena blieb seltsam unberührt und kümmerte sich wenig um sie.

Abends sank sie meist todmüde ins Bett. Aber Bela war oft noch bis spät in die Nacht auf, spielte meist recht wehmütige Weisen auf seiner Geige oder ging, immer öfter, abends noch ins Wirtshaus hinunter nach Rossbach.

Nie bat er Magdalena um Geld, und sie fragte sich, wovon er seine Zeche bezahlte, aber fragen wollte sie ihn nicht. Auch von dem gestohlenen Geld erzählte sie ihm nichts. Fast schämte sie sich, dass sie ihn verdächtigt hatte, den eigenen Mann!

Er würde doch nicht etwa beim Wirt drunten aufspielen um sein Bier? Nein, das würde er ihr doch nicht antun, außerdem hätte man ihr das schon längst zugetragen! Ob er gar anschreiben ließ? Das wäre unter aller Würde für einen »Oberholzer« gewesen. Eine Schande wäre das!

Die Neugier ließ ihr keine Ruhe.

Wie vermutlich alle Ehefrauen, die irgendeinen Verdacht hegten, suchte sie erst einmal seine Taschen durch. Viel Kleidung hatte er ja nicht, und sie fand auch nichts.

Der Geigenkasten war sein einziges Eigentum. Noch nie hatte sie ihn berührt. Jetzt hob sie ihn auf. Er war überraschend schwer. Sie öffnete den Deckel des abgegriffenen, hölzernen, schwarzen Kastens. Da lag die Geige, braun schimmernd, an den Kanten abgestoßen. Man sah es ihr an, dass sie viel gespielt wurde. Im Deckel war der Bogen festgeklemmt. Sie nahm die Geige heraus und wunderte sich, wie leicht sie war. Dann nahm sie den Bogen, setzte die Geige ans Kinn, so wie sie es bei Bela gesehen hatte, und fuhr mit dem Bogen vorsichtig über die Saiten. Klang das scheußlich, kratzend und quietschend, die reinste Katzenmusik! Wie konnte Bela nur solche Zaubertöne aus diesem Instrument hervorbringen?

Als sie die Geige wieder zurücklegen wollte, sah sie eine kleine, verdeckte Lasche am filzbespannten Boden. Sie zog daran, der Boden gab nach und ein doppelter Boden tat sich auf.

Ein Lederbeutel war mit einem Band daran festgebunden. Sie nahm ihn heraus, er war schwer und es klimperte darin. Drinnen waren Goldmünzen ungarischer Prägung. Daher hatte er also sein Taschengeld, und ihr hatte er gesagt, er hätte noch nichts bekommen in Ungarn!

Da fiel ihr Blick auf ein großes, braunes Kuvert. Einige Papiere lugten hervor. Sie nahm sie heraus. Es war Belas Geburtsurkunde und andere Schreiben in Ungarisch, die sie nicht lesen konnte. Der Geburtsurkunde lag eine deutsche Übersetzung bei. Die hatte er damals zur Hochzeit gebraucht.

Oft hatte sie ihn gebeten, sie ihr zu zeigen, aber er hatte immer eine Ausflucht gehabt und irgendwann hatte sie es vergessen. Hier war sie also!

Bela Szegedy, geboren am 27. Februar 1890 in Badacsonylábdihegy
Mutter: Katharina Szegedy, geboren am 30.3.1872 in Mezökövesd
Vater: unbekannt.

Magdalena erstarrte. Nicht nur, dass Bela älter war, als er ihr gesagt hatte, das hätte sie nicht gestört, aber er hatte keinen Vater, er war ein uneheliches Kind! Dabei hatte er ihr immer erzählt, was für ein wohlhabender, feiner ungarischer Gutsherr sein leider schon früh verstorbener Vater gewesen sei.

Und seine Mutter hieß offensichtlich mit Mädchennamen Szegedy, so wie Bela. Sie war in Ungarn geboren, in diesem Ort mit dem unaussprechlichen Namen, war also keine Deutsche aus Böhmen, wie er immer behauptet hatte.

Magdalena rechnete nach. Die Frau hatte demnach mit achtzehn Jahren ein uneheliches Kind von einem »Unbekannten« bekommen, Bela!

Und der ältere Bruder? Dieser angebliche Gutsbesitzer, von dem Bela sein Erbe ausbezahlt bekommen sollte, der existierte vermutlich gar nicht. Sie rechnete nach. Die Frau hätte dann schon mit sechzehn oder siebzehn Jahren ein Kind haben müssen, und auch das wäre, wenn überhaupt, unehelich gewesen!

Die Geburtsurkunde zitterte in ihrer Hand. Es war also alles Lug und Trug, was er ihr erzählt hatte!

Als sie die Papiere in das Kuvert zurückstecken wollte, fühlte sie noch etwas Weiches. Es war Geld! Deutsches Geld. Es waren zwei der gestohlenen Scheine aus ihrer Geldkatze. Sie erkannte sie genau, denn sie markierte ihr Geld immer mit einem kleinen Knick an einer Ecke. Und diese Scheine waren geknickt. Beide! Es schnürte ihr schier die Luft ab. Sie fragte sich, wo der nicht unbeträchtliche Rest geblieben war. Sie hörte seine Stimme drunten auf dem Hof, und ein unbändiger Hass erfüllte sie. Schnell legte sie alles wieder zurück, klemmte den doppelten Boden ein, legte die Geige und den Bogen zurück, genauso, wie es gewesen war, und schloss den Kasten mit all seinen Geheimnissen.

Von ihrer Entdeckung war sie so verwirrt, dass sie sich auf das Bett legen musste, um wieder zur Ruhe zu kommen, in ihrem Kopf summte es wie in einem Bienenstock.

Am liebsten wäre sie auf und davongegangen, damit sie niemandem begegnen musste. Ihr fiel die kleine Lichtung droben hinter den Beerenbüschen ein, ihr früherer Lieblingsplatz, wo sie sich als Kind und als junges Mädchen so oft ausgeweint oder geträumt hatte. Aber selbst dieser Zufluchtsort schien ihr jetzt wie entweiht, wenn sie daran dachte, wie sie dort mit Bela gelegen hatte, damals im Mai, als er sie mit seinen Kuckucksrufen gelockt hatte. Wie naiv und dumm sie gewesen war, bestohlen, belogen und betrogen hatte er sie! Nichts von dem, was er ihr erzählt hatte, war wahr!

Sie fühlte, wie sich das Kind in ihrem Leib bewegte. Das würde genau so ein Zigeunerkind werden wie Katharina, dachte sie bitter.

Sie stand auf, schüttete Wasser in die Waschschüssel und begann, sich am ganzen Körper zu waschen, so wie damals, nach ihrer Entjungferung. Es half ihr auch dieses Mal. Das kalte Wasser erfrischte sie. Sie betrachtete sich im Spiegel.

Keine zwei Jahre war das jetzt her, das, droben am Himbeerschlag. Wenn sie an den Kirchweihtanz dachte, das waren noch nicht einmal drei Jahre! Katharina war erst acht Monate alt, sie war noch kein ganzes Jahr verheiratet, im vierten Monat schwanger mit dem zweiten Kind, und schon stand sie vor den Scherben ihres Glücks!

Magdalena wäre nicht Magdalena gewesen, wenn sie es nicht geschafft hätte, damit fertig zu werden, zumindest nach außen hin.

Letztendlich ging es um den Hof und um die Zukunft des Hofes, da musste auch persönliches Glück zurückstehen, das hatte sie von der Mutter und vom Vater gelernt. Niemand bemerkte, wie enttäuscht und verletzt sie war. Nur noch unduldsamer wurde sie und ruppiger, und für Bela hatte sie nichts als Verachtung übrig.

Spät abends saßen Bert und Emerenz in der Küche beisammen. Die Emerenz konnte den Bert gut leiden, und in früheren Jahren hatte sie einmal gedacht, sie und er könnten ein Paar werden, obwohl sie einige Jahre älter war als Bert.

Magdalenas Eltern hätten es wohl geduldet, damals, aber der Bert hatte keinerlei Anstalten auf Emerenzens vorsichtige Andeutungen gemacht. Er zog es vor, alleine zu bleiben, und hatte sich im Laufe der Jahre eine kleine Inhäuslerwohnung am Hof ausgebaut. Dort hauste er und lud kaum jemanden zu sich ein.

»Die Magdalena wird wie ihr Vater, wenn das so weitergeht«, meinte der Bert an diesem Abend kopfschüttelnd zu Emerenz, nachdem ihn die Magdalena wieder einmal schroff angefahren hatte.

»Ach lass, Bert! Sie hat's nicht leicht! Kein Wunder, wenn ihr da gelegentlich die Nerven durchgehen. Ich hoff nur, dass das mit dem Kind gut ausgeht. Schonen tut sie sich kein bisschen, obwohl ihr die Hebamme schwer ins Gewissen geredet hat.«

»Ein bisserl mehr könnt ihr der Bauer schon beistehen«, sinnierte der Bert. »Ein lustiger Kerl ist der Bela ja, aber das ist für den Hof zu wenig, da braucht's schon einen tüchtigen Arbeiter.«

Die Emerenz rührte heftig in dem Topf, der auf dem Herd stand. »Da hast wohl Recht. Aber arg grob geht sie schon mit ihm um, gar kein nettes Wort mehr hat sie für ihn. Kein Wunder, dass er immer mehr im Wirtshaus hockt. Das lässt sich kein Mann lang gefallen, nicht, wenn er ein richtiges Mannsbild ist«, fügte sie hinzu.

»Ja, gut schaut das nicht aus mit den zweien; so verliebt war die Magdalena in ihn! Mir war gleich nicht wohl, als ich die beiden zum ersten Mal miteinander gesehen hab, droben im Wald.«

Die Emerenz sah überrascht auf.

»Ach, des ist lang her, ich hab damals nicht darüber g'redet. Wollen wir hoffen, dass alles mit einem Stammhalter besser wird.«

»Die kleine Katharina, die hat dann wahrscheinlich gar nichts mehr zu melden, die Magdalena schaut sie ja jetzt schon nicht an, das liebe, kleine Ding«, seufzte die Emerenz.

»Bela? Bela! Wo steckst denn wieder?« In ihren Holzschuhen klapperte die Magdalena über den Hof zum Haus. Es hatte über Nacht gefroren und entsprechend glatt war es.

Bela kam aus der Haustür geschlurft, in Pantoffeln.

»Ich bin hier! Was ist denn los, warum schreist du denn so?«, fragte er stirnrunzelnd.

»Du musst Heu von der Tenne droben runterwerfen, aber gleich!« Diesen Befehlston hatte sich die Magdalena angewöhnt, nicht nur ihrem Mann gegenüber.

»Darf ich noch die Zeitung fertiglesen, Gnädigste?«, fragte er ungehalten und schlurfte ins Haus zurück.

Magdalena ging wieder zurück zum Stall. Sie war jetzt, Ende November, schon recht rundlich geworden, in zwölf Wochen ungefähr sollte das Kind kommen.

Eine Viertelstunde später war Bela immer noch nicht da. Sie hatte nichts anderes erwartet. Da musste sie wohl oder übel selber zulangen, kein anderer vom Gesinde stand gerade zur Verfügung.

Wütend stapfte sie hinüber zur Tenne und begann, in den Holzschuhen die Leiter hinaufzusteigen. Als sie fast oben angelangt war, rutschte sie auf den vereisten Sohlen aus, verlor den Halt und stürzte aus voller Höhe hinterrücks hinab auf den harten, gestampften Lehmboden. Es dauerte eine geraume Zeit, bis eine Magd sie zufällig fand.

Große Aufregung herrschte auf dem Hof. Der Bert und einer der Knechte trugen die Bewusstlose ins Haus, legten sie auf ihr Bett und deckten sie zu. Händeringend kam die Emerenz herbei. »Schnell, schnell holt's den Doktor!«, rief sie.

Schnell spannte Bert ein und fuhr los, den Arzt zu holen.

Inzwischen war auch Bela ins Schlafzimmer gekommen.

Käseweiß stand er neben dem Bett und hielt Magdalenas kalte Hand.

»Hoffentlich ist dem Kind nichts passiert, mein Gott, so ein Unglück«, jammerte die Emerenz. »Was muss sie aber auch in ihrem Zustand auf die Tenne steigen!«

Bela senkte schuldbewusst den Kopf. In diesem Moment öffnete Magdalena die Augen und schaute verwundert und suchend um sich.

»Was ist denn passiert, wo bin ich denn?«

»Von der Tenne bist runtergefallen, der Bert ist schon gefahren und holt den Doktor.«

Sie blickte um sich, langsam kam die Erinnerung zurück. Sie sah Bela an, und es traf ihn ein Blick, so voll Verachtung und Hass, dass er erschrocken ihre Hand losließ.

Der Arzt stellte eine schwere Gehirnerschütterung fest, dringende Bettruhe war erforderlich. Aber es sollte noch schlimmer kommen. In der Nacht setzten Wehen ein, und die Hebamme musste geholt werden.

Stunden später war das Kind da, es atmete zwar, starb aber einige Minuten später in den Armen der Hebamme. Es war ein Sohn gewesen.

Zu allem Überfluss kam es zu weiteren Komplikationen bei der Nachgeburt, und die Hebamme hatte alle Hände voll zu tun, die starken Blutungen zu stillen.

Still und blass lag die Magdalena im Bett. Sorgenvoll beugte sich die Emerenz über sie. Wieder wurde der Arzt geholt, auch er schüttelte besorgt den Kopf und beriet sich mit der Hebamme. Diese hatte bereits der Emerenz gegenüber die Befürchtung geäußert, dass die Magdalena vermutlich nie wieder ein Kind bekommen würde; auch der Arzt bestätigte dies. »Aber sicher weiß man es nicht, manchmal geschehen Zeichen und Wunder. Sie ist ja noch jung.«

Die beiden Frauen beschlossen, Magdalena nichts zu sagen, um die Kranke nicht unnötig aufzuregen.

Es dauerte Wochen, bis die Magdalena wieder einigermaßen »auf dem Damm« war.

Jetzt, nach der Totgeburt ihres Sohnes, war sie ganz verbittert geworden, und sie gab Bela die alleinige Schuld. Wäre er gekommen, um das Heu herabzuwerfen, dann wäre sie nicht hinaufgestiegen und es wäre nichts passiert! Dann hätte sie ihre Pflicht getan und einen Stammhalter geboren.

So musste sie sich wieder ein Kind von ihm machen lassen, von ihm, den sie kaum mehr anschauen, geschweige denn mit ihm ins Bett gehen konnte. Aber ein Stammhalter musste her, koste es was es wolle. Das war bei Magdalena zu einer fixen Idee geworden. Da hieß es eben, die Zähne zusammenzubeißen und es über sich ergehen zu lassen.

Aber sie wurde nicht schwanger. Es kam so, wie der Arzt und die Hebamme befürchtet hatten. Monat um Monat verging, genau zählte die Magdalena die Tage ihrer Regel ab, und Monat für Monat wieder nichts.

Auch Bela wurde es lästig, mit seiner stocksteif daliegenden Frau zu schlafen. Wie ein gekaufter Zuchtbulle kam er sich vor.

Wieder hatte die Magdalena ihre Monatsblutung bekommen. Ein geschlagenes Jahr ging das jetzt schon so, und dabei war sie früher doch sofort schwanger geworden, kaum dass Bela sie berührt hatte! Wütend und zugleich deprimiert war sie. Alles zerrte an ihren Nerven.

»Geh, lass mich«, wehrte sie ihn grob ab, als er wieder einmal zu ihr kommen wollte, um tunlichst seine »Pflicht« zu erfüllen. Zu gern hätte er ihr den Wunsch nach einem Sohn erfüllt, er erhoffte sich eine Besserung seiner unglücklichen Ehe davon.

»Wahrscheinlich bist nimmer zeugungsfähig, weil es gar nicht klappt«, schnappte sie böse nach ihm.

Das war nun das Schlimmste, was man einem gesunden, potenten Mann im zeugungsfähigen Alter sagen konnte!

Dieses Mal wurde Bela zum ersten Mal bei einer ihrer vielen Auseinandersetzungen laut.

»Du glaubst also, dass es an mir liegt? Aber ich sage dir, Magdalena, wenn eine Frau so ohne Liebe und steif wie ein Brett wie du im Bett liegt, dann kann es nicht funktionieren.« Scharf und voller Verachtung sagte er es, und dann fügte er in seinem Zorn hinzu: »Ich weiß nicht genau, wie viele Kinder von mir zwischen Ungarn und hier herumlaufen, aber einige werden es schon sein.«

Die Magdalena starrte ihn an, weiß wie die Wand. »So ist das also! Erst belügst und bestiehlst du mich, und dann hurst du auch noch herum.« Sie holte aus und schlug ihn voll ins Gesicht.

Er war leichenblass geworden. Dann packte er sie an den Handgelenken und hielt sie fest. Für einen Moment dachte sie, er würde sie schlagen, so wie damals der Vater. Aber er ließ sie los, gab ihr nur einen leichten Stoß, dann drehte er sich um und ging hinaus. Am Abend hatte er sein Bettzeug in Magdalenas frühere Kammer gebracht und der Emerenz nur kurz gesagt, er werde künftig dort schlafen. Die Emerenz hatte nur betrübt genickt und geseufzt.

Wenn die beiden ehrlich und aufrichtig zueinander gewesen wären, beide versucht hätten, ihre Fehler einzusehen und es besser zu machen, wäre die Ehe an diesem Punkt vielleicht noch zu retten gewesen.

Bela zumindest versuchte noch einmal, mit Magdalena zu sprechen: »Was möchtest du, Magdalena? Soll ich gehen? Aber was wird dann mit Katharina? Ich weiß, dass du das Kind nicht liebst. Ich kann sie nicht alleine zurücklassen bei dir.«

Hasserfüllt gab sie zurück: »So, an die Katharina denkst du! An mich denkst du nicht? Ich, die alles aushalten muss, bei der die ganze Verantwortung liegt! Das tät dir passen, dich einfach aus dem Staub zu machen und mich sitzen lassen, dem Gered und dem Gespött der Leut ausgeliefert! Nein, Bela! So einfach geht es nicht. Bis dass der Tod euch scheidet, so haben wir es versprochen vor dem Pfarrer und dem Herrgott, und dabei bleibt es!«

Wie Magdalena es wollte, so geschah es, und so wurde die Saat für das spätere Unheil gelegt.

4. Kapitel

Krieg

Die wirtschaftlichen und politischen Verhältnisse in Deutschland wurden mit den Jahren immer schwieriger. Die Weltwirtschaftskrise traf Deutschland weit härter als andere europäische Staaten. Der vor allem mit ausländischen Krediten finanzierte Wirtschaftsaufbau brach nach deren Kündigung in sich zusammen.

Die ohnehin hohe Arbeitslosenzahl stieg auf über sechs Millionen, Armut und Verzweiflung griffen um sich.

Bereits in den frühen zwanziger Jahren hatte ein gewisser Adolf Hitler aus dem nahen Braunau an der deutsch-österreichischen Grenze eine »Nationalsozialistische Deutsche Arbeiterpartei«, kurz NSDAP, gegründet mit einer »Sturmabteilung«, der SA. Er stellte den Menschen Arbeit und Brot in Aussicht, und auch, die Ehre Deutschlands nach dem verlorenen Krieg wiederherzustellen. Vor allem versprach er, dass die immens hohen Reparationszahlungen eingestellt würden, die Deutschland von den Siegern auferlegt worden waren und die jeglichen wirtschaftlichen Aufschwung verhinderten.

Dieses für die Menschen hoffnungsvolle Wahlprogramm führte dazu, dass die NSDAP bei der Septemberwahl 1930 als zweitstärkste Fraktion in den Reichstag einzog. Wähler fast aller sozialer Schichten hatten diesen Erfolg bewirkt.

Hitlers Siegeszug war nicht mehr aufzuhalten.

Noch scheute sich der Reichspräsident Hindenburg 1933 den »böhmischen Gefreiten Hitler« zum Reichskanzler zu ernennen, doch dieser stellte bereits nicht nur die größte Reichtagsfraktion, sondern seine SA hatte in blutigen Kämpfen inzwischen auch »die Straße« erobert. Die wenigen noch hörbaren Stimmen der Vernunft gingen im Getöse der »Sieg-Heil« und »Rot-Front«-Rufe unter.

Aber kann es verwundern, dass viele der Menschen nach den schrecklichen Erfahrungen in den Schützengräben des ersten Weltkrieges, nach Massenarbeitslosigkeit und Verelendung in diesem Adolf Hitler »die letzte Hoffnung« auf Arbeit und ein Auskommen sahen, um ihrem Leben wieder einen Sinn zu geben?

Auf dem Oberholzer-Hof ging trotz all dieser Widrigkeiten das bäuerliche Leben seinen gewohnten Gang. Einiges hatte sich aber doch verändert. Der Hof war elektrifiziert worden. Mit dieser Errungenschaft hatten auch Telefon und Radio ihren Einzug gehalten. Jetzt war man mit der Welt draußen verbunden, man saß abends in der Stube beieinander und hörte Radio. Die Frauen waren nebenbei meist mit einer Handarbeit beschäftigt; sie stickten, strickten oder stopften und flickten Wäsche. So manches war jetzt einfacher geworden, sogar mit dem Kauf der einen oder anderen Maschine für die Landwirtschaft liebäugelte man, jetzt wo man »das Elektrische« hatte.

Bela war an allem technischen Fortschritt hoch interessiert, bedeutete es doch eine gehörige Entlastung bei der schweren Arbeit. Bert stand dem allem kritischer gegenüber. Immerhin hatte man seit Generationen durch seiner Hände Arbeit sein Brot verdient, warum sollte das jetzt anders werden?

Trotzdem fuhr er manches Mal mit Bela zu verschiedenen Landwirtschaftsschauen, denen meist ein Viehmarkt angeschlossen war, wo man versuchte, seine Geschäfte zu machen. Der Magdalena waren diese Ausflüge ein Dorn im Auge, womöglich wurde nur unnötig Geld ausgegeben.

Das Ehepaar hatte sich sozusagen »arrangiert«. Man lebte nebeneinander her, hatte getrennte Schlafzimmer, und wenn man miteinander sprach, dann nur die nötigsten Dinge oder was den Hof betraf. Die Magdalena kannte nichts als Arbeit und gönnte sich selten einmal eine Vergnügung.

Der Traum von einem Sohn war ausgeträumt, eine bittere Pille war das für die Magdalena gewesen. Es war also doch so gekommen, wie der Vater damals gesagt hatte. Eine taube Nuss war sie, nur ein Kind hatte sie lebend geboren, und das war ein Mädchen, gerade so, wie es bei den Eltern gewesen war.

Dieses Mädchen musste sie jetzt zur Hoferbin erziehen, genau so wie ihr Vater es mit ihr gemacht hatte, das sah sie als ihre vordringlichste Aufgabe, und darüber hinaus würde sie dafür sorgen, dass die Katharina einen tüchtigen Bauern heiratete, wenn es einmal so weit war! Auf die Liebe war kein Verlass! »Liebe vergeht, Tagwerk besteht!«, an diesen Spruch ihres Vaters erinnerte sie sich wieder und er hatte Recht gehabt!

Katharina war inzwischen zu einem Schulkind herangewachsen. Sie schien ein hübsches Mädchen zu werden und hatte nicht nur im Aussehen viel von ihrem Vater; die bräunliche Haut, dunkle Augen und wirres, lockiges Haar: alleine das war der Magdalena ein Dorn im Auge. Auch vom Temperament und Gemüt her hatte sie einiges von Bela, und trotz Magdalenas strenger Erziehung war sie ein fröhliches kleines Mädchen.

Täglich versuchte Magdalena in einer schmerzhaften Prozedur die wilden Locken des Kindes zu bändigen, kämmte grob mit dem Kamm durch, bis Katharina die Tränen in die Augen schossen.

»Stell dich nicht so an, des bisserl Durchkämmen«, schnauzte die Mutter dann und flocht ihr die Haare so stramm wie möglich an den Kopf. Zart ging sie mit ihrer Tochter nicht gerade um, im Gegenteil, wo sie konnte, kritisierte und ermahnte sie das Kind.

Wenn die Emerenz gelegentlich wagte, Magdalena wegen ihres strengen Verhaltens Vorhaltungen zu machen, meinte die nur: »Das nutzt nichts, sie muss einmal das Sach übernehmen, da kann man nicht früh genug damit anfangen, hart zu werden.«

›So hart wie du‹, dachte die Emerenz dann, sagte aber nur: »Aber sie ist doch noch ein Kind! Erinnere dich dran, wie du unter deinem strengen Vater gelitten hast.«

»Grad recht hat er g'habt, der Vater, das weiß ich heut. Und wenn er nicht so früh gestorben wär, dann wäre alles anders gekommen. Das war mein ganzes Unglück!«

›Hättest ja nur den Großbuchberger nehmen müssen damals, aber du hast deinen Dickschädel durchsetzen und es hat der Bela sein müssen‹, hätte die Emerenz gerne geantwortet, aber sie hütete sich, das zu tun.

Mit der Magdalena war nicht mehr gut Kirschen essen. Dabei war sie jetzt erst Mitte dreißig, eigentlich im besten Alter für eine Frau. Was für eine schöne, junge Frau sie einmal gewesen war! Jetzt sah sie hart und verbissen aus. Im Grunde war sie zu bedauern. Sie war eine Frau ohne Liebe und voll Misstrauen jedem gegenüber, und so konnte sie das, was sie für sich insgeheim ersehnte, auch nicht weitergeben. Sie war wie gefangen in ihrem Turm aus Verbitterung, Enttäuschung und starrem Pflichtbewusstsein.

Gern hätte die Emerenz in Magdalenas Herz geschaut. Was mochte geschehen sein, dass sie so hart geworden war? Weiß Gott, Bela hatte auch seine Fehler, leichtlebig wie er war. Aber so ein unguter Mensch wie seine Frau war er dann doch wieder nicht.

Dass die Magdalena nur deshalb so bitter geworden war, weil sie keinen männlichen Erben geboren hatte, konnte sich die Emerenz nicht vorstellen. Das kam immer wieder vor, manche Familien hatten gleich mehrere Töchter zu verheiraten. Das war wirklich ein Problem, das kostete eine Stange Geld!

Das einzige, was sie, Emerenz, tun konnte war, zur Katharina gut zu sein, so wie auch der Bert. Diese zwei Menschen wenn das Kind nicht gehabt hätte, es hätte eine lieblose Kindheit gehabt mit der strengen, unduldsamen Mutter.

Die Emerenz sorgte für das Kind und steckte ihm immer wieder etwas Besonderes zu. Sie achtete darauf, dass sie von der Mutter nicht zu arg schikaniert wurde und trocknete so manche Träne. Ab und zu lief die Katharina hinauf zum Waldrand, hin zum Himbeerschlag. Dort hatte sie eine kleine Lichtung entdeckt, ihren Geheimplatz, wo sie vor der Mutter sicher war und ihre Ruhe hatte.

Bert war Katharinas großer Freund, so wie er früher der Freund und Beschützer ihrer Mutter Magdalena gewesen war. Katharina war eine der wenigen, die in seine Stube kommen durfte, und sie kannte auch seine geheime Lieblingsbeschäftigung, nämlich das Fangen und Sammeln von Insekten und Schmetterlingen.

Einmal, als das Mädchen überraschend bei ihm auftauchte, warf er schnell ein Tuch über den Tisch, aber er hatte nicht mit der Neugier des Kindes gerechnet. Als er sich umwandte, lugte sie schnell unter das Tuch.

»Iiih«, schrie sie angeekelt. »Da sind ja lauter tote Viecher.«

»Hast g'schaut!?«

»Freilich hab' ich g'schaut, ich will wissen, was du da machst, Bertl!«

Er seufzte. »Dann muss ich es dir also sagen. Aber du darfst niemandem etwas verraten, das bleibt unser Geheimnis.«

Dann ging er in seine Schlafstube und holte mehrere Holzkästen hervor. »Da, schau mal«, flüsterte er mit leuchtenden Augen.

Er breitete die Kästen vor Katharina aus. In jedem Kasten waren Insekten, Käfer oder Schmetterlinge in ihrer ganzen Vielfalt und Farbenpracht. Alle tot und aufgespießt mit Nadeln.

»Da schau mal, das ist ein Hirschkäfer. Der heißt so, weil er ein Geweih wie ein Hirsch hat, der ist ganz selten.«

Die Katharina staunte mit offenem Mund.

»Und das da?«

»Das ist der größte Schmetterling bei uns, ein Admiral. Da hab ich lange suchen müssen, bis ich den hab fangen können.« Er hielt den Kasten in das spärliche Licht der Glühbirne, die von der Decke hing. »Schau mal die Farben an, ist der nicht schön?«

Gemeinsam besahen sie sich die Kästen, und langsam siegte die Begeisterung über die schönen Farben der Insekten über den anfänglichen Ekel bei der Katharina.

»Der schönste Kasten ist der mit dem Admiral, dem großen Schmetterling«, meinte sie andächtig.

»Darfst es also niemandem verraten, sonst meinen s', ich spinn. Weißt, deshalb hab ich immer eine Schachtel in der Hosentasche, und die Schmetterlinge fange ich mit einem Netz.«

»Und wie machst du sie dann tot?«, fragte sie mit ängstlichem Blick.

»Des brauchst nicht wissen, aber es tut ihnen nicht weh.«

Es blieb ihr Geheimnis, und immer wenn der Bert einen neuen Kasten fertig hatte, zeigte er ihn voll Stolz der Katharina, aber niemals sah sie, wie er die Tiere fing, tötete und aufspießte.

Durch dieses Geheimnis fand sich die Katharina noch stärker mit dem Bert verbunden. Er wurde ihr Vertrauter, so wie er einmal der Vertraute der Mutter gewesen war.

Bela liebte seine Tochter zärtlich, aber er nahm sich nicht allzu viel Zeit für sie. Wenn er nicht arbeitete, dann ging er fort, seinem Vergnügen nach. Nie wusste man, wo er sich so herumtrieb. Hier auf dem Hof, so sagte er Bert einmal, habe er das Gefühl zu ersticken, das wäre kein Leben für ihn. Gelegentlich verschwand er auch für ein paar Wochen. Vermutlich fuhr er nach Ungarn, Genaueres wusste man nicht. In diesen Zeiten war die Magdalena besonders unleidlich. In einer letzten Aussprache mit ihr hatte er sich einen Lohn ausbedungen für seine Arbeit. So war er zu einem bezahlten Knecht seiner Frau geworden, mit dem kleinen Unterschied, dass er sich mehr Freiheiten nahm als ein solcher.

So gingen die Jahre relativ freudlos im Wechsel der Jahreszeiten dahin. Selten einmal, wenn eine kleine Schulkameradin der Katharina auf den Hof kam, scholl Kinderlachen durchs Haus, oder Bela spielte, was man sonst kaum mehr hörte, auf seiner Geige, und die Kinder sangen dazu. Bela war entzückt über die schöne Stimme und die Musikalität seiner Tochter.

Die Magdalena beteiligte sich nie an diesen kleinen Vergnügungen, aber die Emerenz bemerkte doch, dass sie manchmal lauschte und gelegentlich ein kleines, trauriges Lächeln über ihr Gesicht huschte. Arme Magdalena, an was denkst du jetzt? Kannst du denn gar nicht über deinen Schatten springen und dir auch einmal eine kleine Freude gönnen?

Als Hitler an die Macht gekommen war, hofften die Menschen in Deutschland auf eine bessere Zukunft. Er konnte die Massen mit seinen Reden und Parolen begeistern, und wo er auftrat, versammelten sich Tausende und Zehntausende, jubelten ihm zu und reckten den rechten Arm zum Hitlergruß. »Heil Hitler!«

Vor allem in den Städten herrschte eine unglaubliche Aufbruchstimmung, bei vielen auch Begeisterung. Auf dem Land, wo die Arbeitslosigkeit nicht so hoch war, hielt sich die Begeisterung in Grenzen, man verhielt sich eher misstrauisch und vorsichtig abwartend.

Tatsächlich hielt Hitler seine Anfangsversprechen und nach drei Jahren gab es statt Massenarbeitslosigkeit fast Vollbeschäftigung, was ihm unter der Bevölkerung wieder großes Wohlwollen einbrachte. Vorerst gab er den Menschen wieder Zuversicht.

Dass die Kontrolle jedes einzelnen zu jeder Zeit ein Ziel des Systems war, war den meisten Menschen, zumindest anfangs, nicht klar, und bis so mancher merkte, in welchem dünnmaschigen Netz man gefangen war, war es zu spät.

Nicht nur die Jugend wurde gefangen mit Ideen wie »Kraft durch Freude«, der »HJ«, der »Hitlerjugend«, für die Buben und des »BdM«, des »Bundes Deutscher Mädel«, die Kameradschaft und Volksgemeinschaft propagierten. Auch die Erwachsenen wurden »gleichgeschaltet« mit einer Fülle von Veranstaltungen, der NS-Frauenschaften und vielen Aktivitäten, an denen man mehr oder minder gezwungen wurde teilzunehmen, wenn man nicht unangenehm auffallen wollte.

Der Magdalena war das alles nicht geheuer, damit wollte sie nichts zu tun haben. Im Übrigen hätte sie bei ihrem Arbeitspensum gar keine Zeit dazu gehabt. Sie war kein politisch interessierter Mensch.

Bela war da etwas anderer Meinung. Er hörte ja auch viel mehr als Magdalena, die immer auf dem Hof blieb und kaum mit jemandem sprach.

»Man kann sich nicht dagegen stemmen, Bert«, versuchte er einmal mit diesem zu diskutieren und dessen Stimmung zu erkunden. Aber auch Bert war nicht interessiert.

»Was könnt ich schon dagegen unternehmen?«, brummte er.

»Ja, das stimmt schon, Bert«, stimmte ihm Bela zu, »aber man muss doch wissen, was so passiert, wie die Strömungen sind, damit man sich entsprechend verhalten und einrichten kann.«

Der Bert sah ihn verständnislos an. »Wie denn einrichten? Die da droben tun eh mit unsereinem, was sie wollen, da kannst nix dagegen tun.«

Bela wandte sich verärgert ab. So stur und uninteressiert wie die Menschen hier waren! Er spürte, dass gewaltige Veränderungen sich vorbereiteten. Dieser Hitler, der war nicht zu unterschätzen. Bela plagten zudem persönliche Probleme. Er war Ungar und kein Deutscher. Da war doppelte Wachsamkeit geboten! Vielleicht wäre es doch besser, man würde der Partei beitreten?

Doch Magdalena war kategorisch dagegen. »Da auf dem Hof, da tritt keiner der Partei bei! Wenn einer glaubt, er muss da mitmachen bei den Braunen, dann kann er gleich gehen.«

Vorerst konnte sie sich diese Einstellung noch leisten, im Gegenteil, sie wurde fast umworben, der Partei beizutreten, aber sie blieb stur.

Doch mit der Zeit änderte sich vieles. Denunziantentum griff um sich. Wehe, man grüßte die Fahne auf dem Marktplatz in Massing nicht mit dem Hitlergruß oder man äußerte Abfälliges über die Partei und den Führer, da konnte es schnell geschehen, dass man in ein so genanntes »Umerziehungslager« gesteckt wurde. Dass die Juden den wirtschaftlichen Ruin Deutschlands zu verantworten hatten und jetzt dafür büßen müssten, wurde den Menschen tagtäglich eingehämmert; dass es wichtig wäre, »diese Schädlinge zu eliminieren«.

Die Vorbereitungen auf den zweiten Weltkrieg hatten sehr früh begonnen, die Bevölkerung bemerkte es erst gar nicht. Zuerst wurde heimlich aufgerüstet, dann offen.

»Unsere Gegner rüsten auf, um uns zu vernichten«, hieß es. Da musste man natürlich gewappnet sein gegen einen Angriff.

In Mettenheim zum Beispiel, nur wenige Kilometer vom Hof entfernt, war eine Schokoladenfabrik. Zumindest wurde dies der Bevölkerung weisgemacht. Später stellte sich heraus, dass diese »Schokoladenfabrik« ein riesiges Munitionslager war; solche Beispiele gab es viele.

»Seit 4 Uhr 45 wird zurückgeschossen!« Mit diesen Worten verkündete Hitler am 1. September 1939 den angeblichen Überfall der Polen auf Deutschland. Nun musste die Heimat verteidigt werden!

Tatsächlich hatte Hitler Polen angegriffen, und damit hatte der Zweite Weltkrieg begonnen, der am Ende fast die ganze Welt erfasste, 50 Millionen Menschen das Leben kostete und unvorstellbares und unsägliches Leid brachte.

Mobilmachung! Die Folgen davon spürten auch die Bauern im Rotttal: Kommissionen wurden gegründet, und die Parteibonzen gingen von Hof zu Hof, schätzten das Getreide, die Kartoffeln, zählten den

Viehbestand, die Rösser, den Bestand an Geräten, Maschinen, das gesamte Hab und Gut. Dann wurde beschlossen, was abzugeben war. Ein Glück, wenn ein Bauer vorher vorsorglich Güter versteckt hatte, was allerdings nicht ungefährlich war.

Einer der schlimmsten Tage, nicht nur beim Oberholzer, war, als die Rösser abgeholt wurden, da sie als Artilleriepferde eingesetzt werden würden. Da standen allen auf dem Hof die Tränen in den Augen, als die Tiere weggeführt wurden. Man ahnte, man würde keines von ihnen wiedersehen, und so war es auch. Jetzt blieben einem nur noch die Ochsengespanne für die Arbeit.

Bisher war die landwirtschaftlich arbeitende, männliche Bevölkerung noch weitgehend von Arbeitsdienst und Reichswehr verschont geblieben, doch jetzt wurde jeder Mann im wehrfähigen Alter zur Wehrmacht eingezogen. Bald sah man nur noch ältere Männer, Frauen und Kinder auf den Feldern, oder die Männer, die unabkömmlich, »UK«, gestellt waren.

Dies traf wiederum nur auf Männer zu, die absolut dringend »an der Heimatfront« gebraucht wurden. Diese Bestätigung musste in regelmäßigen Abständen neu erbracht werden, und wenn man sich weigerte, der Partei beizutreten, hatte man schlechte Karten.

Wie Bela es schaffte, durch dieses engmaschige Netz zu schlüpfen, blieb sein Geheimnis. Magdalena mutmaßte, dass er heimlich der Partei beigetreten war, aber sie fragte nicht. Jedenfalls war er »UK« gestellt, und Bert, der vom ersten Weltkrieg seine Behinderung hatte und ohnehin älter war, konnte auch auf dem Hof bleiben. So war man beim Oberholzer immerhin noch gut dran, und einen Sohn, der ins Feld hätte müssen, gab es nicht.

Vorerst, in den ersten Kriegsjahren, beherrschte eine Erfolgsmeldung nach der anderen die Nachrichten. Deutschland war siegreich an allen Fronten.

Der Bedarf an Nahrungsmitteln war enorm. Es war ungeheuer wichtig, dass produziert wurde, woher sonst hätte man die Bevölkerung und das Heer mit Nahrung versorgen können, wenn nicht durch die Arbeit der Bauern?

Die Frauen und Kinder alleine hätten diese Arbeit nicht leisten können. Kriegsgefangene, überwiegend Franzosen, Polen und Serben, Menschen aus jenen Ländern, die Hitler bis dahin erfolgreich unterjocht hatte, ersetzten nun die Bauernsöhne und Knechte, die an der Front im Einsatz waren.

Auch auf dem Oberholzer-Hof hatte man einige dieser Arbeiter angefordert und bekommen, es waren überwiegend Polen, meist einfache Menschen, die Arbeit gewöhnt waren. Auch diese Männer waren gezwungen gewesen in den Krieg zu ziehen, so wie auch die Mehrzahl der deutschen Soldaten nicht gerne und freiwillig von Zuhause weg an die Front gegangen war.

Man kam meist gut mit den Zwangsarbeitern aus. Manches Mal kam es sogar vor, dass etwas wie Freundschaft zwischen den Kriegsgefangenen und der Bauernfamilie entstand; gelegentlich sogar überdauerte die eine oder andere dieser Bekanntschaften den Krieg über Jahre hinaus.

Es waren Lager errichtet worden, in denen die Männer schliefen. Meist waren es Räume in einem nahe gelegenen Wirtshaus oder einem sonstigen Gebäude. Dorthin marschierten die Männer am Abend unter Bewachung und kamen am frühen Morgen wieder auf den Hof zurück.

Katharina war inzwischen zu einem jungen Mädchen herangewachsen. Eine schöne Jugend hatten die jungen Menschen dieser Generation nicht. Viel Druck, viel Angst, wenig Freude und Vergnügungen; die jungen Männer als Soldaten im Feindesland.

Katharina konnte noch von Glück sagen, sie konnte als unabkömmliche Arbeitskraft daheim auf dem mütterlichen Hof bleiben. Da hatten es viele andere Mädchen ihres Alters schlechter, die in Lazaretten, Fabriken oder auch an der Front als Helferinnen eingesetzt waren.

Das Verhältnis zwischen Katharina und der Mutter hatte sich etwas entspannt, man war aufeinander angewiesen, aber von herzlicher Zuneigung konnte man nicht sprechen.

Die Mutter hatte weiterhin ein strenges Auge auf Katharina; kaum dass sie zu einer der ohnehin wenigen Veranstaltungen gehen durfte, die damals geboten waren. Dabei war die Gefahr gering, dass die Katharina an den Falschen geraten könnte; waren doch die jungen, heiratsfähigen Männer an der Front im Kriegseinsatz.

Belas Bleiben auf dem Hof wurde unsicherer. Magdalena war in ihrer Meinung hin- und hergerissen. Einesteils war sie froh darüber, dass ein Mann auf dem Hof war, insgeheim jedoch verachtete sie ihn. Er machte es sich wieder einmal einfach, während alle anderen an der Front kämpften! Aber das hatte er schon immer gekonnt, für sich das Beste herauszuholen. Auch damals, als er sie herumgekriegt hatte, hatte er vermutlich nur seinen Vorteil und den schönen Hof im Blick gehabt. Dessen war sie sich inzwischen sicher.

Bela verfolgte den Kriegsverlauf ganz genau. Auch er fühlte sich immer weniger wohl in seiner Haut, aber unter den Deutschen kämpfen, womöglich gar in Russland, das wollte er auf keinen Fall. Als sich 1941 Ungarn, Rumänien und Bulgarien dem Großdeutschen Reich als Verbündete anschlossen, gab es für ihn kein Halten mehr.

»Magdalena, ich melde mich zum ungarischen Heer, ich möchte kämpfen, es geht jetzt auch um meine Heimat Ungarn. Ich versuche mich, so gut es geht, nach Budapest durchzuschlagen.«

Die Magdalena wurde blass. »Du lässt uns im Stich?«

»Magdalena, ich bin sicher, bald ist der Krieg vorbei und Hitler hat gesiegt. Dann kommt eine große Zeit für euch, für Deutschland. Es ist nur eine Frage von Monaten, und abgesehen davon hast du ja noch Bert, er wird dir helfen.«

Sie warf den Kopf zurück. »Wirst du denn wiederkommen?«

»Weiß man, was die Zukunft bringt? In diesen Zeiten?«

»Willst dich also wieder einmal nicht festlegen, Bela. Willst dir wie immer ein Türchen offen halten, für alle Fälle.«

»Meine liebe Magdalena«, ein letztes Mal sah er sie fast liebevoll an. »Heute weiß ich, wir hätten niemals heiraten dürfen, aber eines möchte ich dir doch noch sagen zum Abschied. Du kannst es glauben oder nicht: Ich habe dich wirklich geliebt, ich habe so sehr an eine glückliche Zukunft für uns geglaubt. Ich weiß, ich habe viele Fehler gemacht. Ich bin kein Bauer, obwohl ich mich wirklich bemüht habe, zumindest zeitweise.« Er verzog ironisch den Mund.

Sie sah ihn prüfend an. Konnte sie ihm glauben? Zu gern hätte sie es getan, doch zu oft hatte er sie belogen. Aber es war ohnehin egal. Was geschehen war, war geschehen, es war nicht rückgängig zu machen.

»Wenn ich nach dem Ende des Krieges innerhalb von zwei Jahren nicht zurückkomme, Magdalena, dann lass mich für tot erklären, falls du nicht schon vorher eine Todesmeldung bekommen hast.« Wieder lächelte er schief. »Dann bist du frei, so wie du es ohnehin schon lange sein willst. Das ist das Letzte, was ich für dich tun kann.«

Magdalena fuhr hoch und wollte heftig erwidern.

»Sei ruhig, sag nichts, zerstöre mir nicht meine letzte Illusion!«

Er ging hinaus »Viszont látásra! Auf Wiedersehen!«, rief er und ließ Magdalena aufgewühlt zurück.

Am nächsten Morgen verließ Bela den Hof.

»Was brauchst du denn, was kann ich dir mitgeben?«, fragte ihn die Magdalena.

»Nichts! Ich gehe so, wie ich gekommen bin, mit nichts. Nur meine Kleider hier in diesem Sack und meine Geige.«

Er stand vor ihr, und seine Augen waren feucht. Magdalena schluckte.

»Also, dann, leb wohl!« Er gab ihr die Hand und sie gab ihm ihre, zögernd und unsicher. Als er aus dem Tor hinausging, mit schnellem Schritt und ohne sich umzusehen, krampfte sich ihr Herz zusammen, und Tränen liefen über ihr Gesicht. Wie lange schon hatte sie nicht mehr geweint?

Es sollte anders kommen, als Bela prophezeit hatte. Hitlers anfängliches Kriegsglück wendete sich. In seinem Größenwahn hatte er Russland angegriffen und zugleich Fronten im Westen eröffnet. Zuerst war er auch dort erfolgreich, aber im Winter 1941/42 geriet die Offensive in Russland ins Stocken. Die Tragödie nahm ihren Anfang.

Im Dezember desselben Jahres erklärten die USA dem so genannten »Dritten Reich« den Krieg, und damit war Deutschlands Schicksal besiegelt.

Der Bevölkerung wurden die Niederlagen verschwiegen, aber als ab 1943 der Bombenhagel der Alliierten auf deutsche Städte begann und ab Ende 1944 die ersten Flüchtlingstrecks aus den Ostgebieten nach Deutschland kamen, konnte kaum mehr einer an den Endsieg glauben, trotz aller Durchhalteparolen.

Die Meldungen von Gefallenen häuften sich, kaum eine Familie, die nicht den Mann, Vater, Sohn oder Bruder im Krieg verloren hatte.

Magdalena konnte da noch von Glück sagen. Bert war nicht wehrfähig, und bisher hatte sie lediglich von einem der Knechte eine Todesnachricht bekommen.

Der sonntägliche Kirchgang war Magdalenas einzige Gelegenheit, einmal vom Hof wegzukommen.

An einem dieser Sonntage geschah es, dass ausgerechnet die Sophie, die seinerzeit mit Magdalena beim Tanzen war, auf sie zutrat und gehässig meinte:

»Stehst halt wieder einmal auf der Sonnenseite im Leben, Magdalena! Dein Bela hat sich lange genug vor der Front gedrückt, und Buben hast du keinen! Dann kann dir auch keiner genommen werden!«

Die Magdalena war blass geworden.

Da kam eine Nachbarin der Sophie auf sie zu und meinte begütigend: »Darfst es ihr nicht übelnehmen, der Sophie. Beim Wagenbauer haben s' gestern die Nachricht gekriegt, dass nach dem Josef auch der Peter gefallen ist. Jetzt haben s' noch einen im Feld, und die Wagenbauerin ist fast irr vor lauter Kummer und Angst.«

Die Magdalena sah die Frau betroffen an, natürlich taten ihr die Leute leid, aber was konnte man tun? Jeder musste schauen, wie er zurechtkam, und sie hatte es jetzt, wo Bela weg war, auch nicht gerade leicht, denn auch auf dem Land begann man nun die Kriegshandlungen, die bisher weit weg an der Front gewesen waren, zu spüren.

Tiefflieger brausten wie dröhnende Wespen über das Rotttal hinweg, flogen die Eisenbahnlinie entlang und beschossen die Lokomotiven, um den Nachschub und die Versorgung zu verhindern. Gelegentlich machten sie auch Jagd auf Zivilpersonen oder Bauern, die auf dem Feld waren, und wenn man eine »Lightning« heranfliegen hörte, flüchtete man schnell in den Straßengraben oder versuchte, den schützenden Wald zu erreichen.

An manchen Tagen traute man sich gar nicht mehr auf das Feld, aber die Arbeit musste gemacht werden, da war die Magdalena hart, auch gegen sich selbst.

Jetzt gab es auch auf dem Land Bombenalarm. Die Schulkinder in Rossbach mussten mehr als einmal hinunter in den Kartoffelkeller der Schule, der als Luftschutzraum genutzt wurde.

Im nahen Mühldorf wurde der Bahnhof bombardiert, da sahen, hörten und erlebten auch die Menschen im Rotttal, was die Bevölkerung der Städte schon lange und im Übermaß erdulden mussten.

Essen wurde knapp, alles war rationiert. In den Städten gab es fast gar nichts mehr, und der Schwarzmarkt blühte. Immer mehr Hungrige kamen hinaus aufs Land zum Hamstern und Betteln von Lebensmitteln oder zum Eintauschen von irgendwelchen Wertsachen gegen Essbares.

Oft genug kochten die Katharina und die Emerenz Zentner von Kartoffeln im Waschkessel, wo sonst die Wäsche gewaschen wurde, um den Hungrigen, vor allem den Kindern, etwas geben zu können. Erlaubt war es nicht, ebenso wenig wie Hausschlachtungen. Aber die Menschen werden in der Not erfindungsreich, vor allem, wenn es ums nackte Überleben geht.

Am 8. Mai 1945 war es dann so weit: Kapitulation.

Tage vorher, am 30. April 1945, hatte sich Hitler in Berlin im Führerbunker selbst erschossen und somit aus der persönlichen Verantwortung gezogen; und mit ihm andere, führende Regierungsmitglieder wie Himmler und Goebbels.

Viele konnten es nicht fassen, dass der Krieg verloren war, trotz der Verschlechterung der Kriegslage in den letzten Jahren. Bis zuletzt war ihnen der Endsieg versprochen worden. Ganz zum Schluss waren sogar noch sechzehnjährige Buben, fast noch Kinder, und viele ältere Männer als »Volkssturm« in den bereits aussichtlosen Kampf geschickt worden und viele umgekommen, als Kanonenfutter verheizt.

Nun war endlich Schluss mit diesem Wahnsinn.

Immer mehr Soldaten strömten in ihre Heimat zurück. Viele, wenn sie nicht in Gefangenschaft geraten waren, schlugen sich auf eigene Faust und unter Todesgefahr nach Hause durch, wenn ihre Einheit versprengt war und sie keinen Entlassungsschein vorweisen konnten. Der Rückzug war keinesfalls immer geregelt vor sich gegangen. Wehe, so ein Mann wurde von letzten SS-Truppen entdeckt, die immer noch an den Endsieg glauben wollten. Die sofortige Erschießung oder Erhängung am nächsten Baum als Deserteur, Kollaborateur oder Landesverräter war ihm sicher.

Die ersten Jahre nach dem Krieg waren geprägt von Zerstörungen, Hunger und vor allem von riesigen Flüchtlings- und Vertriebenenströmen aus dem Osten, die das zerstörte und ausgezehrte Deutschland aufnehmen musste.

Zu den 50 Millionen Toten, die das Ungeheuer Krieg verschlungen hatte, Soldaten, Zivilisten und, nicht zu vergessen, dem grausamen Schicksal von Millionen von Juden und Andersdenkenden in den Konzentrationslagern, kamen an die 50 Millionen Menschen, die ihre Heimat verloren hatten. Darunter waren 30 Millionen Frauen, Männer und Kinder, die voneinander getrennt worden waren und jetzt nach ihren Familienangehörigen suchten.

10 Millionen deutsche Soldaten waren bei Kriegsende in Gefangenschaft, die meisten von ihnen, vor allem jene aus amerikanischer, französischer und bri-

tischer Gefangenschaft, waren ein Jahr später frei. Man schätzt, dass allein 1,3 Millionen Soldaten in russischer Gefangenschaft umgekommen sind. Die letzten Kriegsgefangenen von dort wurden erst mehr als zehn Jahre später, 1956, entlassen.

Dürre Zahlen, schnell dahin geschrieben, doch hinter jeder Zahl steht ein persönliches, oft grauenvolles und leidvolles Schicksal.

Vor allem den Frauen wurden in den ersten Nachkriegsjahren ungeheuere Anstrengungen abverlangt, um das Überleben zu sichern und den Wiederaufbau zu beginnen, denn viele Männer waren im Krieg geblieben, noch in Gefangenschaft oder erst auf dem Rückweg von der Front.

Berühmt in diesem Zusammenhang wurden die »Trümmerfrauen«, die in den von Bomben zerstörten Städten die Trümmer und Steine von Hand räumten, abklopften und stapelten für den Neuaufbau.

Unglaubliches haben jene Frauen geleistet und erlitten, die in den Flüchtlingstrecks unterwegs waren, oft wochenlang, mit kleinen Kindern, manche schwanger, die alte Großmutter oder den Großvater in einem Wägelchen hinter sich herziehend. Bei Eiseskälte, ohne Proviant und Verpflegung, oft genug wurde ihnen das wenige, das sie bei sich trugen, gestohlen. Unzählige Frauen wurden, oft vor den Augen ihrer Kinder, von den sie verfolgenden Truppen vergewaltigt. Immer weiter vorwärts flüchteten sie voller Angst und Ungewissheit, wohin es geht, ob man je wieder in die Heimat zurückkommen und ob man die auseinander gerissene Familie, den Mann oder das verlorene Kind, je wiederfinden würde.

Nach Bayern und vor allem Niederbayern kamen, neben Schlesiern und Menschen aus dem heutigen Polen, überwiegend Flüchtlinge und Vertriebene aus der damaligen Tschechoslowakei, die Sudetendeutschen.

Diese deutsche Minderheit unter den Tschechen hatte Hitler 1938 unter großem Jubel »heim ins Reich« geholt, als er das Land besetzt hatte.

Während der deutschen Besatzungszeit, in der die Nazis unter den Tschechen schrecklich gewütet hatten, hatte sich ein ungeheurer Hass auf die Deutschen aufgestaut, der sich nun, nach der Kapitulation, an der deutschen, zivilen Minderheit entlud.

Nach dem Ende des Krieges wurden von den Tschechen unter den ungefähr 3 Millionen Sudetendeutschen unvorstellbare Gräueltaten und Massaker verübt, und sie wurden über die Grenze nach Deutschland und Österreich vertrieben. Viehwaggonweise wurden die Menschen über die bayerische Grenze gebracht.

Nachdem die Zwangsarbeiter, die während des Krieges in der Landwirtschaft eingesetzt gewesen waren, in ihre Heimat zurückgeschickt wurden, kamen jede Menge Flüchtlinge und Vertriebene ins Land, die aufgenommen und versorgt werden mussten.

Alleine für Bayern wird eine Zahl von 1,7 Millionen Vertriebenen genannt, die integriert werden mussten. Eine unglaubliche Leistung für das am Boden zerstörte Deutschland und die Menschen, die selbst an Wohnungsnot und Entbehrungen litten.

Dass diese Einbürgerung so erstaunlich gut und in verhältnismäßig kurzer Zeit gelungen ist, ist vielen Organisationen zu verdanken, nicht zuletzt auch der

Hilfe der Amerikaner, die relativ schnell in ihrer Besatzungszone für Ruhe und Ordnung sorgten.

Die Flüchtlinge und Vertriebenen selbst haben mit unglaublichem Mut und Arbeitswillen für ihre Eingliederung gesorgt. Das spätere deutsche »Wirtschaftswunder« wäre ohne sie undenkbar. Viele von ihnen wurden vorerst in Lagern untergebracht, ein Großteil wurde dann in privaten Häusern einquartiert.

Auch beim Oberholzer musste eine beträchtliche Anzahl von Flüchtlingen und Vertriebenen aufgenommen werden, so wie überall, wo es nur irgendwie möglich war. Man musste eben zusammenrücken, so gut es ging.

Es waren überwiegend Frauen, Kinder und Alte, unterernährt und erschöpft. Aber bald, so hoffte man, würden die Männer aus dem Krieg nach Hause kommen, dann würde alles besser werden.

Eines heißen Julitages im Jahre 1945 stand ein junger Heimkehrer in abgerissener Uniform, abgemagert und hohläugig im Hof und bat um Unterkunft und Arbeit.

»Wo kommst denn her und wo willst hin?«, fragte der Bert und musterte ihn kritisch. Er hatte auf einen der Knechte oder doch zumindest auf einen kräftigen Mann gehofft zur bevorstehenden Ernte. Jetzt stand dieses armselige Häufchen Mensch vor ihm.

»Ich war in Russland und bin dort verwundet worden. Dann bin ich in ein Lazarett und später in ein Gefangenenlager der Amerikaner gekommen. Von dort bin ich entlassen worden.«

»Und jetzt willst hier arbeiten?« Bert blickte an ihm hinab.

»Ja, das möchte ich gerne.« Er zeigte auf seinen rechten Fuß. »Ich hatte Erfrierungen und da wurde mir der Fuß abgenommen. Ich habe eine Prothese – aber ich komme sehr gut damit zurecht«, fügte er schnell hinzu.

Bert sah ihn abschätzend an. Männer, die völlig unversehrt zurückkamen, gab es offensichtlich keine.

»Aber aus der Landwirtschaft kommst du nicht, oder?«

»Nein. Aus der Landwirtschaft komme ich nicht, aber ich kann zupacken«, der junge Mann sagte es fast trotzig.

Der Bert sah ihn mitleidig an. So ein dürftiges Büberl. Der musste erst einmal aufgepäppelt werden, bevor er etwas leisten konnte.

Irgendwie erinnerte ihn der Bursche an seine Lage vor nunmehr fünfundvierzig Jahren, als er als Vierzehnjähriger ebenso hungrig und verzweifelt wie der hier auf dem Hof aufgekreuzt war. Damals, ausgerechnet am Geburtstag der Magdalena, hatte ihn die damalige Bäuerin aus Dankbarkeit über die gut verlaufene Geburt aufgenommen. Jetzt hatte er, Bert, wohl etwas gut zu machen.

»Also, gut! Kannst da bleiben. Ich weiß zwar nicht, wo ich dich unterbringen soll, aber wir werden schon eine Schlafstatt finden für dich. Wie heißt du denn überhaupt?«

»Leopold. Leopold Siegl.« Der junge Mann war erleichtert. »Ich bin nicht anspruchsvoll, ein Strohsack und etwas zu Essen genügen.«

Bert kratzte sich hinterm Ohr. »Die Knechte- und Mägdekammern sind alle voll, und im Stadel haben wir vorerst ein kleines Lager eingerichtet für Flüchtlingsfrauen und Kinder. Willst du da schlafen?«

Der junge Mann sah ihn bittend an. »Ehrlich gesagt, ich wäre am liebsten alleine. Ist denn nicht irgendwo im Stall noch ein Platz?«

Bert überlegte. »Im Pferdestall ist hinten eine Art Verschlag, das war früher die Futterkammer. Den könntest dir einrichten. Rösser haben wir keine mehr. Ich werd die Emerenz fragen, ob sie noch einen Strohsack und Decken hat, und vielleicht eine Kiste und einen Hocker. Mehr wird nicht drin sein, fürcht ich.«

Der Bursche sah ihn dankbar an. »Das reicht mehr als genug, und es ist ja nicht für die Ewigkeit, hoffe ich. Ich danke ihnen ganz herzlich.«

»Ja, das hoff ich auch, dass das alles mal wieder anders wird und nicht ewig so bleibt.« Bert schüttelte den Kopf. »Also, komm mit, Leo, ich zeig dir deine Unterkunft. Und – noch etwas – auf dem Hof gibt's kein Sie, wir sagen alle Du zueinander, auch zur Bäuerin, das merkst dir!«

5. Kapitel
Katharina

»Katharina! Schau, da hast eine Decke und ein Kissen, das bringst rüber zum Pferdestall. Der Bert hat da einen entlassenen Soldaten einquartiert als Erntehelfer. Und dann soll er sich noch einen Stuhl, einen alten Tisch und eine Kiste für sein G'wand abholen. Das muss reichen fürs Erste.«

Die Katharina ging zum Pferdestall. In der Futterkammer, im kärglichen Licht, das durch das kleine Fenster hereinfiel, saß auf dem Stroh zusammengekauert ein Mann, der schon recht alt auf sie wirkte.

»Da, schau! Da hab ich eine Decke und ein Kissen für dich. Den Strohsack und das andere Zeug musst dir drüben im Haus selber holen!«

Der Mann schreckte hoch und stand auf. Jetzt erst sah Katharina, dass er noch ganz jung war, vielleicht in ihrem Alter und einen Kopf größer als sie. Aber wie er aussah! Mein Gott, völlig abgemagert und heruntergekommen! Sofort regte sich ihr Mitgefühl.

»Wenn's d' fertig bist, kommst rüber in die Küche, dann geb ich dir was zu essen. Ich glaub, du hast Hunger.« Sie lachte ihn schelmisch an und er lächelte müde zurück.

»Ich bin die Katharina, und wie heißt du?«

»Leopold, aber der Mann der mich eingestellt hat, nennt mich Leo!«

»Ah, der Bert! Man könnt dich aber auch Poldi nennen, oder?«

Er lächelte matt. »Nenn mich wie du willst!«

Katharina sah sich in dem primitiven Raum um. »Willst nicht lieber bei den anderen Flüchtlingen wohnen?«

Er blitzte sie an. »Ich bin kein Flüchtling!«

»Nein? Was bist denn dann? Bayrisch bist auf jeden Fall nicht, des hör ich ganz genau!«

»Ich war Soldat; außerdem bin ich Sudetendeutscher und kann nicht mehr in meine Heimat zurück.«

»Ach, Sudetendeutscher! Von unseren Flüchtlingen sind auch viele aus dem Sudetenland und immer mehr kommen von da herüber über die Grenze.«

Leopold war wie elektrisiert. »Sudetendeutsche? Aus Brünn?«

»Das weiß ich nicht, ob die aus Brünn sind, aber Sudetendeutsche sind's jedenfalls, das weiß ich ganz genau!«

Der junge Mann schien nachzudenken.

»Geh halt mal hinüber und frag sie. Aber vorher holst deine Sachen und wäschst dich draußen am Brunnen. Dann kommst in die Küche, da gibt es sicher noch was für dich vor dem Abendessen, wenn es die Suppe und die Kartoffeln für alle gibt.«

Jetzt, im Sommer, war es üblich, dass das Essen für alle im Freien ausgeteilt wurde. Der Bert, die Emerenz und die Katharina aßen ebenfalls mit den Leuten draußen im Hof, nur die Magdalena saß in der Küche, alleine, und löffelte ihre Suppe.

In einem riesigen Kessel wurde die Suppe hinausgetragen, dazu gab es Kartoffeln und Brot, und Milch für die Kinder. Die Emerenz und die Katharina schöpften die Teller voll. Anderes gab es üblicherweise nicht, aber es war mehr, als diese Menschen seit Wochen zu essen bekommen hatten.

Auch Leopold hatte sich dazugestellt und aß mit Heißhunger seinen Teller leer, obwohl ihm Emerenz vorher in der Küche schon einen Ranken Brot, mit etwas Schmalz bestrichen, zugesteckt hatte. Auch ihr tat der junge Bursche leid.

Nachdem die Frauen zusammen abgewaschen und aufgeräumt hatten und die Kinder im Lager waren, kehrte endlich Ruhe auf dem Hof ein.

Gerade wollte auch die Katharina nach einem letzten Rundgang ins Haus gehen, da sah sie Leopold aus dem Pferdestall kommen und zum Tor gehen. Das rechte Bein zog er etwas hinter sich her.

Schnell lief sie ihm nach. »Wo willst denn noch hin, Leo?«

»Ach, du bist es, Katharina! Ich bin am Überlegen, ob ich noch nach Massing gehen soll.«

»Nach Massing? Das sind ja neun Kilometer! Das ist zu weit, so spät noch! Was willst denn da?«, fragte sie neugierig.

»Ich wollte nur mal hören, ob neue Flüchtlinge angekommen sind oder ob neue Trecks erwartet werden. Bei den Leuten am Hof ist niemand aus Brünn, da hat mir niemand helfen können.«

»Bei was denn helfen?«

Leopold seufzte. »Ich suche meine Familie! Meine Mutter und meine kleine Schwester, die jetzt fünfzehn Jahre alt ist! Ich weiß nicht, wo sie sind. Sie waren zuletzt in Brünn, und ich habe kein Lebenszeichen von ihnen. Dabei ist es schon Juli! Hoffentlich sind sie noch rechtzeitig rausgekommen.«

»Ach, die kommen sicher noch, jeden Tag kommen welche.«

»Aber nicht mehr aus Brünn, fürchte ich.« Er sah verzweifelt drein. »Hast du das nicht gehört? Dass die Tschechen am 30. Mai alle Deutschen in Brünn zusammengetrommelt haben, 32.000 Menschen sollen es gewesen sein, und sie auf den Marsch geschickt haben. Ohne Essen, nur mit dem, was sie in der Hand tragen konnten. Es heißt, dass schon am ersten Tag tausend umgekommen sind. Sie wurden einfach erschlagen oder erschossen, wenn sie nicht mehr konnten. Alte, Kranke, kleine Kinder! Und vielleicht Mama und Edeltraud dazwischen. Mama, die so zart ist.«

Ein Schluchzen stieg in ihm auf, und er wandte sich verlegen ab. Katharina stand betreten neben ihm. Was konnte man da Tröstendes sagen?

»Die kommen sicher noch, jeden Tag kommen welche«, sie wusste, wie sinnlos diese Wiederholung war. »Und dein Vater?«

Er wischte sich die Augen und blickte zu Boden. »Das ist ziemlich sicher, dass er tot ist. Die Nazis haben ihn schon vor drei Jahren ins KZ gebracht, irgendjemand hat ihn denunziert. Er hatte Tschechen geholfen, er war Arzt, weißt du. Das hat mir meine Mutter noch an die Front geschrieben. Vorher hatten sie ihn vor den Augen meiner Mutter halbtot geprügelt. Meine Mutter und Edeltraud sind ganz alleine, deshalb ist es so wichtig, dass ich sie finde, verstehst du?«

»Ja, das versteh ich gut. Aber weißt, Leo, heut gehst nimmer nach Massing. Sei froh, dass d' jetzt vorerst einen Schlafplatz und etwas zu essen hast. Morgen ist auch noch ein Tag. Außerdem geht recht früh die Arbeit auf dem Feld los, und da solltest ausgeschlafen sein.«

Sie nahm ihn fast mütterlich an der Hand und führte ihn zurück.

»Schlaf gut und träum was Schönes. Wenn du was Schönes träumst in der ersten Nacht an einem neuen Platz, dann geht es in Erfüllung, heißt es!«

Sie wandte sich zum Gehen. »Vielleicht geh ich morgen mit dir mit nach Massing, ich kenn viele Leut dort, vielleicht können wir etwas in Erfahrung bringen über deine Mutter. Aber jetzt ruhst dich erst einmal aus, Poldi!«

Am nächsten Tag, beim Abendessen im Hof, fragte Leopold Katharina ganz offen, ob sie denn mit nach Massing gehen würde.

»Pscht, sei leise«, zischte sie ihm zu. »Das darf niemand wissen!«

Sie blickte sich um und wisperte ihm dann zu: »Geh nach dem Essen auf der Straße entlang, bis du an das Wegkreuz kommst. Da wartest du auf mich, ich komm dann schon!« Dann drehte sie sich um und half den Frauen weiter beim Aufräumen.

Eine geschlagene Stunde saß Leopold am Wegkreuz im Gras und zweifelte mehr und mehr, ob Katharina noch kommen würde. Endlich sah er sie den Weg entlanglaufen, ganz erhitzt war sie.

»Gut, dass du noch da bist, Poldi! Fast hab ich g'meint, ich komm nicht mehr weg. Ausgerechnet heut ist die Mutter ewig nicht hinauf in ihre Schlafkammer gegangen.«

»Darf sie nicht wissen, dass du mit mir nach Massing gehst?«

»Nein! Die Mutter nicht, und die anderen geht es auch nichts an!«

»Warum denn nicht?«

Katharina zögerte. »Mei, es g'hört sich halt nicht, dass ich mich mit dir herumtreib! Die Mutter ist eh so streng mit mir, sie muss nicht alles wissen. Sie will halt nicht, dass ich mich mit jemandem abgebe, der nichts hat.«

Das saß! Leopold schüttelte den Kopf. »Weil ich ein Flüchtling bin, oder? Sie schaut ja schon recht grimmig drein, deine Mutter«, meinte er vorsichtig.

»Die schaut nicht nur grimmig drein, die ist auch grimmig! Aber man muss es auch verstehen, sie hat schon viel mitgemacht und hat viel Verantwortung und Sorgen, vor allem jetzt, wo so viele Leute am Hof sind, die versorgt werden müssen und von denen kaum einer bei der Arbeit helfen kann.«

Leopold schwieg; er dachte an all die Gräueltaten, die er gesehen hatte, und an die Frauen, die die Flucht überstanden hatten und noch mehr an die, welche daran zugrundegegangen waren. Hatte es diese Frau nicht gut dagegen?

Katharina riss ihn aus seinen Gedanken. »Weißt, für die Mutter ist der Hof alles. Und ich bin die einzige Tochter, da ist sie halt ein bisserl eigen mit mir.« Sie seufzte.

»Und dein Vater?«

»Ach, der! Wir wissen nicht, wo er steckt. Er ist Ungar und ist 1941 zur ungarischen Armee, nachdem die Ungarn sich den Deutschen angeschlossen hatten.«

»Und 1944, kurz vor dem voraussichtlichen Ende, haben sie sich dann auf die andere Seite geschlagen«, brach es verächtlich aus Leopold heraus.

»Weißt, Poldi, da kenn ich mich nicht aus mit den politischen Sachen. Ich hoff nur, dass er bald kommt. Aber meine Mutter sagt, der kommt nie wieder!«

»Das klingt ja fast so, als wäre sie froh, wenn er nicht mehr kommt.«

»Ich weiß es nicht, die Mutter und der Vater mögen sich nimmer recht. Er ist halt ganz anders als die Menschen hier. Wundert mich eh, dass sie ihn einmal geheiratet hat. Aber ein schöner Mann ist er schon, mein Vater!« Sie fügte es fast schwärmerisch hinzu.

Leopold betrachtete sie unauffällig von der Seite. So offen und freundlich sie mit ihm war, schien sie doch mehr vom Vater zu haben als von der verhärmten Mutter.

Sie waren inzwischen in Massing angekommen und versuchten, etwas über Leopolds Familie zu erfahren.

Vergeblich! Immerhin, es kamen fast täglich neue Vertriebene an, und Leopold hinterließ überall Namen und Adresse von sich und die Daten seiner Mutter und Schwester mit der Bitte um Nachricht, falls jemand etwas wüsste oder erfahren hätte. Dies war anfangs der gebräuchliche Weg der Menschen, wieder zueinander zu finden, und er war überraschend oft erfolgreich.

Es war bereits dunkel, als sie sich auf den Rückweg machten. Leopold war erschöpft und deprimiert.

»Keine Nachricht ist besser als eine schlechte«, tröstete ihn die Katharina. »Aber jetzt erzählst du mir etwas von dir! Auf dem Herweg hab ich die ganze Zeit geredet«, ermunterte sie ihn, »jetzt bist du dran!«

»Also, ich bin 1922 geboren.«

»Ich auch!« rief die Katharina dazwischen. »Dann sind wir gleich alt, dreiundzwanzig Jahre!«

Er lächelte über ihre spontane, unverfälschte, natürliche Art.

»Ich bin in Brünn geboren, in der Tschechoslowakei, aber wir sind Deutsche, Sudetendeutsche. Mein Vater war Arzt, wie ich dir schon erzählt habe. Meine Mutter ist eigentlich Österreicherin, aus Wien. Sie hat in ihrer Jugend Gesang studiert; sie hat eine wunderbare Stimme. Aber als sie meinen Vater heiratete, war sie Hausfrau und dann Mutter. Wir haben am Stadtrand von Brünn gewohnt, in einer schönen Villa.« Er räusperte sich verlegen. »Ich weiß schon, dass ihr hier alle glaubt, wir Vertriebenen hätten nichts gehabt, wären alle arme Schlucker, weil wir so mittellos hier angekommen sind. Aber das stimmt nicht. Sicher, nicht alle waren reich, aber einige doch, und alle hatten ihr gutes Auskommen daheim.«

Er schwieg eine Weile. »Stell dir einmal vor, Katharina, Russen oder Tschechen kämen zu euch auf den Hof und würden verlangen, ihr müsst innerhalb von zwei Stunden einpacken, was ihr dringend mitnehmen wollt. Aber höchstens zwanzig Kilogramm pro Person, in einem Rucksack, Koffer oder Karton. Dann geht es los, zu Fuß, angetrieben mit Gewehren und Knüppeln, und du weißt nicht wohin.«

»Das tät' ich mir nicht g'fallen lassen«, empörte sich die Katharina.

Er lachte bitter. »Dann wirst du halt erschossen, auf der Stelle!«

Katharina schwieg ungläubig.

»Ich hatte 1940 Matura gemacht, das ist, was ihr hier Abitur nennt.«

»Dann bist du also ein Studierter!«

»Nein! Eben nicht! Ich bin gleich danach eingezogen worden, da konnte ich nicht mehr studieren!«

»Wolltest du auch Doktor werden, wie dein Vater?«

»Nein, ich wollte Germanistik und Latein studieren fürs Lehramt.«

»Was?« Die Katharina sah ihn verständnislos an.

»Lehrer halt, für Deutsch und Latein. Das war mein Wunsch, und das ist es immer noch, wenn alles wieder besser wird oder wir doch wieder zurück können in die Tschechoslowakei.«

»Glaubst du das? Da tät' ich ja nie mehr hinwollen! Wo die so gemein zu euch waren!«

»Man darf die Hoffnung niemals aufgeben, und außerdem – Brünn ist meine Heimat, und die liebe ich genauso wie du die deine. Oder könntest du dir vorstellen, von hier wegzugehen?«

»Nein, nie! Wo sollt ich denn hin? Außerdem gehört mir der Hof einmal.«

Leopold lächelte, wie naiv und unkompliziert sie dachte. Sie hatte offensichtlich noch nichts Schlimmeres erlebt in ihrem Leben, trotz dieses schrecklichen Krieges. Ganz anders als er in Russland an der Front.

Endlich kamen sie in die Nähe des Hofes. Am Wegkreuz verabschiedeten sie sich voneinander, Magdalena wollte lieber nicht mit ihm gesehen werden.

»Übrigens – was hast du denn geträumt heut Nacht? War es etwas Schönes?«

Er schmunzelte. »Das sage ich dir nicht – aber immerhin habe ich tatsächlich zum ersten Mal seit langer Zeit nichts Schlimmes geträumt!« Er lächelte ihr zu, und sie winkte beim Davongehen.

»Schau, Poldi, das hab mir gleich gedacht, dass du gut schlafen wirst!«

Poldi, so hatte ihn die Mutter manchmal liebevoll genannt. Als Leopold endlich auf seinem Strohsack lag, drehten sich seine Gedanken zum ersten Mal seit Wochen und Monaten um anderes als um Dreck, Elend, Sorgen und den Kampf ums Überleben.

Er hatte ein Zipfelchen einer noch einigermaßen intakten Welt erhascht, inmitten des Wahnsinns, den er erlebt hatte.

Vielleicht konnte irgendwann wieder alles gut werden?

Die Ernte war in vollem Gange, es war ein drückend heißer Sommer. Wer immer zur Arbeit fähig war, wurde eingeteilt, auch die Kinder halfen mit auf den Kartoffelfeldern beim Nachklauben.

Außer Bert, Leopold und einem alten Mann aus dem Lager waren vorerst keine Männer auf dem Hof.

Katharina versuchte, wenn irgend möglich, in Leopolds Nähe zu arbeiten. Sie hatte bemerkt, dass er mit seinem rechten Bein Probleme hatte, und auch, dass er offensichtlich Schmerzen hatte, jedenfalls hinkte er abends beträchtlich mehr als am Morgen und war sehr still. Die schwere Arbeit war er nicht gewohnt; immerhin steckten ihm Emerenz oder Katharina gelegentlich zusätzlich etwas zum Essen zu, damit er zu Kräften käme.

Wieder einmal hatte Katharina etwas für Leopold zur Seite geräumt. Sie wollte es ihm abends bringen, wenn Ruhe war auf dem Hof und vor allem wenn die Mutter im Bett war.

Magdalena schuftete wie zwei Männer, entsprechend müde war sie am Abend. Sie klagte nie, wurde aber immer einsilbiger und verschlossener. Nur gegenüber der Emerenz und der Katharina gestand sie manchmal ihre Erschöpfung und ihre Kopfschmerzen ein.

Als es dunkel war, huschte Katharina über den Hof in den Pferdestall, eine Kanne mit einer extra Portion Suppe mit ein bisschen Fleisch drin für Leopold.

»Leopold! Poldi? Schläfst du schon?«, wisperte sie vor der Tür zur Futterkammer. Ein leises Stöhnen drang von drinnen zu ihr. Erschrocken öffnete sie die Tür einen Spalt.

Drinnen saß Leopold auf seinem Strohsack und beugte sich über sein Bein. Erschrocken sah er auf, als er Katharina sah, und versuchte hastig, seine Joppe über den Fuß zu werfen. Im Stroh neben ihm lag eine Prothese.

»Was hast denn da?« Neugierig kam Katharina näher.

Er seufzte ergeben. »Nun, wenn du es schon gesehen hast. Das ist meine Prothese. Im Lazarett wurde mir der Unterschenkel amputiert und eine provisorische Prothese gemacht.« Er wies auf das Teil, das im Stroh lag. Ein hölzernes Bein lag da, einem Unterschenkel und Fuß nachgeformt, mit Lederbändern zum Festbinden am Oberschenkel.

»Lass mal sehen, wie das ausschaut«, forderte Katharina kategorisch. »Mein Gott, der Stumpf ist ja ganz entzündet! Das tut recht weh, oder?«

Er stöhnte leise, als sie das amputierte Bein berührte. »Ja, das tut weh. Ich hoffe, dass ich irgendwann einmal eine bessere Prothese bekomme. Aber ich bin froh um diese, denn ohne sie bräuchte ich Krücken, und da würde mich kein Mensch zu einer Arbeit nehmen.«

Er lächelte sie zaghaft an. »Dann hätt ich dich zum Beispiel nie kennen gelernt.«

Sie lächelte zurück. »Ja, das wäre schad! Aber jetzt kümmere ich mich erst um deinen Hax'n! Die Emerenz kennt sich gut mit Kräutern aus, die hat bestimmt eine gute Salbe für dich, vielleicht Melkfett, dass die Prothese nicht so reibt! Da werden wir schon etwas finden. Und dem Bert werd ich sagen, dass er dich in den nächsten Tagen etwas schonen soll.«

»Um Gottes Willen! Nein! Bitte, Katharina, sag nichts! Die Unterkunft und Arbeit hier bei euch ist im Moment meine ganze Hoffnung. Hier kann ich erst einmal zur Ruhe und zu Kräften kommen, bis ich weiß, wie es weitergehen soll! Bitte, Katharina, sag nichts!«

»Nein, nein! Ist gut«, sie legte beruhigend den Arm um ihn. »Jetzt geh ich erst mal hinüber und such etwas zum Verbinden.«

Kurz darauf war sie wieder zurück, mit Kamillentee zum Auswaschen der Wunde und einer Arnikasalbe, die die Emerenz selbst hergestellt hatte.

»Das machen wir jetzt jeden Abend, wirst sehen, dann geht es dir bald besser. Und irgendwann wirst eine gute Prothese kriegen, dann bist wieder wie neu!«

Leopold lehnte sich müde, aber zufrieden zurück an die Wand.

Die Aussicht, Hilfe zu bekommen, und vor allem, Katharina täglich hier ein bisschen bei sich zu haben, machte ihn glücklich.

Von da an schlüpfte Katharina fast jeden Abend hinüber zum Pferdestall. Meistens hatte sie irgendeine kleine Schleckerei dabei, etwas Marmelade, ein paar getrocknete Apfelscheiben, was man so hatte in dieser kargen Zeit, wo alles eingeteilt war.

Dann saßen sie nebeneinander auf dem Strohsack und erzählten sich aus ihrem bisherigen Leben, ihren Wünschen und Vorstellungen für die Zukunft.

Wie unterschiedlich diese waren: Leopolds Träume waren alle voller Wenn und Aber, voller Ungewissheit.

Sein dringendster Wunsch war, seine Mutter und seine Schwester wiederzufinden. Dann, so hoffte er, könnte er vielleicht irgendwann auf eine deutsche Universität gehen, um sein Studium zu beginnen und später dann vielleicht einmal an einem Gymnasium zu unterrichten. Und wer weiß, wie die Verhandlungen der Siegermächte ausgehen würden, vielleicht könnte er sogar wieder zurück in seine Heimat. Momentan sah es nicht so aus, als würde er jemals wieder nach Brünn zurückkehren können, aber er hatte in seinem noch jungen Leben so viele Unwägbarkeiten und Veränderungen erlebt. Es war eine Zeit des totalen Umbruchs, am besten man versuchte, von Tag zu Tag zu überleben und vorerst abzuwarten.

Ganz anders Katharina: Für sie war alles sonnenklar. Sie würde einmal den Hof erben, einen Bauern heiraten, Kinder kriegen und auf dem Hof alt werden und sterben, wie schon Generationen vor ihr.

»Hast du denn schon jemanden, den du liebst und heiraten möchtest?«, fragte Leopold vorsichtig.

»Ich? Nein! Woher denn, wo alle im Krieg sind. Außerdem redet da die Mutter auch noch ein gehöriges Wörterl mit. Irgendein armer Schlucker kommt ihr auf jeden Fall nicht auf den Hof.«

Leopold zuckte leicht zusammen.

»Und wie denkst du darüber, wenn du so verkuppelt wirst?«

»Ich weiß es nicht. Ich warte ab, was die nächste Zeit bringt. Vielleicht ist er ja auch ganz nett«, meinte sie hoffnungsvoll. »Stell dir vor, neulich hat die Mutter gesagt, wenn der Simon von den Freisingerischen wieder heimkommt, dann fragt sie dort einmal nach. Aber erst will sie abwarten, ob er auch gesund ist.«

Leopold zuckte wieder leicht zusammen. Allzu sachlich und berechnend kam ihm das vor.

»Und? Gefällt dir der Simon?«

»Ich kenn ihn gar nicht. Es ist zwar der nächste Hof, und wenn der und unserer zusammenkommen, dann können wir einen richtig großen Besitz unser Eigen nennen, vielleicht einen der größten im Rottal.« Sie sah ihn stolz an. »Aber unsere Familie ist mit den Freisingerischen schon seit Generationen verfeindet. Das kommt die Mutter vermutlich schon hart an, da hinzugehen, aber für den Hof tut sie alles.«

»Und du? Ist der Hof auch dein Ein und Alles?«

Sie sah ihn erstaunt an. »Mein Gott, du stellst Fragen! Ich kenn ja seit meiner Geburt nichts anderes als den Hof, den Hof und noch mal den Hof!«

»Und du hast dich noch nie gefragt, ob es außer dieser kleinen Welt auch noch etwas anderes gibt? Etwas anderes, wofür es sich auch zu leben lohnt?« Herausfordernd sah er sie an.

Sie blickte verwirrt vor sich hin, blieb stumm.

»Entschuldige, Katharina, das war nicht schön von mir. Du wirst schon das Richtige für dich tun. Komm«, er legte den Arm um sie, »ich lese dir noch ein kleines Gedicht vor.«

Leopold hatte über alle Wirrnisse zwei kleine Bücher gerettet, die er wie seinen Augapfel hütete. Sein ganzer Besitz. Es war ein Gedichtband von Rainer Maria Rilke und ein lateinisches Wörterbuch. »Mein lateinischer Wortschatz wird perfekt sein, wenn ich einmal zur Uni gehe«, hatte er gespöttelt, als er ihr die Bücher zeigte.

Jetzt setzten sie sich gemeinsam unter die spärliche Beleuchtung, und Leopold nahm den Rilke-Band zur Hand, schlug ihn auf und begann:

Abend.
Der Abend wechselt die Gewänder,
die ihm ein Rand von alten Bäumen hält ...

und er schloss:

und lassen dir (unsäglich zu entwirren)
dein Leben, bang und riesenhaft und reifend,
so dass es, bald begrenzt und bald begreifend,
abwechselnd Stein in dir wird und Gestirn.

Er klappte langsam das Buch zusammen. »Ist das nicht eine schöne Sprache?« Er sah sie verzückt an, und auch Katharina lächelte.

»Ja, das war schön, Poldi! Was Schönes zum Einschlafen!«

Er sah sie überrascht an, er wusste nicht genau, wie sie das meinte.

Aber sie blickte ganz arglos zurück. »Es wird höchste Zeit fürs Bett. Morgen früh ist die Nacht rum.«

Sie erhob sich und gähnte herzhaft. »Also, gute Nacht und bis morgen, Poldi!«

»Gute Nacht, Katharina, und schlaf gut!«

Er sah ihr nachdenklich nach. Wie unterschiedlich sie waren. Trotzdem – ihre Bodenständigkeit und Klarheit, ihre unverdorbene Natürlichkeit faszinierte ihn. Da war nichts Gekünsteltes und Verstelltes, auch wenn sie ihm manches Mal etwas zu direkt in ihren Aussagen war.

Es war inzwischen Ende August geworden, die Ernte war in vollem Gange. Katharina war damit beschäftigt, Heu im Stadel einzulagern, was eine staubige Arbeit war.

Plötzlich glaubte sie, das Klappern von Pferdehufen zu hören und kurz darauf laute männliche Stimmen.

Schnell stieg sie die Leiter hinunter und trat auf den Hof.

Sie traute ihren Blicken kaum. Eine Kutsche mit einem Pferd vorgespannt stand in der Mitte des Hofes, dahinter angebunden zwei weitere Pferde, aufgezäumt und mit Sätteln. Auf dem Kutschbock saß ein Mann mit schwarzem Haar, und soeben ritt ein zweiter Mann durch das Tor.

»Magdalena, Katharina!« Der Mann auf dem Kutschbock rief es und knallte mit der Reitpeitsche. Erst jetzt erkannte Katharina ihren Vater.

»Vater!« Sie stürzte auf ihn zu, er sprang vom Bock, packte sie unter den Armen, hob sie hoch und wirbelte sie herum, so wie er es mit ihr als kleines Kind gemacht hatte.

Dann stellte er sie vorsichtig auf den Boden, schob sie etwas von sich und sah sie an: »Du bist eine schöne Frau geworden, Katharina, meine Süße!« und er schloss sie wieder in seine Arme.

»Vater! Wo kommst du denn her? Wir haben gar nicht mehr mit dir gerechnet! Und jetzt fährst du gleich mit vier Pferden vor!«

»Drei, meine Liebe! Das andere Pferd gehört Ferencz Geledneky, meinem Kampfgefährten! Er ist ein echter ungarischer Graf! Komm her, Ferencz, das ist meine Tochter, von der ich dir erzählt habe!« Stolz schob er Katharina vor sich her.

Der Mann, der Ferencz genannt wurde, war inzwischen abgestiegen, er verneigte sich leicht vor Katharina und sagte in gebrochenem, ungarischem klingendem Deutsch: »Es freit mich, dich zu sähen!« Katharina gluckste vor Lachen.

In diesem Moment kam das Ochsengespann mit einem weiteren Fuder Heu heim, der Bert führte das Gespann, und einige Frauen saßen obenauf. Dahinter ging Magdalena mit müdem Schritt.

Sie war die Letzte, die Bela bemerkte, erst nachdem Bert ihn gesehen hatte. Die Frauen auf dem Heu sahen interessiert auf die Szene, sie hatten ja keine Ahnung, wer dieser Mann mit der Kutsche und den Pferden war.

»Bert!« Bela drückte den inzwischen gealterten Mann an die Brust, dann erst sah er Magdalena, die in einigem Abstand wie starr stehen geblieben war und fassungslos auf ihren Mann blickte.

»Magdalena?!« Er ging auf sie zu, dann stand er vor ihr. Sie sahen sich stumm an, dann umarmte Bela sie. Sie hielt ganz still, dann meinte sie: »Bist also wieder da! Dann komm herein!« Und zusammen gingen sie ins Haus.

Das war ein Ereignis! Außer Magdalena, Katharina, Bert und Emerenz kannte keiner der vielen Leute auf dem Hof Bela. Die Nachricht, dass der Oberholzer wieder daheim war, verbreitete sich in Windeseile. Jede Heimkunft eines Bauern war ein Glücksfall. Hatte die Magdalena wieder einmal mehr Glück gehabt als so manche andere, gifteten manche voller Neid.

Am Abend saßen sie alle in der Stube, alle außer den Flüchtlingen, und Bela erzählte. Er hatte sich tatsächlich nach Budapest, wenn auch unter Gefahren, durchschlagen können, sich bei der ungarischen Armee gemeldet und unter deutscher Führung gekämpft. Von tollen Heldentaten berichtete er, und Katharina wunderte sich, wie unterschiedlich die Kriegsberichte doch waren.

Dann hatte sich das Blatt gewendet, und Ungarn hatte Deutschland den Krieg erklärt, unter dem Einfluss der Russen.

So wie Bela es schilderte, hatte er sich einer »Befreiungsfront Ungarn« angeschlossen, und diese Einheit hatte sich vor kurzem über die Grenze nach Niederbayern, in die Nähe von Pocking, zurückgezogen.

Dort kampierten sie mit einer Menge von Pferden unter freiem Himmel, teilweise in Zelten an Lagerfeuern, und »organisierten« das Essen bei den umliegenden Bauern. Sogar einige Frauen waren darunter, so genannte Marketenderinnen, aber auch Frauen von Offizieren.

Direkt abenteuerlich und romantisch klang das; nur Magdalena kniff misstrauisch den Mund zusammen.

So ein Haufen Zigeuner vor ihrer Haustüre, das wäre ihr gerade noch abgegangen!

»Und die Pferde und die Kutsche?«, fragte sie.

»Das gehört alles mir, äh, jetzt natürlich uns. Bert, du sorgst dafür, dass die Pferde im Pferdestall untergebracht und gut versorgt werden.«

Katharina erschrak. Im Pferdestall, wo doch der Leopold hauste! Bert zwinkerte ihr beruhigend zu, vermutlich hatte er ihre Gedanken erraten. Es würde sich also eine Möglichkeit finden.

»Ferencz bleibt heute Nacht hier, er schläft bei den Pferden, sicherheitshalber«, bestimmte Bela. »Morgen reitet er zurück zum Lager und kommt nächste Woche mit einigen Kameraden wieder. Dann machen wir hier ein großes Freudenfest, mit einem gebratenen Schwein am Spieß, einem großen Feuer und Musik! Endlich ist der Krieg vorbei!«

Alle sahen ihn entgeistert an. Ein Fest? Auf dem Hof? Jetzt, wo alles rationiert war und abgegeben werden musste?

»Macht euch keine Sorgen! Wir Ungarn werden einiges mitbringen, und etwas wird schon auch hier auf dem Hof sein. Man muss das mit den Gesetzen nicht so ernst nehmen, niemand tut das. Das weiß ich!«

Magdalena schwieg dazu. Wenn sie geahnt hätte, was Bela auf die Beine stellen würde, hätte sie sich sicher dagegen gewehrt.

So aber nahm die Sache ihren Lauf.

Zu gerne wäre Katharina an diesem Abend noch zu Leopold gelaufen, um ihm die aufregenden Neuigkeiten zu erzählen, aber sie wagte es nicht, da Ferencz im Stall schlief und sie nicht wusste, ob nicht auch der Vater und Bert noch lange aufbleiben und reden würden.

Aber am nächsten Abend, als Ferencz weggeritten war, schlich sie sich wieder zur Futterkammer. Die drei Pferde, die der Vater mitgebracht hatte, standen in ihren Boxen, wandten ihr den Kopf zu und sahen sie mit großen Augen an. Schöne Tiere waren das, keine schweren Ackergäule. Wo er die wohl her hatte? Ein bisschen mager vielleicht, aber das würde Bert, der Rösser liebte und dessen Augen geleuchtet hatten, als er die Tiere in den Stall führte, schon wieder in Ordnung bringen.

»Poldi?« Sie klopfte an seine Tür, und als er öffnete, fiel sie ihm vor Glück um den Hals.

»Hast du schon gehört, der Vater ist da! Und er hat eine Kutsche und Pferde mitgebracht, und bald gibt es eine große Fresserei hier auf dem Hof, für alle«, sprudelte es aus ihr heraus.

Leopold nickte nur. Er sah blass aus.

»Freust dich denn gar nicht mit mir?«, fragte sie enttäuscht.

»Doch, natürlich, Katharina!« Er hatte einen Brief in der Hand, den er zitternd Katharina gab.

»Was ist denn das für ein Brief?«

»Den hat heute ein Bote aus Massing für mich gebracht. Eine der Frauen, mit denen wir neulich gesprochen haben, hat ihn schicken lassen. Ich soll kommen, Flüchtlinge sind angekommen, auch welche aus Brünn. Sie wissen etwas über meine Mutter«, sagte er tonlos.

»Aber Leopold! Was machst du für ein Gesicht? Das kann doch etwas Gutes sein!«

Er schüttelte den Kopf. »Nein, dann hätte sie mir das gleich geschrieben!«

»Ach was, du alter Schwarzseher! Sie will dir die gute Nachricht halt selber überbringen, dass sie sieht, wie du dich freust.«

Er sah sie zweifelnd an.

»Ganz sicher! Heute kannst eh nimmer hin, es ist schon viel zu spät. Und morgen finde ich schon eine Ausrede und geh mit dir hin. Vielleicht leiht uns der Vater sogar die Kutsche, dann können wir fahren!« Ihre Augen strahlten.

Sie drückte ihm einen herzhaften Kuss auf die Wange.

Tatsächlich erlaubte ihr der Vater am nächsten Tag, Leopold mit der Kutsche nach Massing zu bringen. Sie sagte, er müsse wegen seiner Prothese zum Schmied, ein Metallteil wäre abgebrochen; so könne er sie nicht mehr befestigen.

Tatsächlich waren neue Flüchtlinge angekommen. Ein Wunder, wie der Bürgermeister und die anderen Zuständigen es immer wieder schafften, die Leute unterzubringen, wenn auch manchmal nur notdürftig.

Die Frau, die den Zettel geschickt hatte, brachte sie zum Wirt in den Saal, wo die Menschen untergebracht waren.

Leopold war auffallend schweigsam auf der Fahrt gewesen, wo er doch beim letzten Mal so viel geredet hatte, von der Flucht und wie die Deutschen alle weiße Armbinden hatten tragen müssen, mit einem großen, schwarzen »N« für »Němci« drauf, was »Deutsche« hieß.

Es war sogar vorgekommen, dass deutsche jüdische Mitbürger im Sudetenland unter dem Naziterror den Judenstern tragen mussten. Wenn sie dies überlebt hatten, wurden sie dann, unter der Verfolgung durch die Tschechen, als Deutsche durch das »N« erneut gebrandmarkt.

Erzählungen, bei denen es Katharina schauderte.

Jetzt führte sie die Frau in den Saal. Ein unbeschreibliches Durcheinander herrschte da. Auf dem Boden waren Matratzen ausgebreitet, Frauen, alte Männer und Kinder lagen da. Eine unglaubliche Hitze, Kinder weinten, Säuglinge schrien.

Die Frau führte sie in eine Ecke des Saales, ganz hinten.

»Hier, Herr Leopold, das ist die Frau!«

Zwei Frauen, eine Junge mit einem Kind und eine Ältere saßen auf einer Matratze. Das Kind schlief in den Armen seiner Mutter.

»Leopold! Leopold Siegl!« Die ältere Frau stand auf und starrte Leopold an. »Das darf doch nicht wahr sein, Herr Leopold!«

Leopold starrte die Frau an, dann fragte er unsicher: »Frau Plott?«

»Ja, ich bin es, Junge! Frau Plott! Und das hier ist meine Schwiegertochter, Erika.« Die junge Frau sah müde zu ihnen auf.

»Frau Plott war unsere Reinemachefrau in Brünn, Katharina«, erklärte Leopold. »Es ist ja wie ein Wunder, dass Sie ausgerechnet hierhergekommen sind.« Er schüttelte der Frau aufgeregt die Hand.

»Setzen wir uns doch, hier ist noch etwas Platz! Hier, sie auch, Fräulein!« Frau Plott zeigte auf einen freien Platz neben sich.

»Wie geht es Ihnen, Herr Leopold?«

»Mir geht es gut, ich bin auf einem großen Bauernhof gelandet, vorerst. Dann werde ich weitersehen, wenn ich Mama und Edeltraud gefunden habe. Was wissen Sie, Frau Plott? Wissen sie etwas von ihnen?«

Frau Plott sah betreten zu Boden. »Ja, wissen Sie, Herr Leopold. Das war alles nicht einfach, damals in

Brünn. Wir mussten alle weg, alle Deutschen, an einem Tag, ohne Ausnahme. Auch Ihre Frau Mutter und die Edeltraud.« Sie verstummte.

»Das habe ich mir schon gedacht. Aber wo sind sie jetzt?«

»Ja, das war so!« Frau Plott schien auf den Worten zu kauen. »Wir kamen erst bis nach Pohrlitz, das ist ein Dorf ungefähr dreißig Kilometer von Brünn. Auf einem Feld waren fünf große Hallen, eine frühere Zuckerfabrik. Dort mussten wir hinein, ungefähr 20.000 Menschen, auch ihre Mutter und Edeltraud waren dabei. 13 Tage mussten wir dort bleiben, in großer Hitze, kaum zu essen und zu trinken. Schon am zweiten Tag brachen Ruhr und Typhus aus.« Sie senkte den Kopf und schwieg. Leopold war weiß wie die Wand.

»Und meine Mutter?«

»Sie hat es gleich erwischt, eine so zarte Frau wie sie war.« Tränen traten in ihre Augen. »Es hat nicht lange gedauert, wenn Ihnen das ein Trost ist, Herr Leopold.«

Leopold starrte die Frau entsetzt an. »Sie ist tot?«

Frau Plott nickte.

»Und Edeltraud?«

»Sie auch, sie hat es auch nicht überlebt.«

»Typhus?«, fragte Leopold leise.

Frau Proll nickte. Die junge Frau auf dem Boden, die bisher nur schweigend zugehört hatte, begehrte auf. »Mutter! Warum ...«

»Sei still!«, herrschte Frau Proll sie an. »Ja, es war Typhus. Es ging alles sehr schnell.«

»Sind Sie ganz sicher, Frau Proll, dass es dem Leopold seine Mutter und seine Schwester waren?«, fragte Katharina zweifelnd.

»Ich habe sie beide gesehen, tot. Es tut mir leid, Herr Leopold«, sie begann haltlos zu weinen. »Aber besser Gewissheit zu haben, als immer hoffen und warten.«

Katharina blickte auf die junge Frau, die verbittert und zugleich wütend auf die Schwiegermutter blickte. Was sie wohl wusste? Leopold schien es gar nicht zu bemerken, er war wie versteinert.

Spontan wollte Katharina Frau Proll anbieten, auf den Hof zu kommen, aber ein Gefühl warnte sie. Niedergeschlagen verabschiedeten sie sich von den beiden Frauen und gingen hinaus zur Kutsche.

Als die beiden den Saal verlassen hatten, brach es aus Erika heraus: »Mutter! Warum hast du ihm nicht die Wahrheit gesagt? Warum hast du ihm nicht gesagt, wie schrecklich Edeltraud wirklich umgekommen ist?« Sie fing haltlos an zu weinen.

»Sei ruhig, Erika!« Sie legte den Arm tröstend um die schluchzende, junge Frau. »Was für einen Sinn sollte das haben? Es würde ihm nur unnötigen Kummer machen.«

»Aber es darf nicht vergessen und verschwiegen werden, was sie mit uns gemacht haben!«, stieß Erika hervor.

»Nein, es darf nicht vergessen werden, Erika, da hast du Recht. Aber wenn wir immer wieder darüber sprechen, werden wir nie zur Ruhe kommen. Eine Schuld gegen die andere aufzurechnen, das hilft doch nicht. So werden wir niemals Frieden bekommen, auch keinen Frieden in unseren Herzen! Schau dein Kind an! Wie soll es jemals glücklich werden, wenn wir nicht vergeben können.«

Doch die junge Frau schüttelte nur verzweifelt den Kopf, zu erdrückend waren die Erinnerungen an das Schreckliche, das sie durchgemacht hatte. Wie sollte man das jemals vergessen und vergeben können?

Katharina lenkte die Kutsche mit dem schweigenden Leopold neben sich. Spontan hatte sie Frau Proll anbieten wollen, auf den Hof zu kommen, da wäre es immerhin besser gewesen als im Wirtssaal. Aber irgendein unbestimmtes Gefühl hatte sie zurückgehalten. Jetzt, draußen in der klaren Nacht, war es ihr plötzlich klar.

Etwas an der Geschichte war nicht wahr. Es fiel ihr wie Schuppen von den Augen. Ganz sicher, die beiden Frauen waren tot, und Frau Siegl mochte auch an Typhus gestorben sein.

Aber Edeltraud? Es schien ihr, als hätte Frau Proll Leopold eine letzte, schreckliche Wahrheit ersparen wollen.

Wie auch immer. Es war wohl gut gewesen, die Frauen nicht auf den Hof zu bringen, womöglich hätte die junge Frau in ihrer Verbitterung Leopold doch noch eine grausige Wahrheit gesagt.

Sie würde morgen Bert mit einem Wecken Brot und etwas Schmalz zu Frau Proll schicken, als kleine Gabe.

Leopold war wie versteinert, als sie ihn nach Hause brachte. Bert spannte das Pferd aus, und sie ging mit Leopold in die Futterkammer. Er setzte sich niedergeschlagen auf den Strohsack, und sie setzte sich neben ihn.

Sie nahm seine Hand. »Ich möchte dich gar nicht alleine lassen, Poldi. Soll ich den Bert holen, dass er heute Nacht bei dir bleibt? Er wird es sicher tun, wenn ich ihn darum bitte.«

Leopold schüttelte den Kopf. »Ich möchte jetzt allein sein«, bat er leise.

Unschlüssig stand sie vor ihm, konnte sich aber nicht zum Gehen durchringen. Schließlich setzte sich sich wieder, legte den Arm um ihn und bettete sanft seinen Kopf an ihre Schulter.

»Das tut mir so leid, Poldi.«

Es war ganz still in der Kammer, nur das Schnauben und Scharren der Pferde draußen war gelegentlich zu hören.

Still saßen sie beieinander, bis Leopold schließlich sagte: »Du musst hinüber ins Haus, Katharina. Ich möchte nicht, dass du Ärger bekommst wegen mir!«

Sie drückte ihn an sich und gab ihm einen Kuss aufs Haar.

»Ja, ich gehe jetzt, morgen sehen wir uns wieder. Ich weiß, du wirst ganz tapfer sein, gell?«

Er nickte nur und sah ihr nicht einmal nach, als sie ging.

Es zerriss Katharina schier das Herz, wenn sie Leopold in den nächsten Tagen sah, mit hängenden Schultern, gebeugt wie ein alter Mann. Sie konnte so wenig für ihn tun.

Bert und Emerenz hatte sie erzählt, was geschehen war; der Mutter erzählte sie lieber nichts. Sie könnte der Ansicht sein, dass sie sich zu viel um den Soldaten aus der Sattelkammer kümmerte.

Der Vater, der wieder in seiner früheren Kammer schlief, war ohnehin beschäftigt. Magdalena und er hatten ihre eheliche Gemeinschaft also nicht wieder aufgenommen.

Er war den ganzen Tag unterwegs, die alten Bekanntschaften wieder aufzufrischen und vor allem die große Feier vorzubereiten, die in ein paar Tagen stattfinden sollte. Katharina war alle Freude daran vergangen.

Endlich war der große Tag gekommen. Bela hatte in der Mitte des Hofes ein Feuer entzünden lassen, sehr zum Missfallen Magdalenas. Dann kamen die Ungarn. Fünf Mann waren es mit Pferden und Wagen. Darauf hatten sie, unter Decken und Stroh versteckt, ein ganzes totes Schwein. Unglaublich! Wo Schwarzschlachten doch verboten war! Bela und die Ungarn lachten nur! Vielleicht für euch Deutsche, meinten sie gut gelaunt. Dann luden sie ein Fass Bier und etliche Flaschen Wein ab. Das hatte man schon lange nicht mehr gesehen.

Leopold musste Bert helfen, provisorische Sitzgelegenheiten und Tische aus Holzböcken und Holzläden aufzustellen. Emerenz kochte Kartoffeln und machte Kartoffelsalat, wenn auch mit wenig Öl. Die anderen Kartoffeln würde man ins Feuer zum Braten werfen, meinte Bela.

Den ganzen Tag grillte das Schwein am Feuer, der Duft von gebratenem Fleisch zog verführerisch in die Nase, und die Flüchtlingskinder standen staunend um das Feuer. So etwas hatten sie vorher noch nie gesehen!

Als es dunkel wurde, begann das große Fressen! Jeder bekam Fleisch auf seinen Teller, dazu Brot und Kartoffeln im Überfluss. Für die Kinder hatte Katharina einen Korb mit Äpfeln gepflückt als Nachtisch, und die ganz Kleinen bekamen Milch!

Langsam ließ sich Katharina von der Erwartung und der Freude anstecken, und als dann, nachdem alle satt waren, die Ungarn ihre Instrumente, eine Art von Gitarre und eine Harmonika, auspackten und Bela seine geliebte Geige hervorholte, war sie endlich restlos begeistert und glücklich.

»Bela, der Teufelsgeiger«, applaudierten die Ungarn begeistert und sprachen ausgiebig dem Bier und dem Wein zu, während sich alle anderen an Wasser aus dem Brunnen hielten, nur gelegentlich ließ sich eine der Flüchtlingsfrauen zu einem Schluck Wein überreden. Magdalena saß etwas im Hintergrund und betrachtete mit unbewegter Miene das ausgelassene Treiben.

Endlich stand Bela auf und nahm Katharina am Arm.

»Komm, Katharina, tanzen wir!«

»Ich kann nicht tanzen, Vater«, sträubte sie sich.

»Doch, du kannst! Denke daran, dass du eine halbe Ungarin bist!«

Er begann, sie erst langsam, dann immer schneller zu drehen, und Katharina jauchzte vor Vergnügen. Endlich hielt er still, sie schwankte leicht vor und zurück. Bela lachte und führte sie an ihren Platz zurück, wo sie sich, völlig außer Atem, neben Emerenz setzte.

Die Musikanten begannen erneut zu spielen, und diesmal ging Bela zu Magdalena. Er streckte die Hand aus. »Magdalena, bitte!«

Sie schüttelte den Kopf, alle starrten gebannt auf das Paar.

»Komm!« Wieder reichte er ihr die Hand, und zum Erstaunen aller stand Magdalena auf und folgte ihm ans Feuer. Bela rief den Musikanten etwas zu, und sie ließen die Polka ausklingen, die sie gerade spielten, und begannen einen Walzer. Gewandt führte Bela seine Frau über den Hof, und sie tanzte mit ihm, so leicht wie eine Feder. Als die Musik jedoch erneut eine Polka begann, riss sie sich los und lief ins Haus. Einen Moment sah es so aus, als ob Bela ihr folgen wollte, dann schien er sich anders zu besinnen und kehrte ans Feuer zurück.

Leopold saß still etwas abseits von den Flüchtlingsfrauen.

Katharina ging zu ihm hin. »Magst nicht ein bisschen Wein oder einen Krug Bier?«

Er schüttelte den Kopf.

»Komm, Leopold, ein Schluck Wein wird dir gut tun, der vertreibt ein bisschen die Sorgen aus dem Kopf.«

Gehorsam nahm er das Glas und trank.

»Katharina, komm!« Wieder winkte ihr Vater ihr zu.

Sie stand auf und ging zu ihm hin. Er stellte sie vor seine ungarischen Freunde hin. »Seht ihr, das ist meine Tochter, ist sie nicht wunderschön?«

Tatsächlich sah Katharina in ihrer weißen Bluse, dem langen, weiten, blauen Rock mit den schwarzen Bordüren und dem breiten Gürtel, den ihr der Vater mitgebracht hatte, wunderschön aus. Bela war zu Recht stolz auf seine Tochter.

Nun spielten die Musikanten bekannte deutsche Volksweisen, und Bela und Katharina begannen zu singen. Alle bewunderten Katharinas glockenreine Stimme, und nach und nach stimmte einer nach dem anderen in den Gesang ein. Auch die Flüchtlingsfrauen stimmten einige Lieder aus ihrer Heimat an, und so mancher liefen die Tränen dabei über das Gesicht. So etwas Schönes wie diesen Abend hatte man seit Jahren nicht mehr erlebt!

So neigte sich das Fest langsam dem Ende zu. Die Kinder waren längst auf ihren Matratzen eingeschlafen, die Frauen warteten müde und geduldig darauf, abräumen zu dürfen. Von dem Schwein war nur noch das Gerippe übrig, auch alle Kartoffeln und das Brot waren verzehrt. Lediglich einige Äpfel lagen noch im Korb, die würden morgen ihre Abnehmer finden. Das Feuer war heruntergebrannt, nur noch etwas leichte Glut glomm in der Dunkelheit.

»Meine Freunde hüten das Feuer, gehen wir zu Bett!«

Die Ungarn legten sich auf ihre Umhänge auf die Bänke, sie schienen es gewöhnt zu sein. Alle anderen wanderten zu ihren Schlafstätten.

Katharinas Augen suchten in der Dunkelheit nach Leopold, aber sie konnte ihn nicht finden. Vermutlich war auch er schon in der Futterkammer verschwunden. Ruhe senkte sich über den Hof.

Katharina fand keinen Schlaf, zu sehr war sie aufgewühlt von dem ungewohnten Erlebnis des heutigen Festes, zu voll von dem vielen Essen und vor allem vom Wein, den sie gar nicht gewohnt war. Richtig beschwipst war sie.

Leise stand sie auf und stieg im Nachthemd die knarzende Treppe hinab. Nur ja niemanden aufwecken! Leise schlich sie sich aus dem Haus. Um die Feuerstelle lagerten die ungarischen Männer und schnarchten. ›Von wegen aufpassen!‹, dachte Katharina, aber die Glut war ohnehin kalt geworden. Leise schlich sie sich an der Tenne entlang zum Pferdestall und ging hinein. Ein Pferd wieherte. »Pscht!«, flüsterte sie.

Dann öffnete sie die Tür zur Futterkammer.

»Poldi? Schläfst du schon?« Ein leises Geräusch kam vom Strohsack aus der Ecke. Vorsichtig tapste

Katharina darauf zu. Jetzt erst hörte sie, dass Leopold weinte.

»Poldi! Du darfst nicht weinen! Das macht mich ganz traurig!«

Sie setzte sich auf den Strohsack zu ihm und beugte sich zu ihm hinab, legte ihren Arm um ihn.

Poldi schluchzte. »Es tut mit leid! Aber weißt du, die Musik und das alles heute, das hat mich so an glückliche Tage bei uns erinnert. Tage, die nie mehr wiederkommen!«

»Poldi«, sagte sie weich. »Solche vielleicht nicht, aber noch viele andere glückliche Tage. Es wird alles gut werden.«

Sie legte sich neben ihn und drückte ihn an sich. Dann begann sie, ihn zu küssen.

»Katharina, das dürfen wir nicht tun!«

»Doch, Poldi, das dürfen wir. Warum denn nicht? Wir tun doch nichts Böses.«

Er atmete tief durch und begann, ihre Küsse zu erwidern. Er spürte ihre festen Brüste unter dem leinenen Hemd, und seine Hände wanderten langsam über ihren Körper.

Sie seufzte. »Ach, tut das gut, Poldi! Das ist so schön bei dir!«

»Katharina, ich bin so glücklich, dass du bei mir bist!«

Es war noch dunkel, kurz vor der Morgendämmerung, als Katharina wieder hinüber ins Haus schlich. Einer der Ungarn stand am Brunnen und schlürfte aus der hohlen Hand Wasser. Katharina hoffte, dass er sie nicht sah, und schlüpfte behände ins Haus und hinauf in ihr Zimmer. Ihr Herz klopfte zum Zerspringen. Sie legte sich ins Bett und überdachte die letzten Stunden. Ein untrügliches Gefühl sagte ihr, dass sie jetzt sehr wachsam sein musste. Doch als sie nochmals kurz einschlief, träumte sie davon, wie schön es wäre, wieder bei Poldi zu liegen und sich ihm ganz hinzugeben.

Es könnte alles so einfach sein! Wenn nur diese komplizierte Welt nicht wäre!

Von da an versuchten die beiden so oft wie möglich zusammen zu sein, was nicht leicht zu bewerkstelligen war, es durfte ja niemand etwas von ihrer Liebschaft merken!

Einmal verabredete sich Katharina mit Leopold droben am Waldrand.

»Heute werde ich dir etwas ganz Besonderes zeigen«, hatte sie ihm versprochen, und als er am vereinbarten Platz eintraf, droben am Himbeerschlag, nahm sie ihn an der Hand, bückte sich und zog ihn mit sich.

Hinter den Büschen tat sich eine Waldlichtung auf, mit grünen Moospolstern bewachsen und einem Dach aus Blätterwerk.

»Ist es nicht wunderschön hier?«, wisperte sie. Leopold sah verwundert um sich.

»Ja, da hast du Recht! Das ist ein ganz besonderer Platz.«

»Genau! Und darum darfst du ihn auch niemandem verraten. Das ist ab jetzt unser Liebesnest.« Sie legte sich auf das weiche Moos und zog Leopold zu sich herab, auf das weiche, grüne Lager, das ihnen die Natur bereitet hatte. Immer und immer wieder, sooft es die Zeit und die Witterung erlaubten, trafen sie sich dort auf der geheimen Waldlichtung und liebten sich.

Liebende in ihrer Blindheit und ihrem Glück glauben, auch die anderen würden die Welt durch die rosarote Brille sehen. Für die anderen hatte sich nichts verändert, doch sie spürten die Verwandlung, die mit Katharina vorgegangen war. Ihre Verträumtheit, eine leichte Vertrautheit mit Leopold, wie sie sich neckten und er sich um sie kümmerte, ihr Wasser einschenkte und wie sich ihre Hände heimlich berührten, wenn er ihr ein Stück Brot reichte.

Bert und Emerenz fielen diese kleinen Veränderungen auf, auch wenn sie selbst diese Lebensphase schon lange hinter sich gelassen hatten. Sie kannten ihre Katharina und sie beobachteten sie genau. Emerenz bemerkte natürlich auch, dass immer wieder Kleinigkeiten aus der Speisekammer fehlten, und ihr war klar, wer die genommen hatte und wohin sie gewandert waren.

Auch Bert machte so seine Beobachtungen, und als er einmal unerwartet spät in einer kühlen Oktobernacht von einer Käfersuche zurück kam, einen hellen Schatten über den Hof laufen und im Haus verschwinden sah, wusste er Bescheid.

Nein! Nicht noch einmal das Gleiche, was sich vor vierundzwanzig Jahren zugetragen hatte! Dieser Leopold mochte ein anständiger Bursche sein, sicher nicht so ein Bruder Leichtfuß wie Bela, aber ein Bauer war er noch weniger als jener! Magdalena würde schäumen vor Wut, wenn sie das herausbringen würde. Nicht auszudenken, was passieren würde!

Er musste mit Katharina sprechen, heute noch!

»Katharina, ich hab einen neuen Schmetterlingskasten gebaut. Willst ihn dir mal anschauen?« Mit dieser List lockte er sie in sein Zimmer, und sie fiel prompt darauf herein. Schmetterlingskästen interessierten sie zwar nicht mehr sonderlich, aber sie wollte Bert nicht enttäuschen. Danach konnte sie immer noch zu Leopold gehen.

»Wo hast denn deinen Kasten?«, fragte sie ganz arglos.

»Setz dich erst einmal her zu mir, Katharina, ich muss dir etwas sagen.«

Und er erzählte ihr, wenn auch nicht in allen Einzelheiten, wie er damals entdeckt hatte, dass sich die Magdalena, ihre Mutter, heimlich mit Bela, ihrem Vater, getroffen hatte.

»Wenn der Simon, der Altbauer und dein Großvater, das gemerkt hätte, ich glaube, er hätte sie erschlagen. Aber dann ist er verunglückt, und deine Eltern hatten freie Bahn. Wie es weitergegangen ist, das weißt du.«

Die Katharina hörte ihm mit gerunzelter Stirn zu. Was wollte der Bert von ihr?

»Ich muss dich warnen, Katharina. Lass das mit dem Leopold, der ist nichts für den Hof, und deine Mutter lebt und würde es niemals dulden, dass ihr heiratet.«

Katharina war rot geworden, wie Magdalena damals begehrte sie auf: »Du spionierst mir also nach!«

»Nein, ich spionier dir nicht nach, Katharina, ich habe es durch Zufall entdeckt, dass du nachts zum Leopold schleichst. Und ich kann mir denken, dass ihr nicht nur miteinander redet, schließlich war ich auch einmal jung.«

Katharina sprang erregt auf.

»Bleib sitzen, Katharina! Ich will dich nur vor Unglück bewahren, weil ich dich so gern hab wie ein eigenes Kind, das weißt du.«

»Aber was sollen wir denn machen, wenn wir uns halt lieb haben?« Katharina sah Bert flehend an.

»Die Liebe hält nicht ewig, schau deine Eltern an, Katharina. Und wenn die Herkunft und die Zukunft nicht zusammenpassen, dann hat das nicht ein ganzes Leben lang Bestand, das muss es aber haben auf einem Hof. Mach dich nicht unglücklich, Katharina, und den Leo dazu. Du bist doch ein vernünftiges Madl. Denk darüber nach!«

Niedergeschlagen ging Katharina hinaus und zu Leopold. Sie würde ihm nichts von Berts Vorhaltungen sagen, er litt noch so unter der Todesnachricht seiner Familie, und sie wollte ihn nicht unnötig beunruhigen. Er hatte so dringend etwas Frieden, Ruhe und Glück nötig.

Aber als sie auch noch von Emerenz angesprochen wurde und diese sie warnte vor dem Leopold, dem sie die kleinen Schmankerln bringen würde und sie, die Emerenz, sei doch nicht dumm und blind, da wurde es Katharina schon mulmig zumute. Trotzdem, sie konnte und wollte nicht von Leopold lassen, sie hatte ihn von Tag zu Tag lieber, und er brauchte sie.

Leopold ahnte zwar nichts von Katharinas Kummer, aber auch er machte sich seine Gedanken. Wie sollte das weitergehen? Dass ihn die Bäuerin nie akzeptieren würde, das war so sicher wie das Amen in der Kirche! Ihr Vater vielleicht noch, aber selbst da war er sich nicht sicher. Aber Katharina verlassen, die er doch so liebte, das konnte er nicht mehr!

Bert beobachtete weiterhin, dass Katharina zu Leopold schlich, seine Vorhaltungen hatten also nichts gefruchtet! Er war, weiß Gott, nicht der

Mensch, der sich in das Leben anderer einmischte, und schon gar nicht in das der Bauernfamilie. Aber er fühlte die Katastrophe kommen, und in seiner Sorge beschloss er, mit Bela zu sprechen. Ganz sicher war er nicht, wie dieser reagieren würde, aber immerhin war er Katharinas Vater. Vor Magdalena musste das Geheimnis auf jeden Fall verborgen bleiben.

Als sie während der nächsten Tage zusammen zu einem Markt fuhren, erzählte er Bela die ganze Geschichte.

Bela zog vor Schreck die Zügel an, und das Gefährt kam zum Stehen.

»Die Katharina und der Leo? Das darf nicht wahr sein!«

»Doch, es ist wahr, ich hab schon mit der Katharina gesprochen, aber es hat nichts genutzt.«

Bela schlug die Hände vors Gesicht. »Um Gottes willen, nicht noch einmal das! Und dieser Leo, das ist doch ein ganz weicher, sensibler Bursche. Der wäre der Magdalena niemals gewachsen! Mir ist es irgendwie noch gelungen, aber glaub mir, Bert, es ist nicht einfach für einen Mann, sich so behandeln zu lassen.«

Zum ersten Mal sprach Bela mit Bert über die Misere seiner Ehe. Bert schwieg. Was sollte er auch sagen dazu, es mochten wohl beide ihre Schuld daran haben.

»Am besten ist, du redest einmal mit dem Leopold! Du bist ja der Bauer und der Vater von der Katharina.«

»Ja, das wird am besten sein. Er muss vom Hof, und zwar möglichst schnell. Wie lange geht das denn schon?«

Der Bert zuckte die Schultern. »Ich weiß es seit zwei Monaten, aber wie lange sie es schon treiben miteinander, das weiß ich nicht«, meinte der Bert unverblümt.

»Das muss ein Ende haben. Wenn die Magdalena das erfährt, die ist doch schon auf der Suche nach einem Mann für die Katharina! Sogar zu den Freisingerischen will sie gehen, und stell dir vor, die Katharina hätte schon einen anderen! So eine Blamage für die Magdalena!«

Der Bert dachte an die alte Geschichte mit den Großbuchbergern damals und an die Schande für den Bauern, als die Magdalena in Hosen dahergekommen war, und vor allem an die Folgen!

Ja, die Krölls, die konnten recht jähzornig werden, wenn nicht alles nach ihrem Kopf ging. Da war die Magdalena nicht anders als ihr Vater.

Bela stapfte durch den ersten Schnee in den Pferdestall.

Grob öffnete er die Tür zur Futterkammer. Leopold lag auf dem Strohsack, in sein lateinisches Wörterbuch vertieft.

Bela baute sich breitbeinig vor dem Burschen auf.

»Stimmt es, dass du eine Liebschaft mit der Katharina hast?«, begann er ohne Umschweife und sah auf den Burschen hinab.

Leopold stand auf, wenigstens auf gleicher körperlicher Ebene wollte er mit dem Bauern stehen bei dieser Auseinandersetzung.

»Wer hat das gesagt?«, fragte er vorsichtig.

»Das tut nichts zur Sache, wer das gesagt hat. Ich will wissen, ob es wahr ist!«

Leopold schluckte.

»Los, sag schon, ja oder nein!« Bela ging drohend einen Schritt auf Leopold zu.

»Ja, es ist wahr, ich liebe deine Tochter und sie liebt mich!«

Leopold sah Bela offen ins Gesicht, der schloss für einen Moment die Augen.

Die Liebe, was hatte die schon alles angerichtet im Leben der Menschen!

»Du musst fort! Morgen packst du deine Sachen! Und kein Wort zu Katharina. Du bist einfach weg, und sie wird darüber hinwegkommen. Mach uns nicht alle unglücklich!«

»Das kann ich nicht, nicht ohne mit Katharina zu sprechen. Das kann ich ihr nicht antun! Das geht gegen meine Ehre!«

»Ehre! Es ist das Beste so! Glaub mir!« Fast flehentlich sprach Bela auf den Burschen ein. »Ich werde mich um Katharina kümmern, das verspreche ich dir. Du weißt nicht, was passieren könnte, wenn du und Katharina«, er stockte, wie auch könnte er dem jungen Mann in Kürze erklären, wie die Verhältnisse hier auf dem Hof waren. Außerdem – es ging den Burschen auch nichts an, morgen würde er aus ihrem Leben verschwunden sein. Noch war nichts geschehen.

Er spielte noch einmal seine Autorität aus: »Also, wie gesagt, morgen früh bist du weg, oder ich muss andere Maßnahmen ergreifen, wenn du verstehst, was ich meine«, drohte er, als er hinausstapfte.

Leopold war leichenblass geworden, er ließ sich auf den Strohsack fallen. Was sollte er tun? Was hatte er sich erhofft? Er war einfach so in diese Geschichte hineingeschlittert, ohne Absichten. Aber jetzt liebte er Katharina!

Natürlich hatte auch er sich in letzter Zeit Gedanken gemacht, ob sie eine gemeinsame Zukunft haben könnten hier am Hof. Er wusste ja selbst, er war kein Bauer, er war überhaupt nicht dafür geeignet. Und dass er als Schwiegersohn auf der Universität studieren würde und später vielleicht als Lehrer arbeiten könnte, wenn auch nur als Volksschullehrer in der Umgebung, darüber konnte sogar selbst er nur den Kopf schütteln. Und in die Köpfe dieser Menschen hier würde so eine Vorstellung überhaupt nicht passen. Er wäre immer ein Außenseiter, mehr noch als jetzt, wo er nur als Flüchtling angesehen und wenigstens geduldet wurde.

Katharinas Vater hatte Recht, das musste er zugeben. Das Beste war wohl, von hier wegzugehen, auch wenn nur der Gedanke daran ihm fast das Herz zerriss. Aber sich wie ein Dieb davonschleichen, nein, das kam nicht in Frage! Er würde mit Katharina sprechen und ihr seine Absicht mitteilen.

Er musste nicht allzu lange warten, bis sich Katharina, spätnachts, in seine Kammer schlich. Leopold lag mit offenen Augen auf dem Lager, an Schlaf war nicht zu denken.

»Poldi, du schläfst ja noch gar nicht.« Katharina legte sich zu ihm und schmiegte sich an ihn.

Müde legte er seinen Arm um sie. »Nein, ich kann nicht schlafen.«

»Ich muss dir etwas sagen, Poldi«, flüsterte Katharina.

»Ich dir auch!«

»Ja?« Katharina richtete sich auf. Es war dunkel im Raum, und sie konnte sein Gesicht nur erahnen. »Was denn?«

»Ich gehe weg morgen, für immer«, sagte er mit belegter Stimme.

Für einen Moment war es totenstill.

»Du gehst weg, ohne mich? Und warum?«

»Weil es nicht sein kann, Katharina. Das weißt du selbst. Außerdem war dein Vater heute bei mir und hat mich entlassen. Morgen muss ich los.«

»Morgen musst du los! Und du lässt dir einfach gefallen, was mein Vater sagt!« Sie atmete tief. »Und ich? Werd ich überhaupt nicht gefragt? Glaubt ihr, ihr könnt mit mir umgehen wie mit einem Stück Vieh?«

Auch Leopold hatte sich aufgesetzt. »Nein, natürlich nicht, Katharina. Aber hat er nicht Recht? Ich passe einfach nicht zu euch, ich bin kein Bauer!«

»Aber du kannst einer werden!«, drängte sie.

Er schüttelte den Kopf. »Nein, Katharina. Bauer kann man nicht so einfach werden wie Schreiner oder auch Lehrer! Das hat einen ganz anderen Hintergrund, verstehst du nicht! Ich bin kein Bauer und werde nie einer sein. Und du musst einen Bauern heiraten für den Hof, da haben dein Vater und deine Mutter Recht.«

»Für den Hof! Du redest ja schon wie die! Und der Vater«, schnaubte sie verächtlich, »der muss gerade reden!«

»Eben, weil er weiß, wie das ist. Ich glaube, er meint es im Grunde wirklich gut mit uns.«

Katharina stand auf. »Gut«, sagte sie ruhig, »dann werde ich unser Kind allein aufziehen.«

»Was sagst du da? Katharina!« Er war aufgesprungen und stand im Dunkeln neben ihr. Er spürte, wie sie zitterte. »Du bekommst ein Kind? Seit wann weißt du das?«

»Schon einige Zeit, aber ich wollte ganz sicher sein, bevor ich es dir sage. Jetzt bin ich es!«

Er umarmte sie, aber sie versuchte, sich ihm zu entwinden. »Katharina! Bleib! Mein Gott, ich will dich doch nicht verlassen! Und jetzt ist alles ganz anders! Was sollen wir nur tun?«

Katharina machte sich frei. »Ich versteh euch alle nicht! Was soll da so schwierig sein? Die Mutter, ich und auch der Vater, dazu der Bert und die Emerenz, so lange sie noch können, wir werden es doch gemeinsam schaffen, den Hof zu bewirtschaften. Es geht aufwärts, jetzt nach dem Krieg. So viele Menschen sind ins Land gekommen, die Arbeit suchen und die arbeiten wollen. Für alle ist hier eine Heimat. Auch für dich und unsere Kinder.«

»Und ich? Was für einen Platz habe ich dabei?«

»Auch du wirst deinen Platz finden. Was genau, weiß ich noch nicht, aber die Zeiten ändern sich. Vielleicht findest du einen Platz in der Gemeinde und kannst da mithelfen, du bist doch so gescheit. Und du kannst dich um allen Schreibkram und alle Behördensachen kümmern, das wird immer mehr werden, jetzt mit der amerikanischen Besatzung und den vielen Vorschriften. Und außerdem – du bist der Vater unserer Kinder!«

Katharina hatte immer drängender gesprochen, und auch in Leopold regte sich ein blasser Hoffnungsschimmer, so klar und einfach waren Katharinas Worte.

»Was sollen wir tun? Soll ich morgen mit deiner Mutter sprechen?«

»Um Gottes Willen, nein!«, rief die Katharina erschrocken. »Das muss ich selber tun! Da muss ich einen geeigneten Zeitpunkt abwarten.« Sie überlegte.

»Am besten ist, du gehst morgen, dann ist vorerst Ruhe, weil der Vater meint, du bist für immer weg. In Massing wirst du schon eine Unterkunft finden, melde dich beim Bürgermeister Wagenhuber und sag ihm einen Gruß von mir. Er kennt mich von klein auf; ich glaub, er wird uns helfen, wenn es so weit ist.«

»Gut, Katharina«, fügte sich Leopold.

»Ich werd nicht gut weg können von hier in nächster Zeit, da passt der Vater schon auf!« Es klang höhnisch. »Aber du kannst mir Nachrichten über die Frau Hartl, von den Flüchtlingen drüben in der Scheune, zukommen lassen. So bleiben wir in Verbindung. Sie wird unser Bote sein. Red morgen noch mal mit ihr, bevor du gehst. Sie wird uns verstehen und nichts verraten.«

»Ach, Katharina, du bist so klug und stark!«, seufzte Leopold, und Katharina dämmerte in dieser Stunde, dass in dieser Beziehung wohl immer sie die Starke und Tatkräftige sein müsse.

Ein letztes Mal liebten sie sich zärtlich und voll Leidenschaft, dann trennten sie sich unter Tränen.

Am nächsten Tag war Leopold fort, die Futterkammer leer. Bert und Bela wechselten einen verständnisinnigen Blick; sie wunderten sich, wie ruhig und gefasst Katharina nach außen wirkte.

»Katharina!« Bela zog seine Tochter zu sich in die Stube und schloss die Tür. »Ich muss mit dir reden! Ich weiß, dass du mit dem Leopold ein Techtelmechtel gehabt hast«, begann er.

»Ein Techtelmechtel!«, fuhr Katharina auf. »Du weißt nicht, wovon du redest!« Tränen traten in ihre Augen. »Was weißt du denn schon von der Liebe,

Vater! Du mit deinen Weibergeschichten, wie sie überall erzählt werden!«

»Katharina! So redest du nicht mit mir!« Er sah sie streng an, dann entgegnete er bitter: »Ich weiß sehr wohl, was Liebe ist, und auch, wie sie enden kann. Davor will ich dich bewahren. Der Leopold passt nicht zu uns, das musst du doch selbst sehen!«

»Aber du! Du hast da hergepasst! Drum habt ihr euch gar so gern, die Mutter und du! Du hast mir gar nichts zu sagen!«

»Ich will dich doch nur vor einer Dummheit bewahren. Was glaubst du denn, was die Mutter sagen täte, wenn sie das erfährt! Sie ist doch quasi schon auf dem Weg zu den Freisingerischen wegen dem Simon!«

Katharina warf den Kopf zurück! »Das werd ich der Mutter schon ausreden, das lass meine Sorge sein! Ich hab einen Trumpf in der Hand!«, sagte sie stolz.

»Katharina, mach keine Dummheiten. Füg dich, das ist das Beste!« Bela nahm seine widerspenstige Tochter in die Arme. »Glaub mir, Katharina! Irgendwann wird der Leopold nur noch eine schöne und wehmütige Erinnerung sein. Wir Menschen können nicht immer das tun, was wir wollen. Das habe ich auch lernen müssen. Wir müssen uns unserer Verantwortung stellen, auch wenn es schwer fällt.«

»Ich hab auch meine Verantwortung, Vater«, sagte sie und dachte an das Kind, das in ihrem Leib heranwuchs.

Leopold hatte der Katharina, wie vereinbart, eine Nachricht geschickt, wo in Massing er eine Unterkunft gefunden hatte. Dieses Problem war also vorerst gelöst. Katharina wartete auf eine Gelegenheit, um mit der Mutter zu reden, und diese sollte schneller kommen als gedacht.

Kaum eine Woche war Leopold weg, da holte die Mutter Katharina in die Stube.

»So, Katharina! Jetzt ist der Krieg vorbei, und die Männer kommen wieder heim – soweit sie nicht gefallen sind«, fügte sie bitter hinzu. »Die Zeiten sind schlecht, noch schlechter, als sie im Krieg gewesen sind.« Sie schüttelte den Kopf. »Und dann die vielen Flüchtlinge! Wie die alle untergebracht werden sollen. Man kann die Leut ja nicht ewig am Hof behalten und durchfüttern.«

»Ich find, du machst das sehr gut, Mutter! Keiner muss bei uns hungern, und alle sind einigermaßen anständig untergebracht, besser als anderswo« – sie dachte an die Notunterkunft im Wirtssaal.

Überrascht sah die Magdalena auf, es kam so gut wie nie vor, dass sie für ihre viele Arbeit und Mühe gelobt wurde.

»Ja, es sind halt arme Teufel! Da geht's uns noch gut dagegen, wir haben immer noch unseren Hof, wenn ich oft auch nicht weiß, wie es die nächste Zeit weitergehen soll. Ein tüchtiger junger Bauer muss halt her. Ich spür, wie meine Kraft immer weniger wird, und dann – dieses ewige Kopfweh!«

Katharina sah die Mutter gedankenvoll an, selten einmal, dass sie sich so fast vertraulich unterhielten. Fünfzig Jahre war die Mutter erst alt, aber so etwas von abgearbeitet, müde und verhärmt, wie sie da am Tisch saß. Nein, so wollte sie, Katharina, einmal nicht werden!

»Ja, Katharina, es wird Zeit, dass du heiratest!« Katharina erschrak, jetzt musste es zu ihrem Geständnis kommen. Aber das Gespräch hatte sich gut angelassen, sie war ganz hoffnungsvoll.

»Ich hab an den Freisinger-Simon gedacht. Was meinst denn du dazu? Er ist wieder daheim, und gesund soll er auch sein. Und die zwei Höfe zusammen«, ihre müden Augen leuchteten auf, »das wäre ein Besitz, darauf könntest stolz sein, Katharina!«

Katharina blieb still.

»Du sagst nichts? No ja, kommt halt ein bisserl überraschend, und grad die Freisingerischen! Aber heutzutag muss man die alten Streitigkeiten vergessen. Wir werden uns schon zusammenraufen. Ich möcht nächste Woche hinüberfahren, der Bert soll mich anmelden in den nächsten Tagen und vorsondieren.«

Katharina wusste, dass sie jetzt mit der Sprache herausrücken musste; eine furchtbare Schande wäre es, wenn die Mutter mit den Freisingerischen reden würde und sich dann herausstellte, dass die Katharina schwanger war! Das konnte sie der Mutter nicht antun.

»Ich muss dir etwas sagen, Mutter! Das mit dem Simon, das wird nichts. Die Fahrt kannst dir sparen!«

Die Mutter sah überrascht auf.

»Ich bin schon verlobt!«

»Was?« Magdalena sprang hoch, wie von der Tarantel gestochen. »Das kann doch nicht sein! Ja, mit wem denn?«

»Mit dem Leopold.«

»Mit dem Leopold?« Die Mutter runzelte die Stirn und schien nachzudenken. »Du meinst doch nicht etwa den Flüchtling drüben in der Sattelkammer?«, fragte sie ungläubig.

»Doch, genau den mein ich!«

Die Mutter lachte hart auf. »Das ist nicht dein Ernst, oder? Den mit seinem Humpelhaxen, der nix ist und nix hat?«

»Der Leopold ist ein gescheiter Mensch, Mutter! Der stammt aus einer guten Familie, und in Brünn, wo er herstammt, haben sie ein großes Haus gehabt, eine Villa! Und sein Vater war ein Doktor!«

Magdalena sah ihre Tochter fassungslos an. »Ja, bist du denn nicht noch dümmer? Die sagen doch alle, dass sie was gehabt haben, zumindest ein Rittergütl. Mei, Madl, so viele Güter und Häuser und Schlösser hätt der ganze Osten nicht gefasst, wie es angeblich gegeben hat. Die wollen doch alle nur eine Entschädigung, dafür, dass sie dort in Hütten g'haust haben! Und du glaubst den ganzen Schmarr'n!«

»Mutter, das ist nicht wahr, was du da sagst! Vielleicht machen das manche so, aber der Poldi gwiss nicht.«

»Ach, Poldi heißt er schon!«, spöttelte die Magdalena. »Schwamm drüber!« Mit einer energischen Handbewegung wischte sie alle Argumente ihrer Tochter vom Tisch. »Es bleibt dabei, nächste Woche red ich mit dem Simon.«

Sie stand auf, das Gespräch war für sie beendet. Auch Katharina war aufgestanden und stellte sich ihrer Mutter in den Weg.

»Nein, Mutter, tu's nicht. Ich heirate den Simon nicht, ich heirate den Leopold!«

Die Magdalena kniff die Augen zusammen. »Schluss jetzt! Du machst nicht den gleichen Fehler, wie ich ihn damals gemacht hab. Ja, wenn mein Vater nicht verunglückt wär, der hätt das nie zugelassen; aber ich leb noch, das merkst du dir, und ich sorg dafür, dass du keine Dummheiten machst. Dein Vater war Unglück genug, noch so einen Hungerleider und Rumtreiber verkraftet der Hof nicht.«

»Der Hof, der Hof und noch mal der Hof!«, schrie die Katharina jetzt verzweifelt. »Gibt's denn nichts anderes in deinem Leben als den Hof? Jetzt, wo man so viel Schlimmes überlebt hat?«

»Grad jetzt! Grad jetzt weist es sich, was Haus und Hof und Grund wert sind! Seit Generationen gehört uns der Hof!«

»Aber doch nur, weil wir Glück gehabt haben. Ein paar Stunden weiter haben die Leut alles verloren!«

»Eben, gerade deswegen muss man sich dessen würdig erweisen, was man besitzt.«

»Aber das tu ich doch, Mutter! Ich will's doch tun!«

»Dann heirate einen Bauern, wie es sich gehört! Einen, der was ist, der was hat, der was kann und der zu uns gehört!«

»Nein, ich heirate den Leopold!«

»Dann musst gehen, Katharina, dann enterb ich dich und verschenk den Hof! Dann hab ich keine Tochter mehr! Das ist mein letztes Wort! Eine Woche hast du Zeit zum Überlegen!«

Sie ging zur Tür, dort drehte sie sich noch einmal um: »Und dass sich der Kerl nimmer hier blicken lässt, sonst treib ich ihn eigenhändig mit der Peitsche vom Hof.«

Katharina sank auf die Eckbank. Das Gespräch war schlechter verlaufen, als sie befürchtet hatte. Keines ihrer Argumente hatte sie vorbringen können, die Mutter war noch viel härter gewesen, als sie gedacht hatte.

Aber sie hatte ihre Trumpfkarte noch nicht ausgespielt, das Kind! Sie musste nur verhindern, dass die Mutter zu den Freisingers fuhr. Das wäre eine Katastrophe!

Bert! Sie musste ihn ins Vertrauen ziehen.

Am Abend klopfte sie an Berts Behausung.

»Katharina?« Er sah sie überrascht an. Er ahnte schon, dass sie Kummer hatte und sich vermutlich bei ihm beklagen wollte, weil er dem Vater von ihrer Liebschaft erzählt hatte.

Aber nichts dergleichen. Ganz freundlich kam sie herein und fragte nach, ob er denn einen neuen Käferkasten habe.

»Nein, jetzt um diese Jahreszeit nicht, es ist ja viel zu kalt.« Er sah sie forschend an. »Das ist doch nicht der Grund, dass du einmal wieder bei mir hereinschaust, oder?«

Katharina atmete tief durch. »Nein, Bert, natürlich nicht, das kannst dir wohl denken. Gell, du hast das mit dem Leopold dem Vater gesteckt?«

Bert nickte. »Ja! Ich glaub, es ist am besten so, wie es jetzt ist.«

»Meinst?« Die Katharina legte den Kopf schief und sah ihn listig an. »Ich glaub, die Sach ist noch nicht zu End.«

Der Bert sah sie unwirsch an, was hatte sie denn vor?

»Ich brauch deine Hilfe, Bert, ganz dringend!« Sie setzte sich zu ihm auf die Bank, ganz wie in früheren Zeiten, als sie noch ein kleines Mädchen war.

»Die Mutter will dich zum Freisinger schicken, um vorzufragen wegen ihrem Besuch! Sie will mich mit dem Simon verkuppeln!«

Der Bert brummte nur. Er wusste schon von den Absichten der Bäuerin; es war wohl auch richtig so. Sach zu Sach, wie es schon immer gehalten wurde.

»Ja, ja, in den nächsten Tagen fahr ich hin.«

»Tu's besser nicht, Bertl! Das könnt schrecklich für die Mutter ausgehen, das möchte ich ihr ersparen! Ich muss erst noch mal mit ihr reden.«

»Ich mein, du hast schon mit ihr geredet, die Emerenz hat so was g'sagt.«

»Hat s' wieder mal an der Tür gehorcht? Ja, es stimmt, ich hab ihr g'sagt, dass ich den Leopold heiraten will.«

Bert schüttelte unwillig den Kopf. »Und? Was hat sie dann g'sagt?«

»Das kannst dir denken, oder?«

Bert nickte.

»Aber das Wichtigste hab ich ihr noch nicht sagen können, sie hat mich kaum zu Wort kommen lassen.«

Bert sah sie misstrauisch an.

»Ich bin schwanger, Bertl!«

»Au weh!«, entfuhr es dem Bert. Dass er das Gleiche wie mit der Magdalena jetzt mit der Katharina erleben musste! Diese Weiber! Wenn auch das einschichtige Leben nicht immer schön war, er hatte schon gewusst, warum er ledig geblieben war. Das mit den Männern und den Frauen, das hatte schon den Teufel!

»Jetzt muss die Mutter zustimmen, es bleibt ihr gar nichts anderes mehr übrig«, triumphierte Katharina.

»Wenn du dich da nur nicht täuschst«, murmelte Bert vor sich hin.

»Was? Was hast g'sagt?«

»Nix, nix!« Sollte die Katharina doch selbst ihre Erfahrungen machen, er fühlte sich zu alt und zu müde, um da noch einzugreifen.

»Auf jeden Fall musst es ihr bald sagen, Katharina. Wenn sie erst einmal mit dem Freisinger geredet hat und es kommt dann raus, das wäre eine furchtbare Blamage für sie, das tät sie dir nie verzeihen.«

Und er dachte an Magdalenas Auftritt damals in den Hosen und was für Folgen das gehabt hatte. Aber – vielleicht hatte sich doch etwas geändert mit der Zeit?

Mutig ging Katharina gleich am nächsten Tag zur Mutter. Die war schon in ihrer Schlafstube, als die Katharina anklopfte.

»Und? Hast dich wieder besonnen und bist vernünftig?«

»Mutter, ich muss noch mal mit dir reden!«

»Da gibt's nichts zu reden, Katharina!«

»Doch, Mutter! Ich bitt dich, nicht zum Freisinger zu fahren.«

»Und warum nicht? Ich hab's für nächste Woche eingeplant. Du wirst den Simon heiraten, wenn er dich will.«

Die Katharina nahm allen Mut zusammen. »Dann musst ihm aber sagen, dass er das Kind, das ich vom Leopold kriege, mitheiraten muss.«

Die Magdalena starrte ihre Tochter an, kalkweiß war sie geworden. »Du bist schwanger?!«

»Ja!«

»Im wievielten Monat?«

»Ich glaub, im vierten!«

»Dann kann man's noch wegmachen, und keiner hat was g'merkt.«

Katharina erschrak. »Nein, Mutter, das wird nicht weggemacht!«

Die Magdalena sah ihre Tochter starr an.

»Dann musst du weg von hier, für ein paar Monat, irgendeine Ausred wird uns schon einfallen. Bringst das Kind auf d'Welt und gibst es zu Kostleuten. Des zahlen wir dann schon.«

Katharina war entsetzt über das Ansinnen der Mutter.

»Nein, Mutter, das Kind kommt hier auf die Welt, und ich heirat den Leopold.«

»Nie und nimmer! Dieser Bankert kommt mir nicht auf den Hof, und der Habenichts und Krüppel auch nicht!«

»Das ist kein Bankert, Mutter, das ist dein Enkelkind.« Katharina traten die Tränen in die Augen, als die Mutter so abfällig über ihr ungeborenes Kind sprach.

»Wenn die Mutter eine Hure ist, kann das Kind nur ein Bankert sein!«

Es traf die Katharina wie ein Fausthieb. »Eine Hure nennst du mich?«, fragte sie fassungslos.

»Wie tät'st du eine nennen, die es ledigerweis mit einem im Pferdestall treibt?«

Katharina war weiß wie die Wand geworden, doch dann stieg eine unheimliche Wut in ihr hoch. »Wo hast es dann du mit dem Vater getrieben? Sicherlich nicht in deiner Schlafkammer, oder?«

»Was meinst du damit, wer hat das gesagt?« Magdalena stand lauernd vor ihr.

»Das hat mir niemand sagen müssen. So weit kann ich grad noch rechnen, dass ich ein Viermonatskind gewesen bin. Und meines wird ein Fünfmonatskind!«

Jetzt geriet die Magdalena völlig aus der Fassung. Mit einem Satz war sie bei Katharina und packte sie am Arm.

»Du Luder, du!«, zischte sie. »Das denkst du dir, dass du dich mit deiner Brut da einnisten kannst, den Flüchtlingen Tür und Tor öffnen. Mir haben schon die Grattler gereicht, die da neulich mit deinem Vater herumgelungert sind.«

Sie stieß Katharina so brutal zurück, dass sie hart mit dem Kopf gegen die Wand schlug. Drohend stand die Mutter vor ihr.

»Überleg's dir, aber überleg nicht zu lang und überleg's dir gut!«, keuchte sie. Dann riss sie die Tür auf und gab Katharina einen Stoß, dass diese gegen die gegenüberliegende Wand prallte.

Nun waren alle ihre Versuche fehlgeschlagen, die Mutter dazu zu bringen, den Leopold zu akzeptieren. Mit dem Vater zu reden, hätte keinen Sinn, das wusste sie. Der konnte sich bei der Mutter nicht durchsetzen, er hätte nur höhnische Antworten bekommen, wenn nicht Schlimmeres.

Was sollte sie tun? Am liebsten wäre sie nach Massing gefahren zu Leopold, aber das war unmöglich. Nicht einmal mit Bert durfte sie aus dem Haus, dafür hatte die Mutter gesorgt. Wie eine Gefangene wurde sie auf dem Hof gehalten.

Frau Hartl! Die Rettung! Frau Hartl musste Leopold eine Nachricht bringen und ihn hier einschleusen, nachts. Dann könnte sie mit ihm das Weitere besprechen.

Die Gefahr, dass die Mutter zu den Freisingerischen fuhr, war zumindest vorerst gebannt, das war gut.

Sie spürte, wie sich das Kind zum ersten Mal in ihrem Leib bewegte, wie ein leichtes Anklopfen war das, als wollte es sagen: »Pass auf, ich bin da!« Sie legte die Hände auf ihren Bauch, der anfing, sich leicht zu wölben. »Sei nur ganz ruhig, mein Kind, es wird alles gut!«, flüsterte sie dem Ungeborenen zu.

»Komm heute Nacht um zwei Uhr zum hinteren Tor, Frau Hartl wird dich einlassen. Gruß Katharina!« Dann malte sie noch ein Herz dazu und gab den Zettel Frau Hartl.

Es war eine klirrend kalte Novembernacht. Wie immer und ganz unauffällig war Katharina abends in ihrer Kammer verschwunden, aber ans Einschlafen war nicht zu denken. Der Wecker tickte fast aufdringlich auf dem Nachtkästchen, sie hatte sich in den Kleidern aufs Bett gelegt und zugedeckt. Nur ja keinen Lärm machen! Es war still im Haus, alle lagen in ihren Betten, nur der Vater war wieder einmal, wie so oft, irgendwo unterwegs.

Die Zeit schlich elend langsam dahin, manchmal döste sie etwas ein, schreckte wieder hoch und sah auf die Uhr. Endlich war es kurz vor zwei!

Leise stand sie auf und spähte aus dem Fenster. Drüben beim Stall brannte eine Laterne. Das war das einzige Licht, aber sie kannte den Weg im Dunkeln. Vorsichtig schlich sie nach draußen auf den Flur, in Strumpfsocken.

Leise stieg sie die Treppe hinunter, die dritte Stufe von oben knarzte, das wusste sie und stieg vorsichtig darüber hinweg. Endlich war sie unten. Die Tür war nicht abgesperrt, wer sollte schon ins Haus eindringen, wo nach außen alles abgesperrt war, wie in einer Festung.

Sie ließ die Haustür einen winzigen Spalt offen stehen, um leise zurückkommen zu können, und tappte an den Gebäudewänden entlang hinüber zum Pferdestall. Endlich hatte sie es geschafft. Behände schlüpfte sie hinein, die Wärme des Stalles und der Geruch der Rösser umhüllte sie, schnell lief sie hinter zur Futterkammer.

»Poldi!«

»Katharina!«

Sie lagen sich in den Armen, klammerten sich aneinander wie zwei Ertrinkende.

»Wie geht es dir, und wie geht es dem Kind?«

»Gut, gut! Aber sag lieber, wie es dir geht?«

»Es geht schon, aber ich vermisse dich!«

»Komm, komm zu mir!« Katharina zog ihn zu sich hinab auf den Strohsack. Er beugte sich über sie und schob seine Hand unter ihre Bluse, Katharina stöhnte leise auf. »Ich hab so Zeitlang nach dir gehabt, Poldi!«

Da krachte plötzlich die Tür auf, und der helle Schein einer Laterne erfüllte den Raum. Die beiden sprangen erschrocken von ihrem Lager hoch.

Magdalena, im weißen Nachthemd und mit wirr abstehenden grauen Haaren, stand wie ein Geist in der schmalen Tür.

»Hab ich euch erwischt! Hab ich's mir doch denkt! Könnt's es nicht lassen, wie die Viecher seid's es!«, brach es hasserfüllt aus ihr heraus.

»Raus!«, schrie sie und trat neben die Tür. Katharina schlich sich zitternd an der Mutter vorbei in den Stall, Leopold folgte ihr.

»Bäuerin, ...«, begann er, aber sie fuhr ihm über den Mund.

»Dein Maul hältst, oder ich ...«

Sie riss eine lange Reitpeitsche von der Wand und holte aus, gegen Leopold gerichtet.

»Nein!«, schrie Katharina. Sie warf sich dazwischen, wollte der Mutter die Peitsche entreißen, doch es war zu spät. Der Hieb traf sie mit voller Wucht im Gesicht. Mit einem Schrei stürzte sie zu Boden.

»Katharina!«, schrie Leopold, kniete sich zu ihr nieder und bettete ihren Kopf in seinen Schoß.

Da stand plötzlich Bert in der Stalltür. Mit einem Blick erfasste er die Lage. Das blutende, fast ohnmächtige Mädchen am Boden, Leopold, der sich über sie beugte, und Magdalena wie starr, mit der Peitsche in der Hand.

Er leuchtete Katharina mit der Lampe ins Gesicht. Leichenblass war sie, mit einer roten, klaffenden Wunde über die gesamte rechte Gesichtshälfte, bis hinab zur Lippe.

»Geh du hinüber ins Haus«, sagte er ruhig, aber bestimmt zu Magdalena, dann zu Leopold: »Hol die Frau Hartl, ich spann derweilen ein, wir müssen sie zum Doktor bringen, das muss genäht werden, und zwar schnell.«

Nach schneller Fahrt durch die eiskalte, dunkle Nacht kamen sie in Massing vor dem Haus des Arztes an. Katharina war immer noch ganz benommen. »Was ist passiert?«, fragte sie Leopold und tastete nach ihrem Gesicht.

»Nicht anfassen«, bat er, »das muss erst genäht werden. Deine Mutter hat dich mit der Peitsche getroffen. Aber sie wollte mich treffen.« Katharina nickte schwach in der aufkommenden Erinnerung.

Bert zog an der Glocke des Arzthauses. Endlich öffnete sich ein Fenster im ersten Stock.

»Was ist denn jetzt schon wieder los, ist denn heut Nacht gar keine Ruhe?« Die Frau des Doktors schaute oben aus einem Fenster.

»Wir sind vom Oberholzer und haben die Katharina dabei, mit einer Verletzung. Das muss genäht werden, schnell!«

»Oh je, mein Mann ist nicht da, aber ich komm herunter.«

Leopold führte Katharina ins Haus.

»Mein Gott, das sieht ja schlimm aus, wie ist denn das passiert«?

»Das tut jetzt nichts zur Sache, es war ein Unglücksfall, es muss nur schnell genäht werden!«

»Ja, ja, da haben Sie Recht, aber mein Mann kommt nicht vor ein paar Stunden, der ist in eines der Lager gerufen worden, weiter draußen. Eine Schlägerei. Da gibt's vermutlich eine Menge für ihn zu tun.« Sie seufzte. »Das kommt jetzt immer öfter vor, kein Wunder bei den Verhältnissen, unter denen die Menschen dort hausen.«

Sie desinfizierte die Wunde mit Alkohol, Katharina zuckte zusammen. »Ja, das muss schnell genäht werden, bevor die Wundränder antrocknen. Sonst gibt es eine böse Narbe.«

Die Arztfrau schüttelte ratlos den Kopf. Dann meinte sie: »Am besten ihr fahrt hinaus zum Doktor Rosstäuscher, dem Tierarzt.«

Leopold starrte sie entsetzt an.

»Der kann mindestens genau so gut nähen wie mein Mann«, beruhigte sie ihn.

Bert nickte, er kannte den alten Rosstäuscher gut, oft genug war er auf dem Hof gewesen, denn auf den Viehbestand, da schaute man, da scheute man keine Kosten.

»Ich geb euch ein örtliches Betäubungsmittel in einer Spritze mit, das kann er einspritzen. Gell, dann tut es nicht so weh.« Sie strich der Katharina mitleidsvoll übers Haar.

»Ich ruf den Rosstäuscher gleich an, damit er Bescheid weiß«, rief sie den Abfahrenden noch nach.

Zehn Minuten später waren sie auf dem Hof des Rosstäuschers. Der Tierarzt erwartete sie schon. Auch er kannte Katharina von klein auf.

»Das war ein Hieb mit einer Peitsche, oder?«, fragte er, nachdem er die Wunde gesäubert hatte.

Bert brummte nur, aber Leopold sagte verlegen: »Ein Unglücksfall. Die Bäuerin wollte mich treffen und die Katharina, meine Tapfere, hat sich dazwischengeworfen.« Er strich Katharina übers Haar.

Diese Gebärde sagte dem alten Rosstäuscher alles. So war das also! Eine unerwünschte Liebschaft, die die Oberholzerin drastisch beenden wollte. Ob sich das wieder einrenken ließ?

Die gesamte Gesichtshälfte, von der Augenbraue bis zur Lippe, war aufgeschnitten. Das würde eine entstellende Narbe für das ganze Leben sein. Eine tägliche, böse Erinnerung für Mutter und Tochter. Der alte Tierarzt seufzte. Nun ja, vorerst hieß es, das Beste zu tun. Unglaublich, wie zart seine, von harter, bäuerlicher Tierarzttätigkeit zerschundenen Hände das Mädchen behandelten. So eine schöne, feine Naht hatte er in seinem Leben noch nicht zustande gebracht. Zufrieden betrachtete er sein Werk. Trotzdem, eine Narbe würde bleiben.

»Wohin jetzt?«, fragte Leopold.

Katharina fröstelte. »Nimmer heim, bitte! Das ertrag ich nicht!«

Leopold stand hilflos daneben. Er wohnte mehr als beengt bei Landsleuten, noch eine Person mehr konnte er ihnen nicht zumuten und der Katharina so eine Bleibe in ihrem Zustand erst recht nicht. Auch Bert sah unbeholfen drein.

»Die Katharina bleibt vorerst bei uns. Unser Bub ist ja noch in russischer Gefangenschaft, sein Zimmer habe ich frei gehalten für ihn. Da kann die Katharina erst einmal wohnen. Für heute ist's genug Aufregung gewesen. Jetzt brauchen wir alle erst einmal etwas Schlaf.«

Dankbar nahm Katharina das Angebot an.

Bert machte sich in der Nacht alleine auf zurück zum Hof. Zum ersten Mal seit seiner Kindheit weinte der alte Mann, vor Kummer über das, was geschehen war und was er nicht hatte verhindern können. Es sah ihn ja niemand.

Katharina hatte es gut bei den Rosstäuschers. Die Frau kümmerte sich um sie, wie um eine eigene Tochter. Leopold besuchte sie täglich und sie konnten endlich, zum ersten Mal in ihrem Leben, in Ruhe miteinander zusammen sein, ohne Angst vor Entdeckung, auch wenn Leopold abends nach 22 Uhr zurück in sein Quartier musste. Ordnung musste sein!

Natürlich hatte sich die Sache herumgesprochen, wo immer auch die undichte Stelle gewesen sein mag. Jedenfalls hatte sich der alte Rosstäuscher mit dem Bürgermeister beraten, was zu tun sei in der Sache und wie man den beiden jungen Leuten helfen konnte. Immerhin waren die Oberholzerischen angesehene Mitglieder der Gemeinde. Die zwei Männer beschlossen, mit der Magdalena Szegedy zu reden, und gemeinsam fuhr man hinaus zum Oberholzer-Hof.

Magdalena empfing sie schweigend und verstockt, immerhin ließ sie die Männer hinein in die Stube. Aber viel mehr, als dass die Katharina jederzeit wieder auf den Hof zurückkommen könne, allerdings ohne den Mann und das Kind, konnten sie ihr als Zugeständnis nicht abringen.

»Das weißt, Magdalena, dass du riskierst, dein einziges Kind zu verlieren«, ermahnte der alte Tierarzt sie.

»Das ist der Katharina ihre Entscheidung, nicht die meine!«, gab sie kurz zurück. »Ich geb ihr vier Monate Zeit, bis zur Niederkunft. Dann muss sie sich entscheiden zwischen dem Hof oder dem Mann und dem Kind.«

»Was bist du nur für ein harter Mensch, Magdalena Kröll, deine Tochter vor so eine unmenschliche Entscheidung zu stellen.« Der Arzt hatte ganz bewusst ihren Geburtsnamen gewählt. »Ich an der Katharina ihrer Stelle wüsste, was ich zu tun hätte. Aber eines sag ich dir, dieses Unrecht, das du da tust, das kannst du nie mehr wieder gutmachen, das fällt irgendwann auf dich zurück. Überleg dir das gut!«

Die Männer schickten sich an zu gehen.

»Was da wohl passiert ist, dass die so hart geworden ist?«, sinnierte der Bürgermeister auf dem Rückweg.

»Ich glaub, sie ist krank. Ich kenn die Magdalena ja seit ihrer Jugend, wir sind zusammen in die Schule gegangen. So ein nettes Mädel, wie die war, und so eine schöne junge Frau. Das würde man nicht glauben, wenn man sie heute sieht.« Er atmete tief durch. »Man kann in einen Menschen nicht hineinschauen, und vielleicht ist das auch ganz gut. Da würde es einen oft grausen, denk ich. Die Katharina kann auf jeden Fall vorerst bei uns bleiben, wenn sie will, bis zu ihrer Entbindung. Danach wird man weitersehen. Dann muss eine Entscheidung fallen.«

»Das ist gut, Rosstäuscher! Und ich werd schauen, dass ich für den jungen Mann irgendeine Anstellung finde, vielleicht als Hilfskraft in der Gemeinde. Dann ist wenigstens ein Anfang gemacht. Dann sehen wir weiter.«

Die beiden gestandenen Männer trennten sich. So viel Kummer und Elend sahen sie in diesen schrecklichen Monaten nach dem Krieg, so viele Schicksale, die bewältigt, und so viele Menschen, die versorgt und untergebracht werden mussten. Viele Veränderungen und Umwälzungen standen bevor, das war beiden klar. Da fiel es schwer, zu verstehen, was auf dem Oberholzer-Hof passiert war.

Auf dem Hof herrschte nach dem »Unfall« eine eigentümlich gedrückte, aber auch spannungsgeladene Stimmung.

Bert sprach kein Wort mit Magdalena über das Vorgefallene. Sollte sie ihn doch fragen, was mit ihrem Kind geschehen war und wo die Katharina untergekommen war. Aber sie fragte nicht, tat, als wäre nichts geschehen.

Als Bela am nächsten Tag von den Vorkommnissen erfuhr und Katharina bei den Rosstäuschers besucht und mit ihr gesprochen hatte, ging er zu Magdalena. Er war zutiefst entsetzt. Dass die ganze Angelegenheit schwierig werden würde, das hatte er gewusst. Nicht umsonst hatte er Leopold des Hofes verwiesen. Aber das!

»Magdalena!« Zum ersten Mal fand er keine verbindlichen Worte, so wie sonst, er machte ihr keine Vorwürfe wegen der Verletzung, die sicherlich von ihr nicht so gewollt gewesen war. Aber er wollte wissen, wie sich Magdalena die Zukunft vorstellte. »Was soll weiter geschehen!?«

»Das liegt alles bei der Katharina!«

»Sei nicht so scheinheilig, Magdalena. Das passt nicht zu dir! Es ist unmenschlich, was du von deinem Kind verlangst! Nimm sie auf, und den Leopold und das Kind dazu.«

»Nie und nimmer! Vier Monate hat sie Zeit. Danach weiß ich, was ich zu tun hab, wenn sie nicht alleine zurückkommt. Es gibt Leut, die so einen Hof schätzen und froh wären drum!«

»Wenn du das tust, Magdalena, dann geh ich auch. Für immer!« Drohend hatte er sich vor ihr aufgebaut.

»Dann geh!«

Auch die Emerenz, die nun eine alte Frau war und fast zeitlebens auf dem Hof gearbeitet hatte, schon mit Magdalenas Mutter hergekommen war, fasste Mut und sprach mit Magdalena.

Das gleiche enttäuschende Ergebnis. Die Magdalena fuhr ihr nur grob über den Mund und herrschte sie an, sich nicht um Sachen zu kümmern, die sie, als Magd, nichts angingen. Mit diesen Worten traf sie die alte Frau, die ihr immer redlich und treu gedient hatte, ins Herz.

Am 1. März 1946 traute der Bürgermeister von Massing die hochschwangere Katharina Szegedy und Leopold Siegl in einer schlichten Zeremonie. Das Kind sollte nicht ledig auf die Welt kommen.

Nun wartete jeder auf die Entbindung, die für den Frühlingsanfang, den 20. März, erwartet wurde.

Genau zum errechneten Termin schenkte die Katharina einem gesunden Kind das Leben. Es war ein Bub! Sie nannten ihn Georg, nach Leopolds Vater.

Vielleicht würde dies das Herz der Magdalena erweichen, wo sie doch so sehr einen Sohn herbeigesehnt hatte, damals!

Alle warteten nun voller Spannung, was weiter geschehen sollte. Die Frist, die Magdalena gesetzt hatte, war verstrichen. Von ihr kein Wort!

Da traf schließlich Katharina die Entscheidung und machte allen Spekulationen ein Ende. Sie hielt Bela und den Rosstäuschers ihr neugeborenes Kind entgegen und fragte ungläubig: »Glaubt denn wirklich jemand, ich würde dieses Kind gegen einen Bauernhof eintauschen?« Sie drückte den Säugling an sich.

»Vater, sag der Mutter, ich komme nicht zurück. Der Leopold und ich, wir werden es schaffen, uns ein gemeinsames, wenn auch bescheidenes Leben aufzubauen, gell, Poldi?«

Leopold nickte stumm.

Die Würfel waren gefallen.

»Was hast du nun vor, Magdalena?« Bela hatte seiner Frau die Nachricht gebracht.

»Wie ich es gesagt hab. Ich verschenk den Hof. An einen entfernten Verwandten, aus dem Fränkischen. Er ist ein Patenkind von mir, der zweite Sohn einer Base. Der soll ihn haben.«

»Wann soll das geschehen?« Bela war ruhig und gefasst. Da war nichts mehr zu sagen.

»Es ist schon alles beim Notar vorbereitet, nächste Woche kann unterschrieben werden.«

»Du weißt, dass die Katharina das anfechten kann? Du enterbst sie ohne Grund!«

»Dann soll sie's tun!«

»Du weißt, dass ich dich verlassen werde?«

»Dann geh!«

Bela schüttelte resigniert den Kopf. »Gut! Ich werde meine Pferde, die Kutsche und meine persönlichen Sachen mitnehmen. Und für die Katharina packe ich eine Truhe mit ihren Sachen, ihrer Aussteuer und verschiedenen Dokumenten, auch die alten Schriftstücke vom Hof und die alte Familienbibel. Für den neuen Besitzer sind die ja nicht von Belang, er hat die Notariatsurkunde mit der Schenkung. Das genügt wohl! Und auch das Bild von mir, von unserer Hochzeit, nehme ich mit, wenn du gestattest«, fügte er noch sarkastisch hinzu.

»Tu, was du willst.«

Am anderen Tag packte Bela seine Siebensachen und mit Hilfe der weinenden Emerenz Katharinas Aussteuer zusammen. In eine große, alte Truhe packte er die alten Dokumente, alte Fotografien, die abgegriffene Familienbibel, etwas Schmuck und das Brautdiadem ihrer Großmutter. Er nahm das Bild von sich von der Wand, und die Wachsstöcke, welche die Katharina selbst angefertigt hatte.

»Wart, Bela, ich tu noch ein Säckchen mit Lavendel rein, damit alles schön frisch bleibt und duftet«, schluchzte die Emerenz und legte eines ihrer selbst umhäkelten Lavendelkissen obenauf.

So zog Bela fort, mit seiner Kutsche, den drei Pferden, einem Sack mit seinen Kleidern, seinem Geigenkasten und den Sachen für die Katharina.

Da lief die Magdalena auf den Hof, gerade als er auf den Kutschbock steigen wollte. Für einen winzigen Augenblick glomm ein Hoffnungsfunke in ihm auf, glaubte er, Magdalena hätte sich anders besonnen, wolle ihn zurückhalten. Aber sie warf nur drei Geldkatzen auf die Truhe für Katharina, die alten Geldkatzen von damals.

»Gib das der Katharina. Sie hat ja ihr Leben lang hier gearbeitet, dann soll sie auch ihren Lohn haben.« Dann drehte sie sich um und lief ins Haus zurück.

›Die eigene Tochter wird ausbezahlt wie eine Magd‹, dachte Bela bitter. Draußen, hinter dem Tor, hielt er an und holte die Geldkatzen hervor.

In zweien waren jede Menge Reichsmark. Aber was hätte man dafür kaufen können, jetzt, wo es nichts gab und alles auf Marken ausgegeben wurde? Vielleicht würde dieses Geld später einmal wieder etwas wert sein, man wusste es nicht in diesen unsicheren Zeiten. In der dritten Geldkatze waren etliche Goldmünzen. Gold behielt immer seinen Wert, damit könnte die Katharina vielleicht einmal etwas anfangen, ein kleiner Grundstock für ihr künftiges Leben.

Leopold hatte ihm geholfen, Katharinas Sachen in ihr Zimmer im Haus der Rosstäuschers zu tragen, in dem sie mit dem Kind lebte.

»Stell es in die Ecke, Vater, ich brauch es nicht! Jetzt nicht!«

Dann standen sich Vater und Tochter ein letztes Mal gegenüber.

»Wo gehst denn hin, Vater?«

»Ach, ich habe große Dinge vor! Ich gehe zurück nach Ungarn, in meine Heimat! Für immer! Du weißt, dass die Kommunisten Ungarn besetzt haben. Ferencz Geledneky, ich und einige andere, wir werden uns den Freiheitskämpfern anschließen und im Untergrund kämpfen, für ein freies Ungarn!«

Er hatte sich breitbeinig vor Katharina in Positur gestellt, mit blitzenden Augen; er war immer noch ein schöner Mann.

Sie lächelte nachsichtig. Wie sie ihren Vater kannte! Immer optimistisch, auch wenn es noch so schwierig war, immer gut gelaunt und unternehmungslustig. Und jetzt stürzte er sich in ein neues Abenteuer seines Lebens, zumindest sah er das so.

»Aber bevor ich gehe, möchte ich dir etwas erklären, Katharina.« Er zog sie zu sich auf die Bank, ungewöhnlich ernst war er geworden.

»Ich möchte dir etwas sagen, über deine Mutter und mich!«

Katharina wehrte mit einer Handbewegung ab.

»Ach, Vater, lass doch die alten Geschichten.«

»Doch!« Er hielt ihre Hand fest. »Ich möchte, dass du das weißt!«

Er blickte zu Boden und suchte nach Worten für sein Geständnis.

»Weißt du, Katharina, ich habe deine Mutter sehr geliebt, aber ich habe viele Fehler gemacht. Deine Mutter glaubt, ich hätte sie nur wegen ihres Besitzes geheiratet, aber der Hof hat mich nie interessiert. Ich bin kein Mensch für dieses beständige Bauernleben, ich brauche meine Freiheit! Das war mein erster Irrtum, zu glauben, ich könnte aus Liebe zu ihr Bauer werden.« Er sah sie bedauernd an. »Meine große Lüge war, dass ich ihr vorgemacht hatte, ein reicher Gutsbesitzerssohn zu sein. In Wirklichkeit war ich ein uneheliches Kind meiner Mutter, meinen Vater habe ich nie gekannt. Das ist nicht schön, Katharina, glaube mir! Meine Mutter hat auf dem Gut gearbeitet, als Köchin, und ich, später, als Pferdepfleger. Wir hatten herrliche ungarische Warmblutpferde und sogar einige Lipizzaner dort, und du weißt, mit Pferden kann ich umgehen und auch reiten wie der Teufel.« Seine Augen blitzen für einen kurzen Moment auf. »Ich hab mich geschämt, damals, dass ich nichts hatte. Deshalb habe ich diese Geschichte erfunden. Irgendwie hatte ich gehofft, das würde sich alles regeln. Aber Lügen haben kurze Beine.« Er seufzte tief und sah wieder zu Boden. »Eines Tages kam ein Hausierer auf den Hof, ich erkannte ihn sofort und hätte mich am liebsten versteckt, aber es war zu spät, er hatte mich schon gesehen. Weißt du, diese Hausierer sind damals weit herumgereist und kannten Gott und die Welt. Er war früher oft bei uns auf dem Gut gewesen, und ich hatte so manchen Krug Wein mit ihm geleert. Jetzt traf er mich wieder als Bauer auf diesem schönen Hof im Rotttal, nachdem ich, wie so oft, für einige Zeit vom Gut verschwunden war, um etwas von der Welt zu sehen und zu musizieren.«

Er sah Katharina offen ins Gesicht. »Er hat mich erpresst, und ich, in meiner Not, ich hatte ja kein Geld, bin ins Schlafzimmer geschlichen und habe das Geld aus der Geldkatze genommen, die unter der Matratze versteckt war.«

Katharina schlug erschrocken die Hand vor den Mund.

»Ja, das war ein großer Fehler. An dem Tag begann das Unheil. Ich hätte zu deiner Mutter gehen müssen und ihr alles erzählen. Vielleicht hätte sie mir verziehen, damals hat sie mich noch geliebt. Ich weiß es nicht!« Er zuckte mit den Schultern.

»Und wie ging es weiter?«

»Am nächsten Tag bin ich weg, nach Ungarn. Ich hoffte, dort das Geld auftreiben zu können. Ein Mann hatte Spielschulden bei mir. Ich wollte das Geld zurücklegen. Aber als ich zurückkam, war die Geldkatze nicht mehr in ihrem Versteck! Deine Mutter musste den Diebstahl bemerkt haben, und irgendwie hatte sie auch die Lügen über meine Herkunft herausgebracht. Vielleicht hat der Hausierer doch mit ihr geredet, ich weiß es nicht. Wir haben nie darüber gesprochen! Das war unser allergrößter Fehler! Nicht ehrlich miteinander zu sein! Wohl mehr mein Fehler als ihrer! Ich war zu feige oder zu stolz, meine Lügen einzugestehen!« Er starrte auf seine Stiefelspitzen. »Von da an hat mich deine Mutter verachtet. Als dann auch noch die Geschichte mit unserem Sohn passierte und sie kein weiteres Kind mehr bekam, war dies das Ende unserer Ehe.« Er seufzte tief. »Ich habe ihr angeboten, sie freizugeben, aber das konnte und wollte sie nicht. Die Schande wäre zu groß gewesen für sie, da hat sie es vorgezogen, weiter mit mir, dem Lügner und Dieb, zu leben.« Er verzog ironisch den Mund. »Nun weißt du es, Katharina! Es soll dich nicht belasten und ich will mich mit dieser Beichte auch nicht reinwaschen. Es soll dir nur erklären, warum ich deinen Mann vom Hof weisen musste. Ich wusste, deine Mutter würde ihn nie akzeptieren, und ich hoffte so sehr, du würdest nicht den gleichen Fehler machen wie sie. Einen Mann auf den Hof zu bringen, der nicht da hinpasst!«

Katharina wollte aufbegehren, doch ihr Vater fuhr fort: »Nein, sag nichts, Katharina! Das weiß ich besser! Es wäre nie gutgegangen, glaube mir! Dein Leopold ist kein Bauer! Und deine Mutter ist noch nicht alt, sie kann noch lange leben.« Er stand auf und zog sie an sich. »Wie auch immer, ich wünsche dir alles Glück der Welt! Du hast gewählt, und jetzt musst du die Verantwortung für dein Leben übernehmen. Ich wünsche dir, dass du glücklich wirst.« Seine Augen schimmerten feucht. »Leb wohl, Katharina, mein einziges Kind.« Er straffte sich und ließ sie los. »Alles wird gut werden, und wenn wir Ungarn befreit haben, dann lade ich euch zu mir ein. Du wirst sehen, was für ein schönes Land meine Heimat ist!« Schon blitzten seine Augen wieder hoffnungsfroh.

Unter Abschiedstränen musste Katharina lächeln. Vermutlich würde sie ihren Vater nie mehr wieder sehen, vielleicht aber war er im nächsten Jahr wieder hier. Das wusste man nie bei ihm. Es war auch nicht so wichtig. Sie würde ab jetzt ihr Leben selbst bestimmen, sich von niemandem mehr abhängig machen oder reglementieren lassen. Sie war frei!

»Auch ich fange ein neues Leben an, Vater! Der Bürgermeister hat dem Leopold eine Stelle auf der Gemeinde in Wasserburg am Inn vermittelt, und dort kriegen wir auch eine eigene kleine Wohnung. Zwei Zimmer nur«, fügte sie bescheiden hinzu, »aber weißt, bei der Wohnungsnot, die heutzutage herrscht, ist das schon ein großes Glück. Eine eigene Wohnung für uns!« Ihre Augen leuchteten. »Ich weiß, Vater, ich werde glücklich werden!«

»Das wünsch ich dir, mein Kind!«

Eine letzte Umarmung, ein letzter Kuss, dann war Bela fort.

Auf dem Hof im Rotttal veränderten sich einige Dinge. Flüchtlinge gingen, fanden eine neue Bleibe; neue Vertriebene kamen und mussten aufgenommen werden. Der neue Hofbesitzer mit seiner Familie wurde für die nächsten Wochen erwartet. Ein junger Bauer, Marinus Hofmüller hieß er, mit seiner Frau und ihrem ersten Kind, einem Sohn, ebenfalls Marinus genannt, nach dem Vater.

Seine Eltern hatten einen kleinen Hof im Fränkischen, und der erste Sohn war der Erbe.

Für den zweiten Sohn, Marinus, war dieser reiche Hof im Rotttal ein völlig unerwartetes Geschick, und entsprechend erwartungsvoll, aber auch unsicher, trat er dieses »Erbe« an.

Die Emerenz war todunglücklich über diese Entwicklung. Als sie von Bert erfuhr, dass neue Besitzer auf den Hof kommen sollten, war sie entsetzt. Fünfundvierzig Jahre war sie jetzt hier, den größten Teil ihres Lebens, und die Magdalena hatte ihr nicht einmal etwas davon gesagt. ›Bin ich denn so wenig wert, dass man mir nicht sagen muss‹, dachte sie bitter, ›dass ich einen anderen Dienstherren bekommen werde?‹

Aufgebracht ging sie zur Magdalena.

»Magdalena, stimmt das, was mir der Bert g'sagt hat? Dass demnächst neue Besitzer auf den Hof kommen?«

»Ja, das stimmt.«

»Und du findest es nicht nötig, mir das zu sagen?«

»Warum sollt ich dir das sagen? Der Vater hat dir das Heimatrecht bis zum Tod auf dem Hof geschrieben, das weißt du, und daran wird sich unter den Neuen nichts ändern. Dafür hab ich gesorgt.«

»Dafür hast du gesorgt!« Die Emerenz war außer sich. »Dafür hast du gesorgt!«, wiederholte sie. »Ich lass mich nicht verschachern wie eine Leibeigene,

Magdalena! Über mein Leben möchte ich wenigstens ein bisserl noch selber bestimmen, auch wenn man als Magd, wie ich es eine bin, keinerlei Rechte hat. Aber immerhin hab ich deiner Familie jahrzehntelang treu gedient, hab deine kranke Mutter gepflegt, hab dich und die Katharina schon als Wickelkinder versorgt, war immer für alles und alle da, und jetzt sagst du mir nicht einmal, dass ein neuer Bauer kommt!« Sie rang die Hände und fing zu weinen an.

»Du hast das Wohnrecht lebenslang, alles andere musst du mit dem neuen Bauern aushandeln, Emerenz. Da kann ich dir nicht helfen! Und wenn es dir nicht passt, dann musst halt gehen!«

Der Emerenz verschlug es die Sprache.

»Da kannst du mir nicht helfen? Ich kann ja gehen, wenn es mir nicht passt? Ja, dafür dank ich dir schön, Magdalena!« Sie drehte sich um und ging voll Bitterkeit und Enttäuschung hinaus.

Der Bert! Was würde der Bert machen? Er war doch in der derselben Lage wie sie!

Aufgebracht ging sie hinüber zu ihm, klopfte an seine Behausung. Noch ganz selten hatte der Bert jemanden eingelassen, außer der Magdalena und der Katharina.

Heute öffnete er die Tür. Die Emerenz war erstaunt, wie gemütlich und sauber es der Bert in seinen zwei kleinen Kammern hatte. Die Wände waren voll mit Glaskästen, in denen absonderliche Käfer und bunte Schmetterlinge und Falter aufgespießt waren. War das schön!

Interessiert betrachtete die Emerenz diese Ausstellung.

»Ich hab gar nicht g'wusst, dass du so etwas machst, Bertl«, meinte sie verwundert.

Der Bert schaute stolz und zugleich verlegen drein.

»Ja, mei, ein jeder Mensch braucht halt ein bisserl eine Liebhaberei.«

»Ja, da hast Recht«, pflichtete die Emerenz ihm seufzend bei. Bei ihr hatte es nicht einmal zu so etwas gereicht.

Sie erzählte dem Bert nun vergrämt von ihrem Gespräch mit der Magdalena.

»Was sagst denn du dazu, Bertl. Bei dir wird es ja dasselbe sein, gell?«

Der Bert nickte nur bedächtig.

»Also, ich bleib nicht mehr da«, fuhr die Emerenz fort. »Wer weiß, wie die Neuen sind? Ich hab ein bisserl was gespart, hab ja fast nichts für mich gebraucht von meinem Lohn. Und ich hab eine Schwester, drunten bei Passau. Die war auch Magd ihr Leben lang. Sie hat mich schon oft g'fragt, ob ich nicht zu ihr in ihr kleines Häusl ziehen will, das sie von ihren Bauersleuten als Leibgeding bekommen hat. Immer hab ich nein gesagt, weil ich g'meint hab, ich werd hier gebraucht. Aber jetzt geh ich!«

Der Bert nickte verständnisvoll.

»Willst nicht mit mir gehen, Bertl? Willst du unter dem neuen Bauern arbeiten, jetzt, wo du so alt bist? Wer weiß, wie der ist und wie er dich behandelt? Wenn er sich schon einen Hof schenken lässt«, brachte sie verächtlich hervor. »No ja, ein paar Jahre jünger als ich bist schon, aber trotzdem, alt genug!« Die Emerenz sah ihn erwartungsvoll an.

Der Bert grinste schief. »Willst mich auf meine alten Tag noch rumbringen, Emerenz, wo du doch weißt, dass ich mit den Weiberleuten lieber nichts zu tun hab. Die sind mir dann doch zu gefährlich.«

Die Emerenz wurde rot vor Verlegenheit. Es stimmte ja, zeitlebens hatte sie den Bert gern gehabt. Früher hatte sie einmal gemeint, es könnte etwas werden mit ihnen, der damalige Bauer hätte es wohl erlaubt.

Aber der Bert hatte sich immer aus ihren ausgeworfenen Netzen befreit. So auch heute, bei ihrem allerletzten Versuch.

»Dann bleibst also, Bert?«

»Ich muss bleiben, Emerenz. Erinnerst dich an den Todestag der alten Bäuerin, der Mutter von der Magdalena? Damals hab ich es ihr in die Hand versprochen, dass ich für immer bei der Magdalena bleib. Schon deswegen muss ich dableiben!«

»Aber Bert! Das ist doch schon mehr als dreißig Jahre her, die Magdalena wird ja schon eine alte Frau!«

»Das ist ganz egal. Versprochen ist versprochen! Ich hätt keinen guten Tag mehr in meinem Leben, wenn ich die Magdalena allein lassen tät. Sie braucht ja wenigstens noch einen Menschen, der zu ihr hält!«

»Phhh!«, fuhr die Emerenz auf. »Das hat sie sich selber zuzuschreiben, wenn sie bald ganz allein ist! So wie sie mit ihren Leuten umgeht!«

»Sie ist krank, Emerenz, das kann gar nicht anders sein. Irgendwas in ihrem Kopf ist nicht in Ordnung.« Bekümmert schaute er vor sich hin.

»Mein Angebot steht trotzdem! Wenn's dir unter dem neuen Bauern gar nicht gefällt, zu mir kannst immer kommen. Du bist ein guter Mensch, Bertl!«

Der Bert grinste wieder auf seine schlitzohrige Art.

»Gibst gar nicht auf, Emerenz, ha? Ihr Weiber, ihr könnt ganz schön hartnäckig sein. Ich hab schon immer gewusst, warum ich lieber einschichtig geblieben bin.«

So blieb nur noch der treue Bert bei der Magdalena auf dem Hof zurück, als der neue Bauer mit seiner Familie einzog.

6. Kapitel

Ein neues Leben

Sie waren gekommen, um Katharina zu verabschieden. Der Bert, die Emerenz und die Frau Hartl. Jeder hatte eine kleine Gabe mitgebracht.

Die Frau Hartl ein Jäckchen fürs Kind, das sie über die Flucht gerettet hatte, die Emerenz einen Korb voll mit Essbarem, Kartoffeln, Speck, Brot, Marmelade, eine Kanne mit Milch, alles Dinge, die heutzutage hoch willkommen waren, wo doch alles rationiert war und selbst auf Marken nur wenig zu bekommen war.

Der Bert hatte ihr den Schmetterlingskasten mit dem Admiral gebracht, »dass d' was für d'Wand hast, in deiner Wohnung.«

Katharina war gerührt, sie wusste dieses Geschenk zu schätzen, und auch alle anderen bewunderten das Stück.

»Ja, wo hast denn das her, Bertl«, fragte die Emerenz neugierig.

»Des geht dich gar nix an«, gab der zurück und alle lachten.

Keiner sprach über die Mutter oder über den Hof oder den neuen Besitzer, der in den nächsten Wochen erwartet wurde, geradeso, als hätte dies alles nie existiert.

Der Abschied von den Rosstäuschers fiel Katharina und Leopold schwer, sie waren wie Eltern zu ihnen gewesen in dieser Zeit.

»Du bleibst wie ein eigenes Kind für uns, Katharina«, meinten sie zum Abschied. »Selbst wenn unser Bub wieder zurückkommt aus der Gefangenschaft.«

Er sollte nicht mehr wiederkommen, aber das wusste man zu dieser Zeit noch nicht. Die Hoffnung stirbt zuletzt, und so warteten die Rosstäuschers noch viele Jahre lang vergeblich auf ihren Sohn, bis die letzten Spätheimkehrer 1956 aus Russland zurückkamen. Der junge Rosstäuscher war nicht dabei.

Der Bert ließ es sich nicht nehmen, die Katharina mit dem Bulldog und einem Anhänger mit ihrem wenigen Hab und Gut nach Wasserburg zu bringen. Zusammen mit dem Leopold schleppte er die Habe von Katharina und die Truhe hinauf in den zweiten Stock des alten Mietshauses in der Altstadt.

Als er sich in der bescheidenen Behausung umsah, die ab jetzt Katharinas Heimat sein sollte, wurden ihm die Augen feucht. Schnell wandte er sich ab und schnäuzte umständlich in sein großes rot-weiß-kariertes Taschentuch.

»Es wird dir schon recht abgehen, das Rotttal, meinst nicht?«

Katharina schüttelte energisch den Kopf. »Nein, Bertl, daran denk ich jetzt nicht. Viel schlimmer wäre es für mich, wenn ich dort in der Nähe geblieben und immer wieder an alles erinnert worden wäre. Jetzt fang ich ein ganz neues, ein ganz anderes Leben an. Und hast nicht gesehn, wie schön die Gegend hier ist? Da wird's mir sicher gut gefallen. Und ewig«, sie sah sich in den kleinen Räumen um, »ewig werden wir nicht hier wohnen bleiben.« So war sie, die Katharina, in allem suchte sie das Beste.

Leopold hatte aufgrund seines Ranges als Offizier, den er als Matura-Absolvent innegehabt hatte, einen Posten als Sachbearbeiter in Flüchtlingsfragen erhalten. Er musste also nicht, wie viele andere, ganz von unten anfangen. Trotzdem – ganz glücklich war er nicht. Ein bisschen hoffte er immer noch darauf, doch noch studieren zu können und sich seinen Jugendtraum, Lehrer zu werden, erfüllen zu können.

Als Katharina jedoch ein Jahr nach der Geburt des kleinen Georg schon wieder schwanger war, war dieser Traum ausgeträumt. Er musste sich endgültig mit dem Posten bei der Behörde zufriedengeben. Doch da war er noch viel besser dran als viele andere, die Arbeiten annehmen mussten, die oft weit unter ihrem früheren, sozialen und ausbildungsgemäßem Stand waren.

Aber was half es? Die Zeiten waren schlecht, wenn auch eine ungeheure Aufbruchstimmung und Zuversicht herrschte.

Arbeit war genug vorhanden in dem großenteils zerstörten Deutschland, und die Menschen schafften fleißig wie Ameisen am Wiederaufbau.

Da war kein Gedanke an eine 35-Stunden-Woche, an einen freien Samstag, Arbeitslosengeld, Sozialhilfe, Lohnfortzahlung bei Krankheit, 28 Tage Urlaub, Anspruch auf Kuren und was der weiteren Errungenschaften unseres modernen Sozialstaates mehr sind.

Jeder war froh, wenn er mit seiner Hände Arbeit etwas für sich und die Allgemeinheit tun konnte, da war keine Arbeit zu viel oder zu schmutzig.

Ohne diese bedingungslose Bereitschaft, etwas leisten zu wollen, gepaart mit Idealismus und nicht zuletzt auch der Hilfe des »Marshall-Planes« der

USA, wäre das »Wirtschaftswunder«, das sich in den 50er Jahren anbahnte und Deutschland wie Phönix aus der Asche steigen ließ, nicht möglich gewesen.

Im Juni 1948 kam die Währungsreform. Die alte Reichsmark wurde weitgehend ungültig, lediglich 1/10 wurde angerechnet. Am Tag der Währungsreform bekam jeder 40 Deutsche Mark und vier Wochen später nochmals 20 Deutsche Mark. Das war das Startgeld für alle.

Wenn es vorher nichts zu kaufen gegeben hatte, so waren am nächsten Tag, der auf die Währungsreform folgte, die Läden voll. Es gab fast alles. Alles war vorhanden gewesen, gehortet und gelagert, während die Menschen kaum zu essen hatten, vor allem in den Städten.

Katharinas Reichsmark aus den Geldkatzen war nun ungültig, aber auch vorher hatte man kaum etwas dafür kaufen können. Nur die Goldmünzen waren von Wert.

Die junge Familie Siegl lebte ihr bescheidenes Leben in der kleinen Wohnung in Wasserburg. Zu ihrem zweiten Kind, der kleinen Elisabeth, gesellte sich nach drei Jahren nochmals ein kleines Mädchen, das sie Anna nannten. Ihre gesunden, munteren Kinder waren Katharinas ganzer Stolz und Freude.

Allerdings wurde es in der kleinen Wohnung mit drei Kindern nun wirklich zu eng. Leopold war inzwischen in den Beamtenstatus erhoben worden, zu seinem Gehalt bekam er, auf Grund seiner Kriegsverletzung, eine kleine Kriegsrente. So war das Auskommen der Familie, wenn auch nicht üppig, so doch gesichert.

Eines Tages erfuhr Leopold im Amt, dass ein kleines Häuschen bei Reithmering, ungefähr drei Kilometer außerhalb von Wasserburg, zu kaufen wäre.

Am Sonntag darauf fuhren sie mit ihren alten, klapprigen Fahrrädern, Georg auf dem Gepäckträger hinten und die zwei Kleinen jeweils vorne in Körbchen, hinauf nach Reitmehring, um das Häuschen zu besichtigen.

Katharina war begeistert. Das Haus stand etwas abseits, war zwar klein, gerade vier Zimmer, eine Wohnküche und immerhin ein kleines Bad, hatte aber einen großen, wenn auch etwas verwilderten Garten. Ein Garten war der Katharina all die Jahre abgegangen, ein Garten, in dem die Kinder auch einmal unbeaufsichtigt spielen konnten. Bisher musste sie immer mit ihnen spazieren gehen, meist am Inn entlang. Nie konnte man sie alleine nach draußen schicken, auch wenn der Autoverkehr damals noch vergleichsweise gering war.

»Mein Gott, wär das schön, wenn wir uns das leisten könnten«, schwärmte die Katharina.

Sie konnten es. Mit einem Kredit und dem Wert der Goldmünzen als Anzahlung war es gerade zu schaffen. Katharina war überglücklich, als sie aus der Altstadt hinaus »aufs Land« ziehen konnten.

Es tat der Freude auch keinen Abbruch, als Leopold eines Abends recht bedrückt aus dem Amt kam. Katharina registrierte wie ein Seismograph alle seine Stimmungen.

»Was ist los, Poldi? Warum lässt du die Flügel hängen?«

»Ach, es ist nichts!«, wehrte er lahm ab.

»Freilich ist was, ich seh's dir doch an. Raus mit der Sprache, Leo!«

»Ach, der Gemeindebote, ein Einheimischer, hat mich heute recht dumm angeredet, weil wir das Haus gekauft haben. Er hat gemeint, da wären die Flüchtlinge erst vor kurzem dahergekommen mit nichts, und jetzt kaufen sie den Einheimischen die schönsten Häuser weg.« Er sah sich unglücklich um. »Dabei ist es ja nur ein geringer Ersatz für das, was du für mich aufgegeben hast.«

»Pscht! Leopold! So etwas will ich nicht hören von dir. Ich bin froh drum, wie es gekommen ist. Wir mögen uns, die Kinder sind gesund und es wird immer weiter aufwärts gehen. Was wollen wir mehr? Vielleicht können wir uns sogar einmal das Klavier leisten, das du dir so wünschst, und weitere Bücher für dich«, meinte sie hoffnungsvoll und um ihn aufzumuntern. »Und der Georg wird bald aufs Gymnasium gehen, so gescheit wie er ist. Dann wird er Lehrer werden, das was dir verwehrt war wegen dem verdammten Krieg. Schau«, sie legte liebevoll die Arme um ihn, »nicht nur ich hab auf etwas verzichten müssen. Du doch genauso!«

Leopold nickte, etwas getröstet. Seine Katharina! Wenn er sie nicht hätte! Immer war sie voll Zuversicht und Optimismus, dieses Naturell hatte sie offensichtlich von ihrem Vater geerbt. Sie sorgte für alles, er musste sich nicht um vieles kümmern.

»Das braucht's auch nicht«, meinte die Katharina resolut, »schließlich schaffst du das Geld heran, das wir zum Leben brauchen.« Sie dachte ganz in der Tradition ihrer Vorväter, bei denen Frauenarbeit nichts wert war.

Katharina stand gelegentlich mit den Rosstäuschers in brieflichem Kontakt, erfuhr von ihnen etwas aus dem Rotttal, aber nie wurde etwas über ihre frühere Heimat, den Hof, erwähnt. Dem Bert schickte sie regelmäßig zu seinem Namenstag, am 29. März, Berthold, eine Glückwunschkarte. Nur gelegentlich und vor allem, wenn sie ihre Narbe befühlte, dachte sie an den Hof und ihre Mutter.

Eines Tages, sie wohnten schon draußen in Reitmehring, fuhr ein Traktor vor dem Haus vor. Der Bertl kam, um sie zu besuchen.

»Fast hätt ich dich nimmer g'funden, Katharina! Ich war erst drunten bei der alten Wohnung. Ja, da schau her! Das lasst sich sehen.« Anerkennend blickte er sich um.

»Gell, schön haben wir es.« Katharina strahlte. »Und schau, Bertl, das sind meine Kinder.« Sie stellte die drei wie Orgelpfeifen vor ihm auf. »Drei sind's jetzt und dabei soll's auch bleiben«, meinte sie etwas verlegen.

Der Bert betrachtete wohlgefällig die gesunden, rotbackigen Kinder, und auch die Katharina sah gut aus.

Mein Gott, täten die sich gut auf dem Hof ausmachen!

Man redete über dies und das, bis die Katharina endlich doch fragte, wie es denn so auf dem Hof ginge.

»Der Bauer und seine Frau haben auch ein Kind, einen Buben.« Das versetzte der Katharina dann doch einen Stich ins Herz.

»Anständige, brave Leut sind's, das könnt ich nicht anders sagen. Sie machen ordentlich ihre Arbeit, aber recht glücklich scheinen sie nicht auf dem Hof zu sein. Ich glaub, der ist ihnen eine Nummer zu groß, oder vielleicht fühlen sie sich auch unwohl, wegen der Geschicht damals, weil s' den Hof quasi geschenkt bekommen haben. Ich weiß es nicht.« Er machte eine Handbewegung, als wolle er das Gesagte vom Tisch wischen.

»Und? Sind s' anständig zu dir?«

»Ja, ja! Da kann man nix Gegenteiliges sagen, recht anständig. Ich krieg faktisch das Gnadenbrot, ich muss nimmer viel arbeiten. Aber ein paar Sachen, wie zum Beispiel die Geräte und die Zäune ausbessern, kann ich schon noch machen.«

Katharina sah ihn ernst an. »Und die Mutter?«

Der Bert seufzte. »Ja, das ist ein rechtes Kreuz! Sie hat sich ausbedungen, dass der leere Pferdestall als Austragswohnung ausgebaut wird. Recht schön haben das die Bauersleut gemacht. Da haust sie jetzt. Auf dem Hof kümmert sie sich um nichts mehr, das machen alles die Neuen. Nur umeinanderrennen tut s' viel, Wallfahrten, bis nach Altötting. Ja mei, sie hat ja auch viel abzubitten.«

Die Katharina verzog das Gesicht.

»Sie ist nicht mehr ganz richtig im Kopf, recht verwirrt kommt s' mir manchmal vor. Brummelt die ganze Zeit irgendwas vor sich hin, was keiner versteht. Sie hat ja niemanden mehr außer mir, und wenn ich einmal nimmer bin, dann ist sie ganz allein.«

Er schaute bekümmert vor sich hin. »Wünschst dich nicht manchmal ins Rotttal zurück, auf den Hof, Katharina?« Der Bert fragte es ganz vorsichtig.

»Nein, gewiß nicht. Nicht einmal tot möcht ich dort noch sein!« Katharina schüttelte energisch den Kopf. »Immer nur arbeiten, nie einen Tag frei, und das alles womöglich noch unter der Fuchtel der Mutter! Nein! Da habe ich jetzt schon ein viel schöneres

Leben. Mit dem Leopold komm ich gut zurecht, wenn ich auch die Stärkere sein muss bei uns. Weißt, seine Nerven sind halt vom Krieg recht angegriffen. Es ist wohl schon besser so, außerdem – es wäre eh nichts mehr zu ändern, es ist wie es ist!«

Der Bert nickte bedächtig. »Hast von deinem Vater mal was g'hört?«

Katharina schüttelte den Kopf. »Nein, da werd ich vermutlich auch nichts mehr hören, aber was Gewisses weiß man bei ihm nicht. Auf seine Einladung nach Ungarn werd ich wohl ewig warten müssen.« Sie lachte.

»Der Bela!« Der Bert lächelte schief. »Ein bissel ein bunter Hund war er schon, aber auf seine Art auch ein rechter Kerl. Weißt noch, wie er auf dem Hof das Feuer gemacht hat für das Spanferkel und wie die Ungarn Musik gemacht haben, und Bier und sogar Wein hat's gegeben? Das war schon eine rechte Gaudi!«

Er schmunzelte, und die Katharina erinnerte sich daran, dass sie an diesem Abend den ersten Schwips ihres Lebens gehabt hatte und nachts zum Leopold in die Futterkammer geschlichen war, um ihn zu trösten. Vermutlich hatten sie in dieser Nacht den Georg gezeugt. Aber das behielt sie lieber für sich.

Der Bert machte sich zur Abfahrt bereit, es war ein langer Weg mit dem Bulldog heim bis ins Rotttal.

»Also, Bertl, das war schön, dass d' mich besucht hast, und komm halt mal wieder.« Sie drückte dem alten Mann und Freund seit Kindertagen zum Abschied die Hand. »Und wenn irgendetwas Besonderes wär, kannst es ja den Rosstäuschers sagen, die schreiben's mir dann oder sie rufen beim Leopold im Amt an!«

Noch lange winkte sie ihm nach, bis er um die Wegbiegung verschwunden war. Ob sie ihn noch einmal wiedersehen würde?

Die Zeit des Wirtschaftswunders kam. Endlich konnte man sich wieder etwas leisten. Am Wochenende machten Katharina und Leopold mit den Kindern meist einen Ausflug mit den Rädern. Der Georg hatte schon ein eigenes, die zwei Kleinen saßen bei Vater und Mutter hinten auf den Gepäckträgern in ihren Körbchen, vorne auf der Lenkstange hing ein Brotzeitkorb. Meist fuhren sie hinunter zum Inn oder zu einem der Seen in der Umgebung, gelegentlich leisteten sie sich sogar einen Besuch in einem Biergarten; für die Kinder gab's ein JOPA-Steckerleis, einen Brausewürfel oder gar eine Tüte mit Waffelbruch. Wenn dann zwischen all den zerbrochenen Keksen gar der abgebrochener Kopf eines Osterhasen oder Nikolaus war, war die Begeisterung besonders groß. Kleine Freuden, aber man war glücklich und zufrieden damit.

Nur Leopolds angegriffene Nerven machten Katharina Sorgen. Wieder einmal schreckte er nachts, wie so oft, von Albträumen geplagt, auf.

»Erzähl mir doch, was du geträumt hast. Vielleicht wird dir dann leichter.«

Und dann erzählte Leopold seiner Katharina unter Schluchzen, wie er und seine Einheit, 60 Mann waren sie gewesen, am Wolchow, in den Sümpfen Russlands, von den Russen eingekreist worden waren.

Drei Tage waren sie von den deutschen Truppen abgeschnitten. Es herrschten Temperaturen zwischen minus 40 bis 50 Grad.

Kaum Material oder Verpflegung. Leopold war, so jung noch, der einzige und verantwortliche Offizier. Nach drei Tagen gelang ihnen mit viel Glück der »Durchbruch«. Von den 60 Mann hatten es zum Schluss sechs geschafft, mit schwersten Erfrierungen. Alle anderen waren tot oder in russische Gefangenschaft geraten.

»Weißt du, Katharina, diese schrecklichen Erinnerungen kommen immer wieder hoch im Traum, und viele andere. Das kann ich einfach nicht abschütteln.«

Katharina tröstete ihren Mann liebevoll. Doch wie ihm ging es vermutlich vielen anderen. Aber wer fragte danach, wie die Menschen mit ihren seelischen Verwundungen fertig wurden? Die Devise hieß: Weiterleben und vorwärts schauen!

Niemand mehr wollte über die Vergangenheit reden, und die Vertriebenen am allerwenigstens, und wenn, dann nur unter sich. Sonst hieß es gleich: »Was wollt ihr denn, seid froh, dass es euch so gut geht. Wir haben eh alles mit euch geteilt.« Diese Reden musste man auch verstehen, denn auch von den Einheimischen waren viele ausgebombt und hatten Haus und Familie verloren.

An vielen öffentlichen Gebäuden hingen jetzt Plakate vom Suchdienst des Roten Kreuzes, und immer wieder ertappte Katharina Leopold, wie er davor stand und die Gesichter und Beschreibungen studierte. Offensichtlich hatte er die Hoffnung noch nicht aufgegeben, jemanden aus seiner alten Heimat wiederzufinden.

»Wer bin ich?«, stand in großen Buchstaben als Überschrift, und dann folgten unzählige Fotos und

Beschreibungen der Personen, die nach ihren Angehörigen suchten. Viele Kinderbilder waren dabei, manche ohne genauen Namen und mit geschätztem Alter; nur der Fundort war angegeben. Kinder, die auf der Flucht verloren gegangen waren und von denen man nicht wusste, ob die Mutter überlebt hatte, und wenn, wo sie jetzt wohnte.

Bereits ab Mai 1945 hatte das Rote Kreuz provisorisch begonnen, einen Suchdienst einzurichten. Ab 1950 war dieser Suchdienst dann gut organisiert. Zwischen 1945 und 1950 waren 17 Millionen Suchanträge in den Karteien registriert, 14 Millionen konnten erfolgreich abgeschlossen werden – und das alles ohne Einsatz von Computern! Eine unglaubliche Leistung von vielen Mitarbeitern, die nicht vergessen werden darf und nicht genug gewürdigt werden kann! Bis heute sind noch fast 1,4 Millionen Schicksale ungeklärt. Trotzdem werden immer noch, nach inzwischen 60 Jahren, gelegentlich Fälle aufgeklärt, meist das Schicksal von Toten, deren Erkennungsmarken bei irgendwelchen Grabungen im früheren Feindesland gefunden werden. Doch die meisten Menschen, welche sie noch persönlich gekannt und um sie gebangt hatten, sind inzwischen selbst schon tot.

Das Leben der Familie Siegl ging seinen Gang. Die Kinder gingen in die Schule, die viel bequemer und leichter zu erreichen war als zu Katharinas Zeiten auf dem Land. Der Georg, der zwar recht gescheit, aber auch recht eigensinnig war, wurde im Gymnasium angemeldet. Die Eltern waren stolz auf ihn, wenn sich auch die Katharina über sein manchmal recht aufbrausendes, jähzorniges Wesen Sorgen machte.

›Ein echter Kröll ist das‹, dachte sie so manches Mal bei sich.

Die zwei Mädchen waren recht brav, mussten der Mutter auch, ganz im Gegensatz zu Georg, im Haushalt helfen. Vor allem die kleine Anna mit ihren schwarzen Locken und ihrem fröhlichen Temperament war Katharinas ganzer Sonnenschein. In ihren dunklen Augen glaubte Katharina manchmal Belas Übermut aufblitzen zu sehen.

Leopold, der in seiner Jugend das Orgelspiel erlernt hatte, spielte sonntags bei der Messe als Organist in der St.-Jakobs-Kirche in Wasserburg. Dann gingen die Katharina und die Kinder hin und horchten zu. Recht stolz waren sie auf den Vater, der so schön die Orgel spielen konnte. Eines Tages wurde Katharina gefragt, ob sie denn nicht im Kirchenchor mitsingen wolle. Das fand sie eine besondere Ehre. Mit ihrer schönen, reinen Stimme war sie eine Bereicherung für den Chor. In dieser Zeit dachte sie oft, wie gut das Leben zu ihr war.

Zu gern hätte die Katharina dem Leopold ein Klavier geschenkt, wenn man auch kaum wusste, wie dies in dem kleinen Häuschen untergebracht werden sollte, aber dazu reichte das Geld hinten und vorne nicht. Immer wieder kam etwas dazwischen, eine Reparatur am Haus, oder die Kinder brauchten etwas, vor allem der Georg, und sie musste das, für das Klavier angesparte Geld, wieder für anderes ausgeben.

Aber zuvorderst war ohnehin nötig, für Leopold ein Gefährt anzuschaffen, denn seine Prothese machte ihm immer wieder zu schaffen.

Eines Tages stand, zu Leopolds großer Überraschung, eine nagelneue NSU-Quick, 90 ccm, vor der Tür. Sie fuhr 70 Stundenkilometer!

Leopold blieb vor Staunen der Mund offen stehen. Seine Katharina! Wie sie das nur wieder geschafft hatte.

Ja, Katharina war nichts zu viel, um Leopold, Georg und die beiden Mädchen glücklich und zufrieden zu sehen!

Während es im Westen Deutschlands stetig aufwärts ging, hatten die Länder im Osten, die von den Kommunisten beherrscht wurden, immer noch schwer zu kämpfen.

Aus Ungarn erfuhr man Mitte der 50er Jahre von Aufruhr und Widerstand gegen die Stalinisten, die das Land brutal unterdrückten. Die Katharina hörte gelegentlich die Nachrichten im Radio. Fernsehen gab es zwar bereits, aber es hatten um diese Zeit erst wenige Haushalte ein eigenes Gerät; in Gastwirtschaften standen gelegentlich Schwarz-Weiß-Geräte, vor denen abends die Männer beim Bier hockten und die neuesten Nachrichten oder Fußballspiele schauten, vor allem, nachdem 1954 die deutsche Nationalmannschaft in Bern die Fußballweltmeisterschaft gewonnen hatte, was eine riesige Begeisterung hervorrief. Endlich galt Deutschland wieder etwas!

Leopold las regelmäßig morgens im Amt die Zeitung, vornehmlich den politischen Teil, denn er war besonders am Schicksal der früheren deutschen Gebiete interessiert, die jetzt an andere Länder abgetreten worden waren. Intensiv las er auch die Nachrichten aus Ungarn, vermutete man doch, dass Bela dort lebte, auch wenn man nie ein Lebenszeichen von ihm erhalten hatte.

Der Tod Stalins, des starken Mannes Russlands, am 3. Mai 1953 erhöhte die Spannung in den Ostblockstaaten, vor allem in Ungarn. Es brodelte ein Machtkampf zwischen den Stalinisten und den Reformern, und am 23. Oktober 1956 kam es zur offenen Rebellion. Die Wut des Volkes, allen voran die der Freiheitskämpfer und Studenten, entlud sich gegen die politisch Regierenden. Hoffnung keimte auf, dass nun die Stunde der Freiheit gekommen war, was seinen äußeren Ausdruck im Sturz des riesigen Stalin-Denkmals in Budapest fand.

Doch am 4. November 1956 schlugen sowjetische Truppen den Aufstand mit 1000 Panzern brutal und blutig nieder.

Am 11. November endeten die letzten Kämpfe in Budapest. 3000 Ungarn bezahlten den Kampf für die Freiheit mit dem Leben. Etwa 200.000 Menschen, vor allem Intellektuelle und Adelige flüchteten über Österreich in den Westen, viele auch nach Bayern. Gespannt verfolgten Katharina und Leopold die Nachrichten, vielleicht war auch Katharinas Vater unter den Flüchtlingen?

Als Leopold an einem der nächsten Tage im Amt die Zeitung aufschlug, erstarrte er. Auf der dritten Seite wurde ausführlich über den Ungarnaufstand berichtet; ein Bild war abgedruckt. Drei Männer in abgerissener Kleidung, die Hände auf den Rücken gefesselt und die Augen mit weißen Tüchern verbunden, standen vor einem Erschießungskommando. Leopold erkannte Bela, trotz der schlechten Qualität des Abdruckes, sofort. Die Unterschrift unter dem Bild bestätigte seine schlimmste Vermutung:

»Einer der führenden Köpfe der Widerstandsbewegung, Graf Ferencz Geledneky wurde, zusammen mit zwei getreuen Kampfgefährten, Bela Szegedy und Sandor Bartok, in den frühen Morgenstunden des 6. November hingerichtet. Sie starben für die Freiheit Ungarns und werden vom ungarischen Volk als Märtyrer verehrt.«

Bela war tot! Als Freiheitsheld gestorben!

Die Zeitung zitterte in Leopolds Hand. Was sollte er tun, wie konnte er Katharina die Nachricht überbringen? Bis zum Dienstende hatte er seinen Entschluss gefasst. Er würde es Katharina, zumindest vorerst, nicht erzählen. Sollte sie doch weiter denken, ihr Vater lebe in Ungarn. Sie hatte ohnehin nie recht daran geglaubt, dass sie ihn jemals wiedersehen würde. Diesen Schock, wie er ihn damals erlitten hatte, als er vom Tod seiner Mutter und Schwester erfuhr, wollte er seiner Katharina ersparen.

An genau diesem Tag, als Leopold aus der Zeitung vom Tod Belas erfuhr, tuckerte ein Traktor vor das Haus in Reitmehring. Katharina, die in der Küche stand, schaute neugierig aus dem Fenster.

Bert war es, um einige Jahre älter und gebeugter. Als er in die Küche trat, wusste Katharina auch ohne Worte, was geschehen war.

»Sie ist tot«, sagte der Bert leise. »Gestern in der Früh ist sie gestorben, und ich bin gekommen, um es dir zu sagen und auch zu fragen, ob du zur Beerdigung kommen willst.«

Katharina sah seine Betrübnis und seine verdächtig feuchten Augen, und sie tat etwas, was früher am Hof nie möglich gewesen wäre: Sie nahm den alten Mann fest in die Arme.

Auch ihr traten die Tränen in die Augen, vielleicht nicht wegen des Todes der Mutter, mit ihr hatte sie schon lange ihren Frieden gemacht. Nein, der gute, alte Knecht und Freund aus Kindertagen war es, der ihr ganzes Erbarmen erregte.

Bert schob sie endlich von sich und fragte: »Wirst doch ned etwa weinen?«

»Nein«, lächelte Katharina unter Tränen. Dann trocknete sie sich die Augen mit der Schürze, sah ihn ruhig an, überlegte, dann schüttelte sie den Kopf. Nein, das wollte sie nicht, sie würde lieber drunten in der St.-Jakobs-Kirche eine Kerze für ihre Mutter anzünden. So musste sie auch niemandem im Rotttal begegnen, auch nicht den neuen Besitzern des Hofes, das wäre nur unangenehm für beide Seiten gewesen.

»Das ist auch gut, Katharina«, pflichtete ihr Bert bei. »Ich wollt dich halt nur fragen, nicht daß du mir böse bist, falls du doch kommen wolltest. Man weiß ja bei Frauen nie, was die genau denken.«

Die Katharina musste unwillkürlich lächeln. Ihr lieber Bertl, wie er leibte und lebte.

»Und? Wie ist es ihr ergangen, am Ende?«

»Es war gut, dass sie endlich sterben konnte! Sie war zum Schluss ganz verwirrt und für den Hof eine rechte Belastung. Die gefährlichsten Sachen hat sie zum Schluss gemacht. Einmal ist sie mit einer Kerze nachts im Heustadel rumgegeistert, grade dass ich sie noch entdeckt hab. Den Hof hätte sie anzünden können damit und sich selber auch noch umbringen dabei!« Er schüttelte den Kopf. »Die Hofmüllers waren ja immer gut zu ihr, aber manchmal war's nicht mehr auszuhalten, so bös und streitsüchtig ist sie geworden in den letzten Monaten. Das mit den Kopfschmerzen, das hat sie ja schon seit Jahren gehabt, aber zum Schluss war sie fast blind. Der Doktor meint, sie hätte vielleicht eine Geschwulst im Kopf gehabt, aber man weiß es nicht genau. Ich war bei ihr, als sie gestorben ist, aber sie hat mich nimmer erkannt.«

Er atmete tief durch in der leidvollen Erinnerung an Magdalenas schwere Sterbestunden, wie sehr sich die Frau gequält hatte, bis ihr der Bert endlich die Augen schließen konnte. Aber das verschwieg er der Katharina.

»Vielleicht war das der Grund, dass sie manchmal so böse war?«, sinnierte Katharina. »Kopfschmerzen hat die Mutter ja immer schon gehabt.«

Bert hatte sich inzwischen auf die Eckbank in der Küche gesetzt, und Katharina hatte ihm ein Glas Apfelsaft hingestellt, sie wusste, dass der Bert zeitlebens keinen Alkohol getrunken hatte.

»Ach weißt, Katharina. Sie war nicht immer so! Du weißt vielleicht, dass ich, ich war fast noch ein Kind, genau an ihrem Geburtstag auf den Hof gekommen bin, halb verhungert. Deine Großmutter hat entschieden, dass ich auf dem Hof bleiben kann. Das war meine Rettung, damals. Als ich in dieser Nacht auf dem Heu im Stall gelegen bin, hab ich gewusst, dass ich eine Heimat gefunden habe. Und deine Mutter, die war mein Ein und Alles, genau so wie du später. Stolz war ich auf euch wie auf eigene Kinder.«

Katharina sah ihm liebevoll zu, wie er seinen Apfelsaft trank.

»Deine Mutter war ein bildschönes Mädchen, genau so wie du, Katharina. Aber einen rechten Dickschädel hat sie gehabt, einen richtigen Kröllschen Dickschädel, genau wie ihr Vater! Und du ja auch ein bisserl, Katharina!« Er lachte leise in sich hinein.

»Ich? Einen Dickschädel?«, protestierte Katharina.

»Na ja, ein bisserl schon. Hast ja auch deinen Kopf durchgesetzt damals. Entgegen alle gut gemeinten Ratschläge.« Er sah sie nachdenklich an. »Aber von deinem Vater hast auch vieles; ich glaube, von beiden hast du das Gute geerbt. Durchsetzungskraft von der Mutter, aber auch die Gabe, aus allem das Beste zu machen, wie dein Vater, der Bela!« Er lachte wieder leise in sich hinein. »Ein bunter Hund war er schon, der Bela. Aber auch ein feiner Kerl, irgendwie. Nur zum Bauern hat er halt nicht getaugt, und das war wohl der Beginn der ganzen Tragödie!«

Auch Katharina hatte sich auf die Bank neben Bert gesetzt und sah nachdenklich drein.

»Weißt, Bertl, heute weiß ich, dass die Mutter damals Recht gehabt hat, wegen dem Leopold, meine ich. Der wäre noch weniger ein Bauer geworden wie mein Vater! Nein, der wäre dafür überhaupt nicht geeignet gewesen. Aber spielt das eine Rolle, wenn man sich gern hat? Die Zeiten haben sich geändert, meinst nicht?«

Bert wiegte nachdenklich den Kopf. »Ich weiß es nicht, aber einen Hof von dieser Größe, ohne rechten Bauern, das kann ich mir nicht vorstellen. Und als Frau allein? Das hast ja an deiner Mutter gesehen, wie hart das war. Natürlich – es war eine andere Zeit, Krieg und Nachkriegszeit! Vielleicht ist es so am besten wie es gekommen ist.« Er drückte Katharinas Hand, die vor ihm auf dem Tisch lag.

»Und was machst du jetzt, Bertl? Du hast doch wohl noch das Wohnrecht auf dem Hof?«

»Ja, ja! Da hat deine Mutter schon dafür gesorgt. Und die Familie am Hof ist ja recht anständig, da gibt es nichts. Trotzdem werd ich weggehen von dort, gleich nach der Beerdigung.«

Katharina sah ihn bestürzt an. »Ja, wohin denn?«, und nach kurzem Überlegen: »Soll der Leopold um eine kleine Wohnung bei uns in der Nähe schauen für dich? Der Poldi hätt bestimmt Beziehungen, von Amts wegen. Dann hätte ich dich in meiner Nähe und könnt für dich sorgen, wenn es mal nötig wird.«

Der alte Mann wehrte ab. »Nein, nein, Katharina! Du meinst es gut, aber ich geh zurück in den Bayerischen Wald, in den Ort bei Furth, von wo ich hergekommen bin. Ein bisserl Geld hab ich g'spart, und davon habe ich mir ein kleines Hütterl gekauft. Für mich wird es reichen, ich stell ja keine Ansprüche. Ich konnt nur nicht weg, solange deine Mutter gelebt hat, hab mein Versprechen erfüllen wollen. Aber jetzt bin ich frei und geh dorthin zurück, wo ich hergekommen bin und wo ich hingehör.«

Es tat der Katharina im Herzen weh, wenn sie daran dachte, dass der alte Mann, der sein Leben lang seine Pflicht für andere getan hatte, im Alter alleine leben musste. Aber vermutlich war es gerade das, was er wollte.

Schweren Herzens trennte sie sich von ihm und winkte ihm traurig nach, als er schwerfällig auf den Traktor kletterte und mit lautem Getöse wegfuhr. Er drehte sich nicht mehr um, aber Katharina wusste, dass auch ihm der Abschied schwergefallen war. Als sie dem alten Mann nachsah, liefen ihr die Tränen die Wangen hinab. Sie wusste, sie würde ihn niemals wiedersehen.

Als Leopold am Abend aus dem Amt kam, saß seine Katharina niedergeschlagen am Küchentisch, selbst die Kinder begrüßten ihn nicht so lebhaft wie sonst. Er erschrak zutiefst. Hatten sie von Bela erfahren?

»Die Großmutter im Rotttal ist gestern früh gestorben. Der alte Knecht, der Bertl, war heute da und hat es der Mutter erzählt«, wisperte ihm Elisabeth geheimnisvoll zu.

Leopold erschrak. Auch noch die Mutter! Nun war sein Entschluss, Katharina den Tod ihres Vaters zu verschweigen, endgültig gefasst.

Er nahm seine Frau wortlos tröstend in die Arme. Katharina sah zu ihm auf.

»Weißt, Poldi, es hat mir gar nicht so wehgetan, vom Tod meiner Mutter zu hören, sie hat es nun hinter sich. Weh tut mir, dass sie gar so verbittert war. Dieser Kröllsche Starrsinn hat ihr ganzes Leben vergiftet, und nicht nur das ihrige.« Sie schwieg gedankenvoll. »Und natürlich auch dem Vater seine Fehler«, fügte sie schnell, ihre harte Aussage über die Mutter mildernd, hinzu.

Leopold schwieg und dachte bei sich: ›Was für eine Laune des Schicksals es doch war, dass diese beiden Menschen, Magdalena und Bela, die in einer Art Hassliebe verbunden gewesen waren, am selben Tag, fast zur selben Stunde, in weit entfernten Ländern sterben mussten? Gibt es das wirklich, was manchmal behauptet wird, dass in solchen leidenschaftlichen Verbindungen, ob aus Hass oder Liebe, selbst im Tod keiner ohne den anderen sein kann und ihn deshalb zu sich holt?‹

Katharina stand auf. Sie nahm den Schöpflöffel und begann, die Suppe aus dem Topf in die Teller zu schöpfen.

»Kinder, esst, solange die Suppe warm ist.«

So war sie, die Katharina, das Leben musste eben weitergehen.

»Jetzt ist die Zeit der Krölls im Rotttal endgültig beendet«, meinte die Katharina gedankenschwer zu Leopold, als sie abends nebeneinander im Bett lagen. Und die Zeit der Szegedys auch; aber das dachte Leopold nur still bei sich.

7. Kapitel

Der Kreis schließt sich

Das ist die Geschichte meiner Familie, so wie sie sich mir nach vielen Nachforschungen dargestellt hat und aufgeschrieben wurde.

Dieser Sommer im Rotttal, den ich ganz dem Suchen nach meiner Familiengeschichte gewidmet hatte, hat auch mein Leben gänzlich verändert.

Immer mehr wurde mir bewusst, wie unbefriedigend mein Leben in der Stadt und die Arbeit im Büro war, wie ich mich auf jedes Wochenende im Rotttal freute.

Anfangs wohnte ich auf dem Weilhammer Hof, aber irgendwann fragte mich Marinus' Mutter, ob ich denn nicht in der Wohnung im früheren Pferdestall wohnen wollte, an den Wochenenden und im Urlaub. Das wäre doch viel einfacher, und sie und Marinus würden sich darüber freuen.

Es war schon ein eigenartiges Gefühl, als ich zum ersten Mal auf dem Hof meiner Vorfahren schlief, in der früheren Wohnung meiner Urgroßmutter. Ganz eigenartig war mir dabei ums Herz.

So oft wir es uns einteilen konnten, waren Marinus und ich beisammen, durchstreiften die Gegend, und Marinus erzählte mir von sich. Dass er Landwirtschaft an der Kreisbauernschule in Deggendorf studiert, seinen Meister gemacht hatte und wie heute die Landwirtschaft funktioniert.

»Also, das mit der Bauernromantik, das schlag dir mal gleich aus dem Kopf«, lachte er. »Das ist längst vorbei. Ich möchte sagen, dass es das überhaupt nie in der Form gegeben hat, wie es in kitschigen Romanen oder alten Filmen gezeigt wird. Ich glaub eher, das Leben war früher für die Menschen recht hart. Da hat man es heute mit den vielen Maschinen schon leichter. Arbeitskräfte wären heute gar nicht mehr zu bezahlen bei den hohen Lohnnebenkosten. Auch sonst hat sich mit der EU, der Europäischen Union, fast alles verändert. Vieles ist überreguliert und manches ganz schön schwachsinnig, das kann ich dir sagen. Milchwirtschaft zum Beispiel ist nur noch bei Großviehbeständen rentabel. Dazu muss man dementsprechend Grund haben oder dazupachten. So und so viele Hektar für so und so viele Vieheinheiten. Wegen des Futters und wegen der Gülle. Damit nicht zu viel Gülle auf die Felder kommt.«

»Und was bekommt ihr dann so für die Milch?«

»Für die Milchabnahme gibt es ein Kontingent, die überschüssige Milch wird zu einem noch geringeren Preis abgenommen, als ohnehin für das Kontingent bezahlt wird. Na ja, bei den Milchpreisen, die heute im Supermarkt verlangt werden!«

Da hatte er wohl Recht, und dabei wollte noch jeder an der Milch verdienen, nicht nur der Bauer. Marinus fuhr fort.

»Deshalb haben wir auf Ackerbau umgestellt. Da braucht man zwar viel Grund und Boden, aber den haben wir ja, Gott sei Dank! Alles, was man pflanzen will, muss man beantragen, alles muss angemeldet werden, und dann wird von der Luft aus fotografiert und kontrolliert!«

»Ach, das gibt's doch nicht!« Ich war empört.

»Doch, das ist so. Und alles, was mit Düngung und Pflanzenschutz zu tun hat, ist streng reglementiert. Weißt du, dagegen hab ich im Prinzip nichts. Nur, in unseren Nachbarländern wird das viel lockerer gehandhabt, die Lebensmittel und der Mais zum Beispiel werden aber eingeführt und bei uns verkauft. Da kommt man sich ganz schön verarscht vor, entschuldige, wenn ich das so drastisch sage.«

»Und da willst du noch Bauer sein?«, entfuhr es mir.

Marinus sah mich offen an. »Ich möchte nichts anderes sein, auch wenn man es uns oft schwer macht. Ein Leben zum Beispiel als Angestellter oder im Büro, das käme für mich nicht in Frage! Weißt du, Katharina, wenn ich frühmorgens mit dem Traktor über die eigenen Felder fahr, da fühl ich mich ein bisserl wie ein König!« Er lachte verlegen. »Gefällt dir denn das Leben in der Stadt?«

Ich senkte den Kopf und sah nachdenklich vor mich hin.

Seit langem schon merkte ich, wie wenig mich mein Leben in der Stadt und im Büro befriedigte.

»Früher hat es mir ganz gut gefallen«, gab ich zu. »Aber jetzt? Ich freue mich die ganze Woche darauf, am Freitagnachmittag ins Rotttal zu kommen. Aber bald gibt's dafür keinen Grund mehr. Ich habe das Geheimnis meiner Familie ergründet.« Ich versuchte zu lachen, aber es klang eher traurig.

»Und sonst gibt es keinen Grund für dich, hierherzukommen?«, fragte er ruhig.

Ich sah auf. Da nahm er mein Gesicht in beide Hände und küsste mich, zum ersten Mal. Nicht fordernd und wild, sondern ganz behutsam und zärtlich.

»Doch, es gibt einen Grund. Dich!« Ich sagte es ganz leise, zwischen zwei Küssen.

Tags darauf führte ich Marinus hinauf zum Wald, zu der Lichtung hinter den Himbeerbüschen, die ich damals, nach meiner Ankunft im Rotttal, entdeckt hatte, an dem Tag, als ich den Hof zum ersten Mal gesehen hatte.

»Kennst du diesen Platz?«, fragte ich ihn, als wir nebeneinander auf dem weichen Moosbett saßen.

»Nein«, entgegnete er verwundert. »Dieser Platz ist zauberhaft, im wahrsten Sinne des Wortes. Ist das nicht sonderbar, dass du mir diesen Platz erst zeigen musst, obwohl ich hier schon immer lebe?«

»Vielleicht können den Platz nur Frauen entdecken, für Männer wird er erst sichtbar, wenn eine Frau ihn in Liebe dorthinführt«, sagte ich leise.

»Mhm, so wird es wohl sein«, stimmte mir Marinus zu und legte sich neben mich auf das weiche, grüne Bett. »Und die Frau hier und jetzt? Bleibt die für immer bei mir?«

Im Jahr darauf haben Marinus und ich geheiratet. Ich bin Bäuerin geworden, wer hätte das jemals gedacht?

Das sind auch schon wieder mehr als zehn Jahre her, und wir sind sehr glücklich und zufrieden. Marinus behauptet steif und fest, er hätte sofort gewusst, dass ich die Richtige bin, damals, als er mich zum ersten Mal gesehen und mich zu sich auf den Traktor gezogen hat.

Meine buchhalterischen Kenntnisse kann ich gut einbringen bei der Verwaltung unseres Hofes, da ist Marinus sehr froh darüber. Es gibt heute eine Menge Bürokram auf einem Hof, und ohne Computer kommt man da nicht mehr zurecht.

Meine Schwiegermutter lebt bei uns, drüben in der Austragswohnung. Das hat sie so gewollt. »Jung und Alt unter einem Dach, das tut auf Dauer nicht gut. Und wir haben genug Platz!«

Unseren drei Kindern, in der Größe wie die Orgelpfeifen, ist sie eine liebevolle Großmutter und Marinus und mir eine große, tägliche Hilfe; wir haben – gottlob – einen guten Zusammenstand.

Die Namen für unsere Kinder haben wir ganz nach der Tradition ausgesucht, auch wenn manche oder mancher das für altmodisch halten mögen; uns gefällt es so.

Unsere erste Tochter heißt Katharina. Nach mir und meiner Großmutter ist das jetzt die dritte Katharina. Unser Sohn heißt Marinus, nach dem Vater, und dann kam noch die kleine Anna, die nach meiner Mutter benannt wurde.

Meine Mutter, die den Hof nie gesehen hat! Manchmal erscheint sie mir im Traum. Sie lächelt mich an, zwinkert mir zu und sagt: »So ist es gut, Kathi. Jetzt hat alles seine Richtigkeit, jetzt ist es so, wie es sich gehört!«

Ich Bauer leb' in rechten Freuden,
wie könnt' ich Könige beneiden.
Sie sind nur halb so froh als ich.
Sie müssen Kriegerheere werben,
mich beschützen und dann sterben.
Niemals leben sie für sich.
Sie mögen sich nebst tausend Gästen
mit Schnepfenkost und Austern mästen,
und Milch und Käse sei für mich.
Sie mögen Wein, wir Wasser saufen,
sie müssen zu dem großen Haufen
der Toten doch noch eher als ich.

Inschrift von 1845 im Flur
eines Rotttaler Vierseithofes

Dank

Ich bedanke mich sehr herzlich bei Frau Marianne Schmaunz, Fischeck, und bei Frau Anna Pichlmeier, Göttenberg, für die freundliche Aufnahme und ihre Erzählungen von der »guten, alten Zeit«.

Ebenfalls meinen Dank an Herrn Michael Osterholzer senior aus Massing, welcher mir bei Recherchen über die Nachkriegszeit im Rotttal behilflich war.

Besonderen Dank auch an Frau Hampel, die mir das kleine private Museum, die »Sudetendeutschen Stuben«, in Massing gezeigt hat, und mir das erschütternde Schicksal der Flüchtlinge und Vertriebenen aus dem Sudetenland eindringlich nahegebracht hat.

Nicht zuletzt bedanke ich mich bei Herrn Franz Geletneky aus Leverkusen, der mir von seinen Erlebnissen im Krieg, seiner Verwundung und der Nachkriegszeit berichtet hat.

Sie alle haben mir mit ihren Erzählungen und Schilderungen viel Interessantes aus der alten Zeit, aus dem Rotttal und dem früheren Leben dort vermittelt und so zur Entstehung dieses Buches beigetragen.

Viktoria Schwenger

Quellenangaben

Bitsch/Binder	*Bauern, Häusler, Ökowirte*
Sauer	*Bauernleben*
Kerscher	*In Großmutters Austragsstüberl*
Knopp	*Die große Flucht*
Mühlfenzl	*Verraten und vertrieben*